流金文丛

击鼓

行吟

柏杨

张香华

出版前言

岁月流沙,时光在俯仰之间不经意中从我们指尖滑落;岁月流金,光阴在云起云落的当儿,世人创造了多少辉煌的业绩,铸就了社会的文明与进步。流沙是岁月之花,流金是岁月之果。

我们出版这套"流金文丛",旨在梳理扒抉现当代文人墨客的"流金"——性情之作,即闲适的零墨散笺。这些作品多为作者在月光里、芭蕉下、古砚边搦管挥毫的闲情偶寄,或是在花笺上信手点染的斗方小品。这些佳构华章,曾星散在历史卷宗的字行间,有的不大为人注目,我们将这些吉光片羽珠串结集于斯。丛书内容丰赡、题材多样:书简、日记、随笔、辞章或其他,类盘中的珠玉,似掌上的紫砂,如心中的玫瑰,可赏可玩可品;然又不失思想,不阙情趣,不乏品位。

我们多么希望这套"流金文丛"能流入阁下的书斋,站在你的书架上。

目 录

柏　杨

筹建绿岛垂泪碑	〇〇二
绿岛人权纪念碑落成	〇〇六
隋唐宫廷	〇〇九
中国人，活得好没有尊严！	〇一五
中国人，你为什么这么吵？	〇一八
缺少"尊重"	〇二一
我赞成安乐死	〇二四
公务员DNA	〇二七
崇洋，但不媚外	
——美国之行，杂感之五	〇三一
爱情如火	〇三七
爱情如作战	〇四五
爱情与金钱	〇五一
老妻少夫	〇五四
老夫少妻	〇六五
大男人沙文主义	〇七二
富易妻	〇七九
痴心女子负心汉	〇八五
阔易夫	〇九一

女人的名字：强哉骄　　　　　　〇九八

家书一束：致亲爱的佳佳　　　　一〇四

张香华 ——————————— 一九五

最早的记忆拼图 　　　　　　　　　一九六

女人，你叫什么名字？ 　　　　　　二〇四

看，这个丑陋的中国人 　　　　　　二〇九

只缘身在此山中 　　　　　　　　　二一四

猫的忆往 　　　　　　　　　　　　二三九

雨夜春韭 　　　　　　　　　　　　二四九

春风容物·秋水无尘 　　　　　　　二五六

酒店打烊，我就走 　　　　　　　　二六〇

人去，楼有余音 　　　　　　　　　二六三

现场写真 　　　　　　　　　　　　二七一

妻子们 　　　　　　　　　　　　　二七七

一桩中外姻缘 　　　　　　　　　　二八二

女儿的长途电话
——从张良维老师学"太极导引" 　二八五

台静农老师的两幅字 　　　　　　　二八八

晚上的饭局 　　　　　　　　　　　二九一

芒鞋破钵无人识
——孤独国周梦蝶不孤独 　　　　　二九五

小白花与雏菊

——写在聂华苓九秩诞辰之前　　　三〇二

左岸的梅花

——我见过的蒋百里夫人蒋左梅女士　三一〇

沉船的人

——写给亡友江南　　　　　　　　　三一六

奥勒　　　　　　　　　　　　　　　三二三

我在太阳下哭泣　　　　　　　　　　三三一

天谴的庞贝古城　　　　　　　　　　三三四

附　录　——————— 三四三

　　我的父亲柏杨　毛　毛（崔渝生）　三四四
　　读稿拾零　张昌华　　　　　　　　三五六

柏杨

筹建绿岛垂泪碑

晚霞如火烧古城,

群山齐动传笳声;

孤岛有情长夜泣,

蛰龙沉睡海吐腥;

无边风雨萧萧去,

曙色朦胧一线明;

法场鲜血囚房泪,

痴心仍图唤苍生。

原名火烧岛的绿岛,是台湾东南海域最远的两个岛屿之一,南北东三面环绕着一望无际的太平洋,西面隔着一道三十三公里的小海峡,和台湾本岛的台东县,遥遥相对。这个面积只有十六平方公里、拥有美丽名称的小岛,使第一次听到它的人,会立刻浮起一种诗情画意:一片青葱的草原,一脉起伏的山峦,浓荫夹道的环岛公路,甚至还可能隐约听到，以绿岛命名的小夜曲！这是一个引人入胜的亚热带的童话世界。岛上朴实纯洁的原住民，靠着打渔为生，过着悠闲而安适的生活，在山野中唱狩猎之歌。

然而，随着大环境的转变，这个小岛也跟着天翻地覆。一百年前，日本人入侵台湾，把绿岛作为囚禁思想歧异分子和政治立场不同的人的场所；五十年前，台湾回归祖国，国民政府沿用日本人的手段，把这个岛继续用做钳制思想和打击异己的天然囚笼。所以一百年来，这个拥有美丽名字的岛，竟成为一个痛苦的岛，一个哭泣的岛。监狱里受难者的呻吟声，法场上死囚被处死时的枪声，互相呼应。监狱外几个世代受难者的家属、朋友和胸怀理想、追求人权尊严以及自由、民主、平等的战士们，绿岛是他们最大的悲痛。它象征暴君和暴政，也象征迫害和挣扎。

然而，任何苦难，都有结束的一天，一百年的痛苦岁月，虽然漫长，终于也成为过去。二十世纪末叶，台湾随着戒严的解除，走出了专制政体的高压统治；在中国土地上，这是我们这一代人民，所作的最大的努力和贡献。在这项伟大的工程中，绿岛扮演了重要的角色。

过去，依中国人的观念，常强调一项教训，要人们忘记过去，尤其是见不得人的过去。暴君暴官们更是害怕人民永远记得他们制造出来的苦难，总是告诫说"算了！算了！"以及"过去了就过去了，再提它有什么用？"长期生活在专制政权下的人们，也往往会习惯地立刻驯服，用家奴心态把过去的苦难，一笔勾销，特别是这项苦难与切身已不太关联的时候。事实上，这种表面看来既往不咎的"温柔敦厚"，乃是因为不敢面对过去的错误，所作的自我屈辱。我们遂永远不能分辨是非对错，也终于丧失了检讨反省的能力，使我们这个民族一直在翻覆过无数次的历史旧轨道上，踯躅徘徊，走不进新的格局，苦难一而再，再而三，不断地重复演出。

台湾人民已经在经济上，创造奇迹，并企图在文化上也创造奇迹，那就是希望人们对于过去的苦难，永不忘记，只有这样，才能保护我们不再走回头路。所以，我们决定在新面貌的绿岛上，建立一座垂泪碑，上面刻着白色恐怖期间每一个政治犯的姓名，不分党派、不分籍贯、不分老少、不分男女。这样做不是复仇，更不是记恨，而只是一项忠于历史的记录，用来纪念、缅怀，更用来提醒，使我们铭记台湾走过的这一段痛苦岁月，为每一位被剥夺尊严的人，恢复他本来面目，并从中得到启示：一个人如果不忘记手指伸进火炉被烧伤的往事，才不至于再把手指伸进火炉。百余年来的眼泪，洗涤了罪恶和悲伤，面对今日家国，警惕民主自由得来不易，并感谢他们所做的牺牲。

绿岛，将永远成为一个欢乐的岛，前来绿岛的客人，不再绳捆索绑，不再戴着手铐脚镣，而是一群欢乐的充满尊严和喜悦的生命。这是我们最大的心愿，坚信它会实现！

绿岛人权纪念碑落成

心灵开放、思想独立的人,在白色恐怖时代,往往不知道对政府的任何诚实批评,或政治改革的浪漫追求,都会为自己招来多么悲惨的下场。直到被捕之后,才发现原来自己对政府的了解,竟如此肤浅。因为它的腐败,比我们当初的了解,要严重得多。

当时,国民党蒋氏父子政府正陷入肝胆俱裂的歇斯底里绝望之中,它憎恨所有忠实的建言,一句话、一个标题,都会使它浑身颤抖。它唯一的反应,就是逮捕和军法审判。一旦投入牢狱,被辱、被残、被杀,完全没有保护自己的能力,即令幸存出狱,可能被送到军营,无限期继续囚禁。即令释放,苦难也不过刚刚开始。家破人亡,身心两伤,加上被整个社会所摒弃和隔绝,政治犯比得了瘟疫的人,还要使人惊慌。

法庭审判,一旦脱离程序正义,就会沦为统治者钳制人民思想的工具,或斗争迫害异己的利刃;整个社会,甚至整个民族，都要付出可怕的代价，人们会逐渐地胆小如鼠、软弱、怯懦、畏缩，甚至丧失辨别是非的能力，完全没有思考的逻辑，因为思考会使人质疑。一九六八年，我被捕入狱，九年二十六天之后获释，每逢向亲友提起自己的遭遇和特务机关的黑暗血腥，大家的反应都是半信半疑，认为一个人既然"自动招认""坦承不讳"，又经过尊严的法庭判决，罪行怎么会假？而更多人则是和稀泥型地说："算啦！算啦！过去的就让它过去吧，提它又有什么用？"

事实上，不但现在，几千年来，一直有当权者和御用圣贤，教导我们应该记忆什么，忘记什么——记忆当权人物所从没有过的美德，忘记当权人物所造成的罪恶。于是，台湾朋友早忘了白色恐怖。当权者和御用圣贤的说法是"过去的就让它过去吧！人死不能复生，青春不能再回，徒挑起仇恨！"

忘记罪恶，尤其是忘记政府政党之类的集体罪恶，罪恶一定会再来，再来到自己身上，或后人的身上。慕尼黑集中营故址上，有一句话："当政府烧书的时候，必须起而制止，否则，下一步就是烧人。"

我们必须保持对集体罪恶的记忆——不限于政治，也包括大瘟疫和大火灾、大水灾、大地震。不是为了悲伤，当然更不是为了复仇，因凶手是大自然，只是为了避免它的再现。保持"政府烧书"的记忆，就是为了避免"政府烧人"。

"记忆文化"，一直被"遗忘文化"冲击。后者在历史酱缸中浸渍了几千年之久，已经酿成一种永恒不变的"家奴文化"。几乎所有当权者和御用圣贤，都大力推广大家应努力去做家奴！忠厚，遂成了遗忘的代名词。

在绿岛建立人权纪念碑，是我们重建记忆文化的起步，它当初有个感性名字——"垂泪碑"，可是乡民不喜欢"垂泪"，我们就改为最直接的"人权碑"。它是一座地平面下的优雅而严肃的建筑，碑文只有一句话：

在那个时代，有多少母亲，为她们被囚禁在这个岛上的孩子们，长夜哭泣！

碑上刻着受难者的名字，这是光荣的英雄名字。看到受难者在摸索到自己名字时的呼叫："我找到我了！"不禁热泪盈眶。

我，感谢我的朋友和这个时代。

隋唐宫廷

中国宫廷，是世界上最肮脏、最淫乱和最黑暗的地方，里面只有皇帝一个男人，他为了发泄性欲，用政治力量，遴选天下最漂亮的女人，集中在一个大围墙（皇城）里，由他兴之所至，想怎么乱搞，就怎么乱搞。传统学术思想中，没有人权观念，更没有女权观念。在男人眼中，女人不是人；在皇帝老爷眼中，女人就更不是人，而只是他陛下一人包下了的娼妓。宫廷之内，皇帝担任的是大嫖客角色，也担任随时都会翻脸无情的杀手。

政治权力一直为帝王服务，儒家学派同时也一直为帝王服务——为帝王们这种六亲不认的淫秽兽行，提供理论基础。五经之一的《礼记》里的《婚义》篇，硬性规定帝王们除了一位大老婆皇后外，还应该拥有小老婆群。纪元前十二世纪周王朝鼎盛时，小老婆群至少有一百二十人，包括第一级夫人三人，第二级嫔九人，第三级世妇二十七人，第四级御妻八十一人。

——凡是帝王，都喜欢并崇拜儒家学派，这是最大的原因之一，只因儒家学派的主张，每一样都使当陛下的老爷或小子，从心理上到生理上，都发麻般地舒服，连随便奸淫妇女，都能制造出一种庄严的画面，使它灿烂夺目。像三位夫人的职责，竟是"坐论妇礼"，九位嫔的职责，竟是"掌教四德"，俨然神圣不可侵犯，其实不过供大家伙床上娱乐罢了。帝王既然龙心大悦，誓死拥护儒家于上，摇尾系统自然如疯如狂，誓死拥护儒家于下。

这种情形，到了纪元后六世纪末至七世纪初隋王朝宫廷，及七世纪中至十世纪初唐王朝宫廷，更变本加厉。小老婆群的位号和人数，花样翻新，艳香扑鼻，使当权的皇帝老爷，心花更是怒放。隋王朝第二任皇帝杨广时，他的小老婆群共分二十级：第一级贵妃，第二级淑妃，第三级德妃，位比亲王。第四级顺仪，第五级顺容，第六级顺华，第七级修仪，第八级修容，第九级修华，第十级充仪，第十一级充容，第十二级充华，位比宰相。第十三级婕妤，位比部长。第十四级美人，第十五级才人，位比省长。第十六级宝林，第十七级御女，位比厅长。第十八级采女，第十九级承衣，第二十级刀人，位比县长。

唐王朝宫廷小老婆群的编制，更加伟大，另有不同，初期：第一级惠妃，第二级淑妃，第三级德妃，第四级贤妃，位比亲王。第五级昭仪，第六级昭容，第七级昭媛，第八级修仪，第九级修容，第十级修媛，第十一级充仪，第十二级充容，第十三级充媛，位比宰相。第十四级婕妤，位比部长。第十五级美人，位比省长。第十六级才人，位比厅长。第十七级宝林，位比郡长（太守、知府），第十九级采女，位比县长。

——中国唯一的女皇帝武曌女士，她最初在皇宫中的地位是第十六级才人，低微卑贱，连皇帝的金面都难得一见。皇后倒是可以见的，每天都要战战兢兢，排队排班，前往参拜问安，跪在地下，不教她抬头不敢抬头，不教她站起不敢站起。

可是，到了第九任皇帝，有名的"唐明皇"李隆基时，继承了皇帝特有的乱伦特权，于七四五年，把儿媳杨玉环女士按到床上，来一个霸王硬上弓，收归己有之后，封她贵妃，于是小老婆群又有变动：

第一级贵妃，位比亲王，第二级惠妃，第三级丽妃，第四级华妃，位比宰相，第五级芳仪，第六级芬仪，第七级微仪，第八级昭仪，第九级修仪，第十级充仪，位比部长，第十一级美人，位比省长，第十二级才人，位比厅长，第十二级尚宫，第十三级尚仪，第十四级尚服，位比郡长（太守、知府）。

皇帝老爷就利用这些密密麻麻的位号，控制小老婆群。使那些如花似玉的女儿们，没有第二个选择，只有全神贯注地使出浑身解数，包括种种自辱人格的行动和恶毒的陷害别人的阴谋，去博取那个唯一的男人的一次之欢，以求升迁，最终的目的当然是皇后宝座。于是，激烈的"夺床斗争"，就跟专制制度下的政治斗争一样，凶恶惨烈，杀机四伏，宫廷中充满了失败者所遭受的沉冤血腥。而这些，升斗小民们不知道，儒家系统的史笔，根据"为尊者讳"原则，沉冤血腥全被掩没，粉饰出的面貌，是一副太平盛世。贵阁下有没有看过电影电视上的古装宫廷剧？皇帝老爷都是忠厚可亲的家伙。同时，在宫廷中，一位美女的沉冤血腥，正是另一位美女的胜利崛起，新当权派就踏在旧当权派尚未凝结的血泊上，欢欣歌舞。我们听不到哭声，而只听到欢欣歌舞。

在隋唐王朝宫廷中，最可注意的有两位人物，一是隋王朝的杨广先生，是一个典型，他有绝顶聪明和绝顶能力，所以隋王朝钢铁般的江山，任何人都推不翻的，他只消十年工夫，就把它推翻。大多数男人都是性的奴隶，杨广尤其厉害，他跟一条发情的公狗一样，唯一的目的就是跟越多越不嫌多的美女上床做爱。另一位是武曌女士，也是一个典型，属于两栖动物，最初以女性的身体当皇后，最后以男性的身份当皇帝，她发动的夺床斗争，凌厉可怖，忘恩负义,心狠手辣。她对中华文化最大的斫丧,是明目张胆地用特务(酷吏)治理国家。这两位人物都付出他们的代价,杨广被绞死,武曌被气死(也可能是被闷死)。但是他们都把他们领导的政权,连根铲除,更引起千千万万人民死亡。他们固然满身罪恶,但陷他们于罪恶而不能自拔的,还是中国传统的宫廷制度。

宫廷实际上就是一座酥胸大阵。西汉王朝末年的宫廷,小老婆群和宫女数目达四万余人,隋王朝宫廷的小老婆群和宫女,数目更多到无法统计。杨广在天下名胜地方,都有行宫,每一座皇宫都建筑在千万小民的尸体和眼泪上。唐王朝宫廷小老婆群和宫女的数目,也不断增加,终于增加到使小民的纳税钱不堪负荷,群起抗暴。

构成酥胸大阵的,有两大支柱,一是如山如海的美女,一是位卑权重的宦官。隋王朝亡于美女太多,唐王朝亡于宦官权力太重。宦官是中国传统文化最丑陋的产品之一。儒家系统的大亨大狮之辈,很少敢于攻击宫廷的美女如云,因为那妨碍到皇帝老爷的兽欲横流。不但很少攻击,有时候还媚态可掬地,用正式公文书(奏章),要求皇帝老爷努力增加小老婆群的人数。同时,也从不敢建议取消宦官制度(偶尔的只敢攻击宦官的个体),宦官是小老婆群的副产品,目的只在防止那些美貌天仙,红杏出墙。如果有谁要求取消，怎么，教俺当皇帝的戴绿帽呀，就要人头落地。

隋王朝属于瓶颈政权，它的任务只在结束大分裂时代烂摊子和引导唐王朝出场。唐王朝是中国最伟大的王朝之一，只有秦王朝、两汉王朝和清王朝，可以跟它媲美。但它无法摆脱宫廷的荒淫、杂交和暴虐。包括唐王朝在内的中国帝王总数，共五百六十人中，只不过产生五位伟大帝王，其他的帝佬帝崽，大多数都被酥胸大阵埋葬。

我们佩服许啸天先生把隋唐王朝宫廷，写得如此详尽。宫廷是蛇蝎之地，一旦泄露"禁中语"，即令他是皇亲国戚，也要处决，所以外界所知的，寥若晨星。但纸永远包不住火，正史上关于这一部分的资料，可靠性很低，"讳"的恐惧使他们如此，必须靠野史的帮助，而野史又往往流于"想当然耳"。许啸天从如此贫瘠的混乱史料中，发掘出宫廷内幕，是一件沉重的工作，也是一件伟大的贡献。

事实显示："酥胸"在政治权力中枢，具有决定性的地位，敏锐地影响全国小民。宫廷里每一个美女的笑声，每一次皇帝的喜悦和每一次淫棍娇娃的踌躇满志，我们应了解，可能都是升斗小民们的一次哀号。

中国人，活得好没有尊严！

最晚从八九世纪开始的一千年来，直到二十世纪初期，假如你于午夜时分，低空掠过中国广大的国土，你会听到，几乎每个中国人的家里，都会发出五六岁或七八岁小女孩惨厉的哭声。那一种哭声，使你心痛如割，可是你却无可奈何。因为摧残这些小女孩的凶手，正是她们的亲生爹娘，尤其是她们的母亲，每天晚上都要向小女孩伸出毒手，把她们小小长方形的脚形，用布条缠起，硬生生缠成一个三角形，肉烂骨折。双脚被缠之后，完全失去活动能力，使大儒大贤之类，更坚持"女子无才便是德"理论。当一个女性，双足残废又不识字，遂不得不依赖男人（父亲、丈夫、儿子），任凭男人宰割。然而，更使人震惊的是，这样一个丑陋和残忍的形象，中国人不但不觉得羞耻，反而引起一片赞美，所有的知识分子，都把它称之为"三寸金莲"，认为"瘦不盈握"是挑起男人勃起的最好工具，在诗词歌赋文学作品中，大量呈现。即令到了二十世纪初叶，仍有些作家在报上说：

> 三寸金莲使一个女人行走起来婀娜多姿，庸夫俗子竟然反对。外国人那种高跟鞋，不也伤害女人的脚吗？而脱了高跟鞋以后，十个脚趾平放在那里是多么的难看。

这种把一半中国人的身体和健康摧毁，使她们成为残废的文化，能不能算是文明？

我们社会的传统，等级森严，有长有幼，有富有贫，有贵有贱。而贵和贱两个阶层——贵中有贱，贱中有贵，层层分明，威力无边。贵的一层，永远乐意于虐待贱的一层，所以市井小民，虽然可以虐待妻子、女儿，但在广大的男人社会中，自己却永远是蚂蚁一样卑微的族群。任何一个小官小吏看他不顺眼，都可以把他揪翻在地，施以鞭打，而大官对小官也是如此。全国最大的官，莫过于宰相，宰相应该可以免此一劫。然而，自公元前三世纪稍后、西汉王朝开始，皇帝可以随时把大臣揪翻在地，骑在他背上，抓住头发。东汉王朝时，皇帝就在金銮宝殿上，殴打大臣。到了明王朝，更是令人战栗，有名的"廷杖"，不管宰相也好，部长也好，皇上只要发怒，立刻就有行刑队扑上来，也把他揪翻在地，用四根绳子，绑在早已固定好的木桩上，用黑口袋罩住他的头部，一块木头塞住他的嘴巴，脱下他的裤子，用木棍捶打。

即令到了二十世纪二十年代，就在北京，一个清王朝的家奴型小官，手提灯笼，走到西单大街，趴在地上，脱下裤子，教他的家人在他可敬的屁股上，痛打五六大板（当时报上说，如果不是熬不住，还可能打十几大板），然后爬起来，向围观的群众说："这种滋味，好久不尝，痛快！痛快！"在凌辱和被凌辱中怡然自得。贵的一边偶然倦怠或偶尔慈悲，歇一歇手，或时代已不允许用这种方法虐待，而贱的一边，还大不满意，千方百计自己作践，想出种种妙计，使主子动手，因为，如不被主子虐待，如不主动向主子献媚、主动献上银两，他就没有安全感。所以，中华传统文化中，谄媚成为主流，马屁和行贿手段之精密，令人拍案叫绝。就在二十一世纪，我还看到有些小册子，称呼他尊敬的人物（假设是我）名字时，还出现"上柏下杨"或者"柏上杨下"的奇观。

我们就在这种文化中，踉跄走来，回首凝望，不禁满面羞惭，长长一声叹息："中国人，你活得好没有尊严！"

中国人，你为什么这么吵？

华人之"吵"，是世界上一大奇景，美国人把它凝聚为一则小幽默后，声名更是大噪。该则小幽默说，有人向警察局报案：有两个华人在走廊上吵得不可开交，扰乱邻居安宁。警察赶来查看，发现只不过是两个中国人在那里讲悄悄话。

我是河南人，邻省朋友们（尤其是安徽），常嘲笑河南人"高半音"，既"侉"又"尖"，难以入耳。我最初还有点大怒，后来听遍了各省方言，发现"高半音"并不是河南人的专长，"侉而尖"更是普通现象，不禁大为轻松。反正，同一文化产生的声音，腔调、音量，虽然稍有不同，但"吵"的程度，全国则一。

如果你从外太空突然降落到地球上的一家餐厅，发现客人喧哗震天，用不着算卦，准可以肯定它是一家中华料理。如果客人都在静静地进餐，那你可别讲中文，包管不会有人听得懂。不但餐厅，即令是一项正式大会，主席在台上穷吼他的，台下听众，三人一群，五人一堆，分别交头接耳"讲悄悄话"，那可准是华人地盘，尽可放心在那里燃支爆竹后，扬长而去，没有人会在乎你的存在。

不但会场吵、办公室吵、家庭吵，商店、地摊、戏台、电视机、卡拉OK、电话筒上、迎神庙会，连出殡、做法事也一律吵得声震屋瓦。"国会"当然热闹得如同菜市场，庄严的"国会议员"，提出质询时，状如巫蛊恐怖时代特务头子审问政治犯，口沫四飞，指手画脚，好像这一下子天网恢恢，疏而不漏，你这个"部长"可算栽倒在我手里了。几年之前，台北还有位"国会议员"，跳到桌子上，大声诟骂，观众和选民，看得如醉如痴。在这种示范之下，胜利者乐此不疲，失败者起而效尤，嗓门一旦高不可攀，除了"吵"，其他就什么都没有了。

就在写此文的今天，我在台北参加了一场作家聚会，台上一人吵，台下大家吵。聚餐时只听有人声嘶力竭，喉咙都喊哑了还在喊。好不容易逃出重围，回家之后，接到一位老朋友的电话，语音凄凉，告诉说："我刚参加一个婚礼回来，这是我这辈子第一次遇到这么吵的婚礼。新娘是一位小学教师，三桌小学生闹得大家非咬着耳朵大声吼，否则就一个字也听不见。"他有一种感觉，似乎是自从进入二十世纪，中华民族"吵"的程度，随岁月而日升，并且发展出一种信心："嗓门大才会赢！"想要中国人静下来，只有使用暴力。因为中华文化是没有自我克制能力的——我可没有说中华文化是没有自我克制教训的！教训多得很，都在书上，而书，都在书架上。

我想和"社会强力的机制"有关。二十世纪嬉皮年代的青少年，一旦进入社会，就会恢复正常，因为要活下去，只有重新纳入秩序一途。而我们不然，"酱缸文化"对正面教养的腐蚀力，犹如吸了强力胶对身心的戕害的作用一样，社会反而成为劣质文化的熔铸炉。成熟理性抬头的社会，是一个情绪受管理，音量得到控制的社会，既然有"理"，就不必一味借助咆哮。不夸张自己的喜怒哀乐，恐怕是中华民族要努力的功课。追根溯源，这是一个教育问题。我们是不是可以大胆地假设：说话的分贝，是文明人和野蛮人的分水岭！文明人"轻声细语"，野蛮人"既吼又嚎"！如果无法依靠教育推动这项"文明化"运动，是不是可以借助法律，动用立法，在国会通过一项"吵律"，用强制的力量，逼使自己提升。

预约下一次，我们推出"吵律"草案。

缺少"尊重"

《红楼梦》中，王熙凤责罚丫环，丫环跪在地上，一语一叩头，王熙凤喝令打嘴，丫环浑身发抖，抬起头来等候，王熙凤又喝令丫环："你自己打！"那个因贫穷卖身的可怜女孩，开始用左右手分别打自己的双颊，一面痛苦地哀嚎，一面用力地抽打，眼泪和打出来的血同时流下。

大分裂时代中，一个王爷，喜欢吃血痂，王府之内的几百位官员，每天的工作就是轮流接受鞭刑，等到伤口结痂，王爷就掀下血痂下酒。另一桩有名的"儿口承唾"，苻坚大帝的孙子，逃亡到江南，无论什么时候，只要他一咳嗽，旁边侍候他的书僮，就会跪下，张开大口，那位王孙就将浓痰吐到书僮的口中。

这还是小儿科的做法，在北齐帝国统治者的人渣家族中，一位王爷，高楼上拉大便，下面的仆人就得张开大嘴承接。长江南岸的王爷更凶，当他铸剑完成后，总是用别人的脖子做试验，如果一剑下去，人头落地，就证明那是一把好剑；如果不能一刀人头落地，而仅受重伤，它就作废。

从这些故事，可以看到，一个人，一旦成了"主子"，也就是一旦有了钱，或一旦有了权，他就能把丑恶凶暴的性格，发挥到极致。

时到二十世纪，凌虐的形式或有不同，但基本的心理状态，永恒不变，经常是"主子"们比上述的王爷更凶。而现在，已是二十一世纪，陕西省的一位"主子"——小学教师，命全班小学生一一出列，打自己的嘴巴。而另一位"主子"，更理直气壮地对一个小学生实行黥刑，在脸上刺青。

这是酱缸培养出来的另一特长，自己的尊严，永远建立在伤害别人的尊严上——伤害别人的人格尊严、身体尊严、生命尊严，而且成为牢不可破的承传，构成另一种"恶婆媳心态"。

传统社会，婆婆对媳妇有无上权威。虽然她自己非常爱自己的女儿，但是她对别人的女儿，却百般地凌虐。媳妇心中充满了痛苦、怨恨，但无力反抗，唯一的盼望是该恶婆婆早日死掉。有一天，恶婆婆死掉，媳妇欢天喜地地坐上婆婆的位置。我们一定会认为：这位受尽恶婆婆虐待的媳妇，绝不会再虐待自己的媳妇，可是，恰恰相反，这个受苦的媳妇一旦变成婆婆,成为"主子"后,立刻也就成为恶婆婆,更变本加厉地虐待新任的媳妇。

恶婆媳角色的传承,思考模式的传承,好像是人生唯一目的,只要等到自己当上婆婆,一定向新媳妇讨债,计息还本。似乎是,中国人什么能力都有(尤其是窝里斗的能力),就是没有"尊重别人"的能力。

我赞成安乐死

安乐死这种想法，建立在神圣的情操上，不是我发明的，我只是虔诚地赞成。记得一九八〇年代，赴马来西亚访问，在一次讨论"痛苦"的意义的时候，我就认为，当人面对绝望的痛苦和死亡的选择时，有自己决定的基本人权。身旁一位女士说："生孩子是何等痛苦，都要坚决忍受，生命怎么可以抛弃！"当时我突然疯狂，握住她的手臂，举起烟头说："女人生产时的痛苦，只是二级痛苦，是可以忘记的。灼伤可是一级痛苦，我现在烧你三秒钟，你再告诉大家，你愿意忍受继续烧，或宁愿死。"她看我如此粗暴，在大家还来不及阻止我以前，就跳了起来。

多少年来，我深为自己的无礼内疚，但一直深思这个问题。反对安乐死的一些正人君子，从来不敢也不肯面对真实的问题——痛苦。不久前听到一件事，一个患癌症的妈妈，在所有的镇痛剂都失效之后，有一天，她悄悄地撬开窗户，正要往下跳的时候，被唯恐她跳楼而埋伏在隔壁的女儿发现，抱住她的腿大叫："妈妈！"妈妈向闻声而来的儿女们下跪，哭着叫："孩子们，放妈妈一条生路，念在我生养你们的分上，放妈妈一条生路！"

我只希望那些正人君子能看到这一幕，是谴责妈妈软弱，还是赞扬儿女们眼睁睁看着妈妈哀号，暗喜胜利？

耶稣在《圣经》中质问法利赛人："你们这瞎眼领路的有祸了！你们说：'凡指着殿起誓的，算不得什么；只是凡指着殿中黄金起誓的，他就该谨守。'什么是大的？是黄金呢，还是叫黄金成圣的殿呢？你们又说：'凡指着坛起誓的，这算不得什么；只是凡指着坛上礼物起誓的，他就该谨守。'"

近代的法利赛人，却仍然认为圣殿不重要，黄金才重要；坛不重要，礼物才重要！尊严不重要，即令贫贱、痛苦、羞辱，被人当田鼠一样拖来拖去，也要活命。继续让法利赛人展示他们的虔诚吧，别人的痛苦和尊严算什么？只有这样他们才能获得荣耀！应该有学术团体作长期调查，最初赞成或反对安乐死的人，十年、二十年或五十年之后，自己得了绝症，有没有改变？也应该像环保学者一样，有个团体，锁定坚决反对安乐死的正人君子，在发现求生不得、求死不能的惨剧时，邀请他们前去参观，再记录他们的反应。

就在前几天，一位接受访问的医生仍然认为，他反对安乐死，只是为了阻止犯罪。我认为这个问题，已超过了讨论的阶段，一个更容易引起杀机的保险业都可以存在，安乐死要比保险业更安全、更人道。至于说到预防，一个小故事可以帮助了解。历史上禁酒最严厉的国家是蜀汉帝国，家里有任何可以酿酒的器具，都会招来大祸——搜查、逮捕、斩首，全国沸腾，民不聊生。有一天，皇帝在城楼上，一位大臣忽然惊慌地指着路上一个人，向皇帝大叫："他是一个强奸犯，快把他拿下！"皇帝惊讶地说："你怎么知道？"大臣说："他身带强奸工具。"皇帝斥责他胡扯！大臣说："为什么家里有一个酒瓢，就可以说他酿酒？"皇帝立刻醒悟，下令解禁。

我们盼望，现代的法利赛人，集合起来，回到古代去吧！古代的刘备，请你提起脚步，莅临现代，再次施恩苍生！

公务员DNA

"待晴日,奇书看罢,卧小窗,午睡听黄莺!"这是仙境!人生最大的享受。

然而,犹如奇人难求,奇书同样也难求!古时出版品不多,从开天辟地的盘古,到二十世纪,奇人不少,奇书却只不过寥寥几部。二十世纪开始,全世界书籍每天以十万册的速度成长,事实上已到了"书满为患"的程度,连二十岁的嫩草,都出书指导人生。要想得到奇书,困难度可以想象,而就在这茫茫书海中,我纵身一跳,抓住了《公务员DNA》。

流行文化有耸动性,最近流行的"只要我喜欢,有什么不可以?"一时成为奇句。叛逆性强烈的年轻人,立刻找到理论根据,称心快意,"爽"了又"爽"之余,才发现这奇句原是一个诡异的陷阱。奇书不属于流行品,它充满了营养,却不板着面孔说教,而是娓娓道来,几句或几段简单的话,就像棒喝一样,引起震撼:"即令你喜欢,也不是什么都可以。"

俗语说："天无绝人之路！"因为绝路往往是人自己造成，假如你是一个官，则不管官大官小，绝路就更是自己造成。我向来怕和官打交道，有一种"灭门知县"的恐慌，也有一种"三大难看之一"的反感——一个差役辞职，官老爷问他原因，他说："我受不了'三大难看'，一是犯人的屁股实在难看；二是女尸的下体，实在难看；三是每天上班，您大老爷的嘴脸，实在难看！"

想不到时至二十一世纪，民主自由社会中，官场如故、官性如故、官老爷难看的嘴脸也如故。升斗小民是不是走上绝路，大都由官老爷做主，而官老爷自己的前程，事实上也仍是他们自己做主，上帝不会做主。王寿来严肃地告诉充满帮助弱势小民意愿的年轻同僚说："你的路会走得长！"这是一句赞赏，也是一句真理。其实，任何一位官员，"只要你迈步，你的路就永远在你面前展开，而且是向上的路、平坦的路"！问题是多少人一旦当官，便倾全副心力做一名巧官，绝不肯为人真正解决问题——事实上，为民纾困，正是为政府纾困，更是为自己纾困。这个颠扑不破的道理，只能有非常之才的朋友，才能洞悉和执行。

成功所以灿烂，因为成功可以累积，任何人都不能凭空创造出伟大的成功。"白手起家"之难能可贵，就在于起家过程中，一路艰辛。王寿来先生介绍《大河之歌》，使人深思。这是美国报业巨子赫斯特写的一首诗，他把人生看成山上积雪，融化为静静的小溪，或喧哗的飞泉，汇成滚滚大河，奔腾入海。海水被烈日蒸发，再化为浮云，重返山岭，降下积雪，周而复始，生生不息！五十年来，每逢赫斯特的忌日，全美千百家赫斯特系报纸，都会刊出这首诗，使人看到无数尊严的心灵。

美国是站在时代尖端的国家，不断在变，一般人都注意到它有所变，未注意到它有所不变，我们的社会却认为无一不变，把国家的伟大民主成果，或个人的一点点米粒成就，完全认为是自己一手主导的奇迹，一概否定前人或别人，一切都从自己开始，造成以自我为中心的陀螺旋转的性格，经验无法累积，永远只是一个旋转中的陀螺，一旦能源耗尽，就倒地不起，深陷在惊惶四顾的短小格局之中。

建立饮水思源和感恩图报系列的情操，是人之所以为人，而异于其他动物的高贵品质。《大河之歌》响起之处，正是感恩号角之声响起之处。只有聪明得冒泡的人，才认为自己可以断裂历史，创造过去。《吃果子拜树头》一文，正是这种呼应。

另一个千年以来"得""失"迷思，王寿来给了我们全新的思维。超级务实、超级功利性的中华文化，对"得"与"失"的认知，十分混乱。以致产生"吃亏就是占便宜"（吃了亏还硬说是占了便宜）的酱缸价值，及"有失才有得"（出一根红番薯，定能套进一头笨猪）的酱缸逻辑，使人在受尽欺凌之后，不但不敢愤怒，反而仍念念不忘要占对方的便宜。实际上，只不过永远只记得他的"失"，用来自怜或乞怜，却不会想和不敢说他的"得"！所以我们最多听到的是人如何抱怨他的工作，而很少听到人说喜欢他的工作！华人文化使我们坚信：如果我说我喜欢我的工作，我便没有身价。

写到这里，应该结束了，否则，我会露出我浅陋的弱点，就全盘输给王寿来！西方的伊索先生，写了一本智能的书：《伊索寓言》；两千年后，东方的王寿来先生，写了一本智能的书：《公务员DNA》，他是另类伊索。

崇洋,但不媚外
——美国之行,杂感之五

《封神榜》是中国的《伊利亚特》,神仙如云,妖怪似雨,虽然最后都归结于邪不胜正,但双方打斗过程,仍花样百出,轰轰烈烈。《封神榜》神怪中最厉害的角色之一是殷郊先生,他阁下的番天印,乃天下第一等盖世奇宝,只要口中念念有词,喝一声"疾",该盖世奇宝就被祭升空,砸将下来,不要说人的血肉之躯,就是喜马拉雅山,都能一劈两半。这还不算叫座,叫座的是连把法术传授给他的师父广成子先生,都无法抗拒,一见殷郊先生翻脸无情,祭起那玩意,立刻魂飞天外,落荒而逃。

柏杨先生这些时吉星高照,忽然间也遇到了这种盖世奇宝,不过时代不同,现代化的"番天印"不叫"番天印",改名换姓,另行修炼,而叫"崇洋媚外"。只有"崇洋媚外"这句话被现代殷郊先生隆隆祭出,比三千年前的"番天印",还要雷霆万钧。洛杉矶一次聚会上,我正头顶石臼,努力演唱,一位听众老爷忽然传来一张字条,上面写曰:"老头，想不到你竟崇洋媚外，认为美国一切完美，而美国绝不像你想象中那么完美。"稍后，洛杉矶《南华时报》刊出铎民先生一文，其中一段曰："崇洋媚外观念，应该猛批。柏杨老头也像许多刚踏上美国本土的老中一样，迷失在这个社会表象的美好之中，先是自惭形秽，接着是妄自菲薄。假如他能够待上个三年五载，相信观感必会大不一样。"

"崇洋媚外"这个盖世奇宝，大概是十九世纪四十年代鸦片战争之后，才修炼成正果，为害人间的。这奇宝的内容，可用一个老汉朋友的怒吼作为代表："你们这些崇洋媚外的家伙（这还算客气的，有时候简直成了'汉奸''洋奴''卖国贼'），千言万语一句话，无论是啥，都是美国的好，要说美国科学好，我还服，要说连美国的文化比我们好，我就不服，难道我们连做人处世，也要学美国乎。"

——怒吼的不仅这么一位老汉也，而是很多老汉，事实上很多小汉也同样怒吼，就使我老人家的血压大增。

这里涉及一个重要课题，有些人竟能对截然不同的两事和并没有因果关系的两种行为，不经大脑，就能用唾沫粘在一起，实在是高级技术人员。"崇洋"与"媚外"相距十万八千里，风马牛互不相及，经过如此这般硬生生粘在一起，动不动就掏将出来"猛批"，灾难遂无远弗届矣。不过受伤害的并不是被置为"崇洋媚外"之辈，而是因怕"媚外"，而不敢"崇洋"的大多数小民。柏老的意思不是说根本没有人崇洋媚外，这种人物可多得要几箩筐有几箩筐。而只是说，更多如山如海的朋友，却是"崇洋"而并不"媚外"的也。在洛杉矶会场上，我一时紧张，忘了自己客人身份，把脸一抹，露出本相，立即反问与会的绅士淑女，为啥不坐独轮车而开汽车来瞧老头？开汽车就是崇洋。为啥不梳辫子，不束发盘到头顶，而弄成左分右分模样？左分右分模样就是崇洋。为啥女士们不缠三寸金莲，走路一拧一拧，而天足穿高跟鞋？天足穿高跟鞋就是崇洋。为啥男人不穿长袍马褂，或更古的京戏上宽衣大袖，而穿西服？穿西服就是崇洋。为啥不吸水烟旱烟，而吸纸烟雪茄？吸纸烟雪茄就是崇洋。为啥煮饭时不用煤球木柴麦秆，趴到灶头吹火，而用电炉瓦斯？用电炉瓦斯就是崇洋。为啥不睡土炕，而睡弹簧床水床？睡弹簧床水床就是崇洋。为啥见了顶头上司不忽咚一声跪下磕头，而只握手喊"嗨"？握手喊"嗨"就是崇洋。为啥不弄碗豆油燃亮，挑灯夜读，而用电灯？用电灯就是崇洋。为啥寄信时不托朋友顺便带去，而弄张邮票一贴，往一个密封筒子里一投？贴邮票投邮筒就是崇洋。为啥不去看皮影戏，而去看电影？看电影就是崇洋。为啥不拉着嗓门猛喊，而去拨电话？拨电话就是崇洋。然而，我可不相信各位绅士淑女媚外。

回到国内,心里更沉重得像挂个秤砣,觉得事情必须弄个一清二楚,才能不做亏心事,不怕鬼敲门。阅兵之举刚过,各位读者老爷的记忆犹新,夫洋枪洋炮、洋鼓洋号、洋指挥刀、洋军乐队,哪一样不是崇洋产物,可是,却又哪一样媚了外?地面分列式空中分列式,更是崇洋产物,又跟媚外怎么攀上内亲?深入家庭社会一瞧,简直更成了惊弓之鸟。写稿也好,写文也好,写黑信告柏杨先生挑拨"人民"与"政府"间感情也好,都只用原子笔钢笔而不用毛笔,原子笔钢笔(加上打字复印)固努力崇洋者也,与媚外又有何干?客厅里也好,办公室也好,公共场所也好,只坐软绵绵的沙发,而不坐硬邦邦的长凳,软绵绵沙发固努力崇洋者也,跟媚外又何干?上星期去一位朋友家串门,他当面吆喝"崇洋媚外",把我吆喝得发起酒疯,找了个榔头,要把他家的抽水马桶砸个稀烂,教他使用中国传统的土造茅坑。他太太苦苦哀求,我也不理,誓言跟崇洋媚外的抽水马桶不共戴天,等砸了抽水马桶后,我还要砸电视机、砸收音机、砸电冰箱、砸瓦斯炉、砸电话、砸电灯……最后还是他家姑娘,大学堂毕业生,深中"崇洋"之毒,竟诉之于法,召来警察,把我轰出大门,才算结束这场闹剧。否则,一榔头下去,他们可是住在二十楼的,全家屁股立刻就没地方放。不过,想了半天,也想不出该姑娘有啥地方媚了外。

呜呼，真不敢想象，如果上帝老爷一旦大发神威，把中国人"崇洋"所得到的东西，全部抽掉，不知道我们还剩下了些啥？番天印朋友鼻孔冒烟曰："难道我们连做人处世也要学洋人乎？"咦，真是一个糨糊罐，这还要问，我们在做人处世上，当然更要崇洋，更要学习洋人的优点，但这跟媚外又有啥瓜葛？中国在政治制度上，崇洋已崇到过了头，首先就把五千年帝王世袭传统一笔勾销，猛学洋大人的投票选举。接着把封建专制一脚踢，猛学洋大人的民主政治。在经济制度上，抛弃五千年的重农轻商，猛学洋大人的工商第一。更抛弃五千年做官为唯一途径的人生观，猛学洋大人多层面结构。在文化上，整个大众传播工具，包括报纸、电视；整个艺术创作，包括小说、诗、话剧、绘画、音乐，又有哪一样不是崇洋崇得晕头转向。可是，岂全国上下都死心塌地地媚了外乎哉。

情绪化的番天印"崇洋媚外"，是语意学上的差误，经不起思考，经不起分析。铎民先生曰："假如在美国住上三年五载，相信观念必会不大一样。"这是可能的，但也不见得。我们盼望武器更精密，要求崇洋学习。我们盼望中国的工商管理更有效率，要求崇洋学习。我们盼望中国人一团祥和，要求崇洋学习说"对不起""谢谢你"。

我们盼望中国人排队，要求崇洋学习一条龙。我们盼望中国人尊重斑马线，要求崇洋学习严守交通规则。我们盼望中国人过弹簧门缓缓松手，以免后面的人脑震荡，要求崇洋学习伫立以待。我们盼望中国人都有开阔的侠情，要求崇洋学习笑容满面，乐于助人。我们盼望中国人身体健壮如牛，要求崇洋学习把时间花在运动上，不花在窝里斗上。——这一切，怎么拉上他妈的媚外？面对彬彬有礼的洋大人，我们难道不自惭形秽？反应该"不忘本"到底，横眉竖目到底乎哉。古书曰"知耻近乎勇"，死不认错只要情绪冲动，捶胸打跌，就可功德圆满。而知道啥是羞耻，不但需要勇气，更需要智慧。

——铎民先生在"自惭形秽"下，紧接着"妄自菲薄"，这两句话同样没有因果的必然关系。自惭形秽固然可能妄自菲薄，但也可能矍然醒悟、发奋图强。日本老爷的明治维新，就是这么搞起来的也。情绪激动的夹缠，属于风火轮战术，实不敢当。

美国一位教授写了一本《日本第一》，没有一个美国人怒詈他崇洋媚外。柏杨先生只不过写了几篇仅涉及皮毛印象，便番天印乱飞。呜呼，你就是掐着我的脖子，我还是要嚷："绝对崇洋，但不媚外！"还请读者老爷思量。

一九八一年十一月二日

爱情如火

求偶是一种艺术,其妙只可意会,不可言传,甚至比真正的艺术还要艺术,有些人无师自通,花样翻新,有些人却钻研一辈子也搞不出一点名堂。去年美国各地光棍,纷纷成立"打倒霍斯顿俱乐部",盖霍斯顿先生,是一个极平凡的海员,他在纽约娶了一美丽的太太焉,在旧金山又娶了一美丽的太太焉,在夏威夷也娶了一美丽的太太焉。最后一次,则是在洛杉矶,正和一漂亮的女郎结婚,被旧金山那一位太太,打了个鸡飞狗跳,这种公然重婚案子,经电视、广播、报纸,一齐报道,自然天下皆知。于是,纽约太太赶了来矣,夏威夷太太也赶了来矣,她们柳眉倒竖、杏眼圆瞪地聚集一堂,但其赶来非为打架,而是前来看护丈夫,生怕别的女人把他抢走。法庭之上,谁也不肯离婚,而那位还没有举行结婚典礼的新娘也宣称,他如果不娶她,她就要告他。结果那个艳福冲天的家伙拥着四个太太,买了一辆汽车,招摇而返。报上说,他自任司机,一出郊区，四个太太还唱歌哩。

这种事不要说发生在美国，便是发生在我们中国，也会使光棍七窍冒烟，故各地均有"打倒霍斯顿俱乐部"产生。由此可看出一个要命的问题，有些人对求偶——包括交友、求婚和结婚，特别具有天才；有些人却硬是束手无策。惜哉，霍斯顿先生对他的那一套不肯写一本书传授给大家，以便普度众生。（他说他还要娶第五个太太哩，真把人活活气死！）

不过，问题严重性也就在此，霍先生如果真的写了出来，也许会因其公开之故而全部失灵。昔隋炀帝杨广先生宠杨贵儿，对其他千万宫女看也不看，萧皇后大急，有一天，把杨贵儿找了来，问曰："你能把皇帝迷成这个样儿，一定有你的一套，我们是姐妹，告诉我听听。"若换了霍斯顿先生，恐怕萧皇后再巧言花语，他都不会露一点口气，可是杨贵儿到底年轻，经不住萧皇后一再拜托，竟全盘端出，于是糟啦，当天晚上，杨广先生还要找杨贵儿，萧皇后嗤曰："你以为她真的爱你乎？"乃一一告之底蕴，杨先生失望之余，从此跟杨贵儿断绝邦交。

呜呼，杨贵儿当时到底说了些啥，我们不知道，但她的那一套，和霍斯顿先生那一套一样，一定很有点学问，否则不会把对方吃得死脱也。现在台湾最大的社会问题，不在怨女，而在旷男，再丑陋，再没有学识，再年华老去的女人，都不愁嫁不出去。在这儿没有人要，去了美国，猪八戒也变成杨玉环矣。你听说有嫁不出去的女子乎？即令有之，责在自己，是自己不肯嫁，不是嫁不出也。而臭男人便不然，小自二十岁起，老至七十岁止，光棍林立，其数目本已超过女人多多，不成比例，便是两个男人娶一个太太，恐怕有人都得望妻生叹，娶不到手。更何况有些女子天生的怪毛病，不肯嫁人乎。于是，男人比女人苦得多啦。记得十年以前，光棍朋友求偶，先讲上一大堆条件，曰年龄如何，曰相貌如何，曰学识如何，曰籍贯如何。十年之后，所有条件全化为乌有，只要是女人就行啦。而天下奇怪的事也就在此，臭男人总以为降低条件，定无问题，谁知道却是越降越糟。一个大学生，十年前非高中毕业生不娶，五年前初中毕业生亦可，而今小学毕业生也成。可是想当年初中毕业生嫁高中毕业生，她已很满意，如今小学毕业生出嫁大学生，她还不肯干哩。

这种事与人心不古无关，乃典型的经济学上供求律，女人多而男人少，男人当然值钱。美国的女孩子，星期六晚上彻夜守候在电话机旁，全家若逢戒严，父母兄弟统统不得使用，唯恐男友约会的电话打不进来也。第一次约会之后，男朋友要吻她，就得给他吻，一个做母亲的曾向报界诉苦曰:"我女儿如果不叫他吻的话,他第二次便不约她。"咦,真叫中国男人吐血,就凭这一点,下辈子都得投生到美利坚。

(柏杨先生按:男多女少,是一九六〇年代现象,二十年风水轮流转,现在到了一九八〇年代,女多男少,形势乃倒了过来,成了女孩子整天惶惶的世界,嗟夫!)

中国男人的危机,既如此严重,可是仍有的男人今天娶一个,明天又娶一个;有的男人女朋友一大群,争着都要嫁他;有的男人妻貌如花;有的男人妻子的学问大得可怕。他们都是"有一套"的人物,在求偶艺术上有其高深的造诣,为光棍朋友所不及也。

求偶的学问博大精深,有这种学问的人,便有资格拥娇妻而抱爱子,痛享家庭之乐,没有这种学问的人,只好焦头烂额,生趣全无。这种现象,不仅人类如此,其他动物也是如此。光棍之士,如果稍为留意观察,当有心得,对自己不无裨益也。

君不见凤凰乎?有漂亮尾巴的乃是男凤凰,见了女凤凰便来一个孔雀开屏,把全部家当都亮了出来,于是女凤凰晕头晕脑,非嫁他不可矣;这跟男人在女人面前故露美钞一样,盖有些女人一见美钞就浑身发痒,事便无不成也。君又不见狮子乎?有漂亮鬃毛的乃是男狮子焉,女狮子见了那鬃毛标记,芳心大动,不要说结婚,便是同居也行;该鬃毛跟"华侨"二字有异曲同工之妙,柏杨先生常看到有些归国的男士,唯恐别人不知道他是华侨,没谈上三句,他就掏出洋大人之国的护照(就目前情形看,菲律宾华侨最吃香,泰国次之,美国又次之,刚果华侨最说不响);而女孩子一旦交上华侨朋友,表演得就更卖力。你和她见面,三分钟之内如果还没有谈到她的男朋友是华侨,并作羡慕之状,她准恨你一辈子。

凤凰和狮子,其求偶在于"露一手",而蜘蛛和螳螂求偶,却是拼老命地干,至为惨烈。凡是举网以待飞蛾的蜘蛛,都是小姐,不知道当初上帝是怎么搞的(我想他老人家当初造蜘蛛螳螂时,夏娃女士一定刚被亚当先生修理了一顿,气愤之余,代捏了几个,自然把男性捏得如此的苦兮兮),女蜘蛛一见了男蜘蛛,就捉而吃之。呜呼,事情竟糟到如此地步。假如人类也是如此,小姐太太们见了男人就杀了清炖,恐怕男人们早逃得精光。可是男蜘蛛不然,他阁下一旦动了求偶之心,就在蛛网四周,围绕舞蹈,女蜘蛛在网当中随着他舞蹈的脚步,而旋转身子,准备大嚼,双方僵持下去,一直到女蜘蛛终于被男蜘蛛的诚心诚意所感动,男蜘蛛察言观色,才敢进攻。

螳螂亦然,男螳螂跟男蜘蛛一样,也要围着女螳螂频频跳舞,飞媚眼而作丑态,一直等到女螳螂心肠发软,男螳螂才敢乘机而上。不过,苦兮兮的关键就在这里,一旦那个女蜘蛛、女螳螂清醒得过早——颠鸾倒凤未毕,而她阁下已悠悠还魂,那男的就完了蛋,她把他捉住,先从头上吃起,直吃得剩下几段肢体才罢。

此之谓"无所惧"也,蜘蛛、螳螂求偶如此危险,还照求不误。有些男人胆小如鼠,把自尊心当作肥皂泡一样,战战兢兢,捧之护之,心里想,如果女孩子拒绝了我,岂不丢了大人也哉。于是你既然怕丢人,便只好单身到底,让别人在背后指你脊椎骨,怜你老光棍矣。

有一种现象是我们有老婆的人所不忍言者,年逾四十,而仍未结婚的人,不用到区公所抄户籍本打听底细,他准多少有点毛病,当然也有正常的人,若事业心重和求学心重的人属之,但大多数朋友,都有一本伤心泪史,愧对凤凰、狮子,亦愧对蜘蛛、螳螂也。不是在这方面缺一点,便是在那方面缺一块;不是言语太多,便是言语太少;不是胆子太怯,就是胆子太大;不是性情太凶,便是性情太懦;不是穷得不名一文,便是富得使女孩子不舒服;不是半瓶墨水,便是奇酸学究;不是行为古怪,就是想法离奇。每人皆不自知,只有旁观者看得清楚。

我有一个朋友,已是老家伙矣,苦追车掌小姐,他天天坐那一路车，车子到站，小姐请他下车，他曰："我现在不下，你在哪里下，我也在哪里下。"小姐无法，把车开到停车场，小姐下矣，他偷偷地塞给她一信，信上曰："我爱你，犹如公猪爱母猪，晚上七时我在大世界等你，请你看电影。"不知者准以为我的朋友是××人，盖××人对情人的昵称，都是用小猪形容也，这一场求婚之战的结果如何，不卜可知。第二天，该老友向我请教，我训之曰："你还恋爱个啥，不如吃巴拉松算啦。"听说若干年前，有某先生和某女作家打得火热，简直非结婚不可，想不到有一天他给她写信时，忽然心血来潮，想文艺一点，乃曰："亲爱的小寡妇——"呜呼，这种人一辈子没有太太，有啥可稀奇的。

又有一位朋友，方在中午，和女朋友坐三轮车，平常日子无论在什么情况下，他都要坐在左边，其理由万分充沛，盖左边靠快车道，万一出事，他有义务代女朋友翘辫子。这种情况都可以假想得出，你能说他的神经系统有毛病耶？结果有一次，女朋友先上了车，坐到左边，他坚持她非坐到右边不可，女朋友不愿再行移动，宁愿被汽车撞死。吾友认为他顶天立地，岂可做出逃避责任之事，双方争执半天，相持不下，拉拉扯扯，观者人山人海。"三作牌"也加入漩涡，苦劝吾友稍让，可是吾友乃圣人门徒，深知

"执善固执"的精义,坐在左边既是善举,便是原子弹都不能动摇他的意志,气得女朋友大哭而去。一直到今天他仍是一条光棍,去年甚至还闹了一场掀女职员裙子的表演,在报上着实出了一阵风头。

爱情如作战

柏杨先生有一句话,说出来准使正人君子和天真纯洁的朋友们寒心,但如果不说,又觉得实在忍不住。盖不但人生如作战,不但追求异性如作战,不但谋职做事如作战,即令在爱情上,在家庭中,以及夫妻之间,无一不是作战。这作战有两种意义,一是要征服丈夫(借此补充一个隆重的声明,我们谈妻子时,没有抛弃不谈丈夫之意,不过同时谈两方有点麻烦,敬请举一而反三),使丈夫死心塌地,心服口服。二是要击败其他女人,使她们在丈夫眼中,不占席次。如果自以为天下已定,老娘不必再战战兢兢,不必再杀得血流成河,那么她的江山真是危如累卵。如果上帝和她特别有交情,没有人碰她,那是万幸。如果上帝一时照顾不到,竟有人碰到,稍微一碰,恐怕再多的蛋都要稀烂。

一个有头脑的太太,永不会忘记修饰自己,不知道修饰自己的女人乃一头伟大的母猪,它以为它连老命都奉献啦，应该被爱了吧。人类却是爱猫者有之，爱狗者有之，爱金丝雀、画眉者有之，而爱母猪的似乎不大多也。盖人之异于禽兽者，在于人有审美眼光，禽兽则无。人类间之爱，不完全基于实用，有时候甚至和实用根本一点关系都没有，而只求悦目。像一幅图画，像一首音乐，它能疗饥疗饿乎？一个做妻子的人必须了解这一点，才算孺子可教。你为他做饭，洗衣，带孩子，他睡觉时你为他打扇子赶蚊子，他病了你三个月都不睡觉——呜呼，这一切都是对的，也是可感可佩的，但仅仅如此这般还不够，必须再有点别的才行。如果能穿得整整齐齐，长得漂漂亮亮，举止缠缠绵绵，那将更无懈可击，大获全胜。有些太太坐在梳妆台前，一坐便是三十分钟，坐得老爷叫苦连天——咦，对于那种叫，当太太的千万不要介意，孟轲先生曰："其辞若有憾焉，其心乃窃喜之。"便是说的这一类的事。世界上没有一个丈夫不愿自己太太美如天仙，但又不敢明目张胆鼓励她在脸上身上乱搞，抓住一点埋怨埋怨，乃人性之常。有些三心牌太太，丈夫对她固没啥可挑剔的，甚至还到处宣传她贤惠，不过心里总有点不是味道，尤其是面对着别的娇娃，那股劲就更难排遣，家破人散的危机乃在赞美声中埋伏生根。

女人们修饰自己，也就是说，女人们爱漂亮爱美，是正当的，也是她们的特权。呜呼，不但是特权而已，依柏杨先生之见，那简直是她们应负的严正义务——她必须有适当的打扮，以使她的丈夫爱她，她的子女敬她，她的朋友以她为荣。她至少也应使她的丈夫、儿女和朋友们不厌恶她。她如果做不到这一点，就是没有尽到一个女人或一个妻子应尽的本分，她就要付出代价。

一个女人，美丽不美丽，是天生的。漂亮不漂亮，却是后天的培养。天生的黑皮肤，吃啥药都不能使之变成雪白，但应想办法使之润泽；天生的罗圈腿，走起路来若鸭子散步，应靠毅力扳之使正；天生的笑时露出牙床，自不能从此不笑，但不妨少大笑而多微笑；天生的有点驼背，怎么也挺不直，则应经常地穿高跟鞋，同样可以刚健婀娜也。有些女人，生了一个孩子之后，便理直气壮地开始糟蹋自己，真叫人在旁为她捏一把汗。前月有一位朋友发生婚变，太太留学生也，读的还是目前最吃得开的美国语文，在某学堂教书，丈夫是个爱面子的人。（谁又不爱面子乎？）若干年前，有一次一起去参加婚礼，两人约定在礼堂会齐，届时太太抱着孩子驾到，玻璃丝袜扭在腿上不算，还有一只重叠而下，堆在脚面上，一双平底鞋，鞋底烂而四溢，鞋面上东一块泥，西一块灰，丈夫顿觉脸上无光，便悄悄告诉她快去把袜子提好，她觉得他挑剔她，愤愤不理，丈夫不愿看她的嘴脸,便躲到休息室和新娘的爸爸聊天,十分钟后,该太太尾追而至,冲着他勃然曰:"袜子提好啦,你可以消气了吧,我找你不容易,请也抱抱孩子,何如?"该丈夫站起来,夺门而逃。那一次便闹了个天翻地覆,柏杨先生是居中调解人之一,该太太悻悻曰:"我就是穿袜子穿得不整齐,也犯不上发那么大的脾气呀。"呜呼,她念书虽多,却是把书念到狗肚子里去啦,竟不知道问题不仅在于袜子,而在于她的那种没有情调、不懂风趣的气质。即以当天而言,她虽然提上袜子,而鞋上的灰仍在也,其腰仍弯如虾也,其脸上的粉仍东一块西一块也,其头发仍是一个半月以前梳洗的也。尤其是大庭广众之下,她那些奇妙的举动,不但不能争回自己的荣誉,且徒使两个人都无地自容,我当时便警告她自我检讨。事后我一直为她担心,前些日子,她果然把家捣散。

真正天生的美女不太多,而且怪的是,天生的美丽女子,如无训练,往往索然无味。有吸引力的女人并不是全靠她们的美丽,而是靠她们的漂亮,包括风度、仪态、言谈、举止,以及见识。任何女孩子们都应注意的是,妻子就是妻子,既不是主人,也不是奴仆,既不是女儿,也不是娘。丈夫对她有各种矛盾的要求,当伴他外出时,她应是公主;当在家做家事时,她应是佣工;当谈情说爱时,她应是妍妇。最简单的一个例子可举出来：当她洗衣洗碗时，他希望她洗得又勤又净，可是当赴宴会和别人握手时，他却希望她的手又白又嫩。男人心理竟如此之怪，甚至如此之坏，一个做妻子的真应该恍然大悟，有所抉择。

以中国人而论，大体上说来，南方籍的夫妇，比北方籍的夫妇，要有情趣得多，盖北方人爽朗敦实的性格，他们内心虽如火烧，却缺少表达的能力，给人的印象是木讷无味。在北方，一旦成为好友，危急时他真能两肋插刀，为你卖命，但感情越笃，他和你在一起越是没话可说，盖他认为两人既属知己，就不必再花语巧言啦。这种气质固有其长，但在夫妻关系上，却实在别扭。柏杨先生有一位朋友，年龄已逾四十，太太大学堂毕业，且有两个可爱的男孩，去年硬是离了婚。问他为啥如此胡搞，他不回答。但日子既久，一直等他和那个介入的女孩子结了婚，酒余茶后，口风不紧，才略露若干，他曰："那女孩子有一次把脸埋到我怀里，呓语般地说：'我爱你！'老天，我结婚十五年，太太从没有讲过这种话，我以为这种话只电影上才有。"呜呼，所谓情调风趣，都离不开行动，诚于中而形于外，如果不能形于外，不出两个原因，一是根本不诚，一是呆头鹅，不知如何去形容也。这两种原因，无论哪一种，都会在家庭中造成阴影。名作家程大城先生曾说过，北方人不要说搞政治搞不过南方人,即是恋起爱来都恋不过南方人,盖北方人处理感情的方法实在是有点落伍。如果不信,有柏杨夫人为证,她年轻时固一时之杰也,清末之时,读洋学堂,虽是小脚,却会骑脚踏车,头披红巾,驰骋过市,路人为之侧目,我当初拍她的马屁,硬说她是"女侠飞红巾",可是,结婚之后,粗线条不退,入了民国,被坏风气所染,更讲起男女平权来,情况就一天比一天糟。悲夫,一个女人粗线条再加上误解男女平权的真谛,真会搞得臭而不可闻也。女人终是女人,除非像虢国夫人那样的美如天仙,她便没有不施脂粉,不涂口红,不打扮漂漂亮亮的自由。在美国,凡是不涂口红的女人会被认为是一种失礼,啥地方都不敢去,而在中国,却有人颇为欣赏,认为那是朴实无华。一个妻子,她有义务使丈夫看着她舒服。她不能做到这一点,她就是个不可救药的母大虫。

——我们前已言之,当指妻子时,也指丈夫;当指女人时,也指男人。盖把同样的话,只换了两个字就再重复一遍,实在辛苦。但在这里,柏老仍要重复这一段:一个丈夫,他有义务使妻子看着他舒服。他不能做到这一点,他就是不可救药的臭狗屎。

爱情与金钱

家庭的基础有两个焉,一曰爱情,一曰金钱,缺一不可。有些男女鬼迷心窍,一味崇拜爱情,认为只要相爱,三天不吃饭,只喝凉水都能不饿,那是少不更事的看法。呜呼,有一点说穿了准叫人发脾气,贵阁下仔细研究过没有?离开金钱,便没有爱情,至少也要影响爱情,而终使之破灭。有些爱情如火的少女,除了爱情,啥都不要,可是一旦爱情到手,固仍是啥都要也。柏杨先生总是在想,王宝钏女士苦守寒窑十八年的事,实在大大的可疑,恐怕根本没有王女士那个人。这不是我瞧不起爱情,而是我不敢瞧不起金钱。

和这恰恰相反的,也有些人昂昂然自以为深得人生三昧,见了钱眼睛就花,认为只要对方有钱,我便快乐,爱情算个屁哉。这是一种聪明透了顶的看法,没有钱绝对痛苦,但如果把快乐单独建筑在金钱上,那比单独建筑在爱情上还要危险。这不是柏杨先生忽然板着面孔乱训人,而是，一个人的欲望如果只是追求金钱或权势，他便永不能获得满足，而不满足便不能快乐。

爱情和事业间的矛盾，是人生最大的痛苦，根本无法调和。一个男人如果不努力上进，那算个啥东西？可是一旦努力上进，或负笈海外，或天天不在家，都无法跟妻子长相厮守。某一美国杂志上曾著论曰：美国太太们俱乐部之风最为流行，因她们太孤寂啦，甚至想偷情都没有对手。盖所有的男人都忙，为激烈的生活竞争而挣扎，有偷情工夫的人不多也。不过，一提起"事业"，容易使人生出一种肃然起敬的伟大之感。赵先生开了一家工厂；钱先生开了一家公司；孙先生竟然造了七八条船；李先生留学美国三十载，回国后当了大官；周先生的官更大，二十年前还是科员，如今当了部长，不但一呼百诺，而且又是供给制；其他武先生、郑先生、王先生，无不位尊而多金。这就是一般人心目中的事业矣。赵云先生所谓"事业"，大概不外如此。对于这些，我们一点也不轻视。问题是，聪明透了顶的人常攻击爱情算个屁，事业第一。嗟夫，其实上述的那些玩意，恐怕也只能算个屁，如果那也叫事业，也值得煞有介事地洋洋自得，那才是黑无常见了白无常者也。我想没有几个人的事业比得上吾友恺撒大帝，但恺撒大帝临死时，念念不忘的不是他的事业——罗马帝国，而是他的娇妻爱子。(帝国这玩意比起一个工厂,或一个公司,或一个官,如何了哉?)有一首元曲真该看看,曰:"袖遮银灯,手掩书卷,带笑呼郎听妾言。天到这般时候,你还不眠。不见那铁甲将军夜渡关,不见那朝臣侍漏五更寒。全部是为功名辜负了鸳鸯枕,为富贵忘却了艳阳天。郎啊,你纵有钱,难买妾的青春美少年。"

呜呼,爱情和金钱——也就是事业,像两个翅膀,缺少一个,便不能起飞,硬要它起飞的话,准跌得头破血流。一脑筋幻想的爱情至上主义者和视钱如命的拜金主义者,都不能产生幸福的婚姻。如何使二者平衡发展,或二者冲突时,要哪一个,弃哪一个,那就要看各人的智慧和各人的运气矣。

老妻少夫

夫妇们的结合,年龄是一个最大的考虑,提倡爱情不讲条件的人,于此又被打一嘴巴。《边疆英列传》上那个唯一的女主角把男主角赶出房子之后,曾厉声问曰:"假如我是一个七八十岁的老太婆,你也如此殷勤,硬要为我效劳乎?"问得男主角呆了半天也说不出答案。这可说明一点,恋爱也好,失恋也好,甚至成了怨偶,打打闹闹,以至仳离,年龄往往占一个重要地位。这是一个沉重的"结",最好是一开始便没有这个"结",不幸而有这个"结",怎么把它解开,就得各显神通。

大概任何农业社会,都流行早婚,而任何早婚社会,差不多都有一种现象,那就是妻子的年龄往往比丈夫的年龄大。中国北方,尤其如此,争取人力故也。盖当丈夫的男孩子,不要看他在结婚之日,头戴金花,身坐大轿,神气得不得了,实际上主角并不是他,他只不过一张领东西的收条,凭该条收到新娘一名。收到之后,便不再重要,而交由母亲支配矣。洗衣烧饭，下田耕种，俗话说，一个好媳妇等于三条壮牛。柏杨先生在家乡时，常见一些少妇收割玉米，禾高没人，禾叶如刀，如果是在台湾，女人们一定浑身密密地包将起来，只露两眼。北方的农妇则不然，她们的婆婆叫她们把两袖和裤管卷起，问婆婆那是为啥，婆婆曰："肉割破了会慢慢长好，衣服割破了岂不要换新的？"此固可看出北方之穷，婆婆之恶，但也可看出娶媳妇的主要作用何在。

因之，一个十四五岁的男孩子，其新娘往往是十七八岁，十八九岁，二十岁，二十一二岁，甚至更大，那简直是一场残忍的玩笑。看过小姐选拔的人恐怕都有此感，女孩子到了十七八岁，已经相当成熟，知道自己照料自己，俨然的小大人、小母亲，此时便是把一个家庭的重担放到她身上，她都能担当得下来。可是，不要说十四五岁的男孩子，便是十七八岁的男孩子，又如何乎？不必逐户调查，只要到一个高级中学堂参观一下，便知梗概，十七八岁的男孩子尚是一个脏兮兮的小泼皮，满脑筋无法无天，不仅不懂得家庭和婚姻是啥，连他自己是啥，他都不知道。

那种婚姻的结局实在用不着预卜，很多做丈夫的结婚时还闹着要跟妈妈睡，柏杨先生的堂兄于光绪十三年中秋节娶亲时，年方十四，被父亲打着骂着，推入洞房，他就滚到地上大哭大号，若死了亲爹然，结果还是隔窗答应明天给他买一匹小马，才由新娘服侍上床，可是堂兄生性胆怯，新娘一挨他他就叫，使得听房的人啼笑皆非。呜呼，做丈夫的固不快乐，做妻子的，其痛苦恐怕更加数百千倍，真是把女人不当人也。

早婚的怪事现在当然已经绝迹，但即令是自愿的，妻子的年龄比丈夫大，也是悲剧。抗战时，兰州某大学堂，有一位女教习，爱上她的男学生。如果反了过来，是男教习爱上女学生，那简直是杏坛佳话，可是女教习爱上了男学生，那情形就非常的特别，闹了个天翻地覆，恰恰该男生的姐姐也在该大学堂执教，反对最力，曾当众骂那个女教习勾引她的弟弟，但他们仍是结了婚。假如是男教习和女学生结了婚，往往等于开始他们的幸福生活，但女教习和男学生结了婚，不仅不能开始幸福生活，反而更糟，姐姐大人首先训该女教习曰："你虽是一个老太婆，年龄比我还大，但仍是我的弟妇，我要好好管你，你们就住在我家，不准到处乱跑，你应把我弟弟服侍得舒舒服服。"小丈夫的男同学们，每天蜂拥地跑到新房，喊女教习为"大嫂"，叫她泡茶，请她递烟，谐谑百端，而做丈夫的不过是一个未成熟的大学生而已，情绪既不稳定，性格尤其暴躁，女教习服侍他再好，每逢他看到同学们如花似玉的年轻女朋友，而他妻子竟是一个满脸皱纹的阿巴桑，他就生气，起初时尚可自制，久而久之，则委屈之感，积压如山，经常对女教习詈之骂之，打之揍之。抗战胜利的那一年，该女教习已被她心爱的小丈夫折磨得疯疯癫癫，精神恍惚，望之更难入目，经朋友建议，还是离异了事。

这是一幕活生生的警世悲剧，一定有不少朋友知道这故事，并能提名道姓。我想以女教习的学问，她应该知道年龄问题的严重，而她竟不知道，那是她的蠢，吞下自己蠢的果实，固不能怨天尤人。

这并不是说柏杨先生天生的狼心狗肺，对女教习毫无怜悯之情，竟用别人的不幸来证实自己的真知灼见。而是说，我想女教习当初一定也曾考虑到年龄问题，不过她不相信真的会如此严重。就这一点，我就誓不饶她。

有很多事是不公平的，但为了婚姻美满，就必须承认那种不公平。天生傲骨的人，或是像《圣经》上形容的某些人，他以为他的力量可以超过上帝，很多怨偶便由此出笼。中日八年大战时，蒋百里先生曾在汉口《大公报》上发表一篇文章，题目曰《一个外国人眼中的日本人》，其中有一段谈到这一类的聪明人士。手边无书，记得其大意曰："有一个土坑，前边的人掉下去啦，后边的人绕着它走，自以为掉不下去，结果仍是掉下去。"年龄与婚姻的关系也是如此，我就不相信那位女教习竟真的没有想到她和她学生间的年龄悬殊问题；如果她竟真的没有想到，那谓之不可救药；如果想到了而认为那问题可以用爱情克服，或可以用化妆克服，那简直是更不可救药。一个女人必须读一读蒋百里先生那篇大作，别人既然跌了进去，自己就实在没有必要再绕着它走。军事冒险，或可成功，年龄冒险，没有一个不溃不成军。因之柏杨先生曰："爱情可以克服任何困难，但不能克服年龄上的困难。"

上个月的某一天，柏杨先生在街头旧书摊上东翻西翻（我最喜欢逛旧书摊，一则买点便宜货，一则趁老板不备，即行顺手牵羊，每次均有所获），忽然翻到六七年前的广播杂志，接连几期，均用大量篇幅介绍"我爱露茜"节目。露茜女士是美国的大大明星，年龄比丈夫大得多，他们共同主持这个幸福家庭的节目，意在用事实粉碎如柏杨先生者流伤风败俗的理论。你看，妻子虽然比丈夫年龄大，还不照样的幸福乎？该文当然是翻译的，报道甚详，有该夫妇的起居注焉，早上干啥，中午干啥，晚上干啥，她如何爱他，他又如何爱她，作者气势汹涌，怒目而号曰：一般人都以为他们不久长，而现在不是久长了乎？

柏杨先生六七年前便曾拜读一遍，当时就觉得并不简单，而今再翻旧志，立刻花容失色，盖他们那一对国际闻名的标准夫妇，于去年离了婚啦。再伟大的爱情都抵挡不住年龄的破坏。

上帝似乎专门拆散那些女大男小的婚姻，他不必直接下手，只要玩点儿花样就如愿以偿。不知道怎么搞的，女人总比男人容易衰老，两人同是二十岁三十岁时，还看不出什么，一旦进入四十，苗头便开始不对，再进入五十，那就悬殊天壤。一个男人，十年八年不见面，再见时仍是那个模样，四十岁不比三十岁更老，五十岁看起来和四十岁差不多。而女人就危险重重，二十岁或三十岁时，固娇艳如花，可是到了四十岁五十岁，除非天生尤物，或是她听从柏杨先生的意见，经常注意修饰和培养自己的吸引力，否则其模样真将不堪闻问。盖男人耐老，坚韧如木，凋零起来不太明显；女人如花，盛开时美不可言，凋零起来却快得很。

柏杨先生曾亲眼欣赏过一幕奇景，三十年前卜居广州时，敝堂兄一天午睡，闻门外叽咕之声不断，乃起来干涉，原来一蛋贩在门口卖蛋，逐之使去，该广东佬曰："我也不是自己来的，是你妈叫我来的呀。"家兄听了后发昏，该混账东西竟把他太太当作他妈矣。当时要不是我一拉再拉，他真要把他箩筐踢翻。然而仔细一想，能怪该小贩乎？堂嫂虽只比敝堂兄大十岁，初结婚时及婚后二十年间，尚不觉得，可是男的容颜一直如旧，而女的容颜一天比一天不堪，等丈夫四十岁时，望之若三十许人，妻子已五十岁，望之若六十许人矣，在别人心目中，丈夫怎能不成了儿子哉，至少看起来也像她的老弟，做丈夫的心中不如火烧者，未之有也。后来敝堂兄坚持非离婚不可，堂嫂到处哭诉，我本来可抓住这天赐良机，以表示正人君子，对堂兄斥责一番的，可是我无一言，盖离则堂嫂痛苦得发疯，不离则敝堂兄痛苦得也发疯也。

容貌固然使老妻少夫的夫妇不能相配——人家的太太都年轻，只有俺的妻子是老太婆，那股伤心，实在欲绝，便是他追求她时立下血海重誓说受得了，届时仍受不了，宁入十八层地狱，也得换上一换。这不是道德不道德问题，而是幸福不幸福问题。而且即令在感情上，也问题重重。柏杨先生没学过心理学，不知道心理学上有什么解释，可能是男人成熟得较晚，故臭男人的情绪最不稳定。如果你让他负担你的生活，他会天天干嚎，如果你要负担他的生活，他认为你离不开他，会从心眼儿里看不起你，反正日子都不太好过。

柏杨先生前曾言之，爱情是不按逻辑发展，且无定律的，现在却似乎可弄一个定律出来，曰："女比男大的婚姻差不多都没有好日子，不是一辈子窝窝囊囊，便是男人把她一脚踢，其可能性和年龄悬殊的多少成正比例。"如果有艺高胆大的女士硬不服气，则不妨嫁之试试，灵不灵和准不准，试后方知。

再大的力量都无法拂去生命在脸上刻出的轨迹。那轨迹刻到男人脸上，表示的是他经验丰富和可以信赖的权威。人们生病，如果请来的医生是一个油头粉面的年轻小子，准不放心，如果该医生鸡其皮而鹤其发，就忍不住肃然起敬。可是那轨迹如果刻到女人脸上，那代表的意义只有一个，就是衰老，也就是爱情生活的陷阱。

女人最糟的一件事就是当她进入迟暮之年的时候，却忽然发生了恋爱，而对手又是一个比她年轻的男人。呜呼，即令一条蛮牛撞进瓷器店，所造成的后果，都不能比此更惨不忍睹。我想在太古之初，男女之间的恋爱和婚姻，年龄所占的地位并不重要，只要是一男一女，便可成为夫妇。不过几万年几亿年下来，人们终于发现男人的年龄如果比女人大，婚姻将更容易美满，现在的人看起来男大女小的情侣，认为天经地义，可是在太古时却是一个大的革命，不知道积累了多少痛苦经验，才有此结论。

所以女大男小的恋爱，不能不说是一种畸恋，有异于普通最常见的男大女小的爱情，因之痛苦就在其中。假如女人有钱有势，好比说，一个五十岁的女人爱上一个三十岁的男人，即令那爱情是圣洁的，她所有的邻居和亲友也会在雪亮的眼睛中射出一种足以使她毁灭的光芒，那不是养小白脸以自娱是啥？一个女人一旦被认为养小白脸，一个男人一旦被认为他就是被养的那个小白脸，所谓"老马专吃嫩草"，日子就尴尬万分。

当然，那种爱情也有幸福的一面，有它入骨的妙处作为报酬，这就要归根于上帝老爷矣，男人性能力强的时候，是二十岁到三十岁之间，从前是不成熟，过此则日渐减退，这种安排真叫人跺脚，又不知当初造人时是怎么搞的也。当一个男人在生理上发展到高峰，极端需要异性的时候，他还是一个孩子，没有经济基础，不能成家。可是等到他可以成家时，性能力却开始衰微，天公不作美的事，无逾于此。而女大男小在这方面可得到彻底的解决，君若不信，试分析一下身边的这类婚姻或这类爱情，包管你点头如捣蒜。那类丈夫和那类情人，不仅年轻而已，而且多少还十分帅，或十分壮。

年纪大的妻子在家庭里，同时具备两种身份和两种心情：一种，她是她丈夫的妻子，要做妻子的事；一种，她是丈夫的母亲，有做母亲的气质，主要的是忍受他的暴跳如雷，甚至忍受他遗弃性的恫吓，或真的遗弃。她不但像对丈夫般的爱他，而且还要像对孩子般地容忍他。于是，那个小白脸丈夫有福啦，他回到家来，妻子笑脸相迎，接到大衣挂之，接过皮包放之，他往沙发上一坐，妻子弯腰为之脱鞋，然后打洗脸水焉，然后递上一支香烟焉，然后摸着他发烧的脸，发誓曰："我再也不叫你去喝酒啦。"然后摸其胸上排骨，发狠曰："我要把你养得肥肥的如富家翁。"这种情调真是黄金都不换。

一个男人一旦被年长的女人爱过，他对年轻女孩子那一套便很难适应，一个被男孩子群追求的女孩子，简直像一个暴君，男人在她跟前小心翼翼，如临大敌：她一咳嗽，他就一心跳；她两天没有信，他就疑心她去了巴西；她一发小脾气跟别人去跳舞，他就觉得脑崩肠裂，不如一死。盖年轻的女人以自己的幸福为前提，动辄要求男人牺牲。而年长的女人，小姐时代那一套东西再拿出来，谁还理她耶？她们拿出来的乃是另外的一套，不再要求男人牺牲，而是要求自己牺牲，这其中自包括不少屈辱，但男人也因之如醉如痴。

因此可看出一种现象，一个男人一旦接受了年长女人的爱情，他便算完了蛋，盖在那畸恋之中，他像婴儿一样被供养和被保护，那个业已消失了青春的女人，在他身上找寻青春，照顾周到，无微不至，闺房之中，另有天地，再大的壮志都将被腐蚀得无影无踪。

问题是，这种幸福在精密的心计安排下才有，年龄对女人的意义似乎还不仅是变老，也不仅是爱情生活的警报，而根本上乃是一个悲剧的开始，如果她的丈夫比她年轻漂亮，那种有随时被遗弃的恐惧，便更难以忍受，即令上天特别垂怜，使她的小丈夫一直爱她如恒，但心理上的负担，也会使她更快地变老，终有一天紧张成精神病。

老夫少妻

在婚姻中,年龄是一项最大的困扰,老妻少夫是农业社会畸形的产物,只有农业社会才有其解决之道,在工业社会中便成了一个癌,为任何美满婚姻的致命之伤,终必有一天要发作,群医束手。然则,到底如何才算合适耶?最流行的算法是:"女岁为男岁的一半加七",男人三十岁,一半为十五,加七得二十二,女人二十二岁就对啦。男人如为四十岁,一半为二十,加七得二十七,女人二十七岁就对啦。这种算法是不是有科学根据,我们不知道,但看起来却颇有点儿道理,盖这种说法永远坚持男比女大的原则,且随年龄而增进其距离。柏杨先生认为这真是值得参考的意见,年轻的朋友虽不必奉之为金科玉律,但计算下来如果能跟它差不多,则婚姻又多一美满条件。二十二岁的妻子配三十岁的丈夫,二十七岁的妻子配四十岁的丈夫,三十二岁的妻子配五十岁的丈夫,其对社会的适应和对家庭的凝固,最为有力。即以第一例而论,女孩子二十二岁不过才大学堂毕业，尚是一个不知道天高地厚，也不通人情世故的黄毛丫头，如果嫁了一个同样的也是毛头小伙子的丈夫，两个人头上都长满了棱角，在社会上左也碰之，右也碰之，碰了个焦头烂额，再加上没有经济基础，不要说新婚的乐趣全无，到紧张关头，简直是连生命的乐趣都没有矣。而她如果嫁给一个三十岁的男人，该男人至少已在社会上碰了八年，创伤早已平复，路子早已闯了个差不多，自然比较轻松。

读《居里夫人传》的人很多，大家对她有至高的敬意，但兴趣似乎都集中在她的发明上，恐怕很少注意她的婚姻。仔细研究，可发现一点，居里夫人当初如果不是嫁给居里先生而是嫁给别的年轻人，恐怕结果将是两样。盖居里先生虽然穷苦，却是一位受人尊敬的教习，且拥有一个实验室，居里夫人等于一跳就跳到一条早已建造好而且建造得非常坚固的船上，她如果嫁别的年轻人，还得满头大汗先行造船，再航彼岸，就功倍而事半。

然而，问题似乎也就发生在男人宜比女人为大这个原则上，"一半加七"似乎是一个足资信赖的准则，不过有时候却偏偏地加过了头，举目四顾，老爹型的丈夫简直如过江之鲫，流行歌曲上就不少这类描写，一个妙龄女子陪着一个老态龙钟的家伙上街，人皆以为他是她的爹，却原来他是她的夫,怎不叫人恨得牙根发痒?这种畸形的婚姻制度似乎比老妻少夫还要古老。《圣经》上便有记载,大卫王到了八十岁高龄,还娶了一位十七八岁的女子为妻,为了避免误会,《圣经》上还特别声明,他娶她并不是为了性欲,而只是为了取暖,据说人一到八十,再厚的被子或再热的炉子都没有用,而是"非女不暖",有权有钱的老头儿真是艳福不浅。

不仅洋圣人如此,中国历史上,老夫少妻现象和老妻少夫现象,同样普遍,此乃老妻少夫的附产物,用以补救其弊的,故往往是两种畸形婚姻并行于一个家庭,不但没有人以为稀奇,而且视为当然。想当年钱谦益先生跟柳如是小姐定情之夕,钱先生已七十岁矣,而柳小姐才二十来岁,钱先生曰:"你的皮肤像我胡子一样的白。"而柳小姐曰:"你的皮肤则像我头发一样的黑。"呜呼,钱老头以将进棺材之年,有此艳遇,真叫人气冲斗牛。某人咏老夫娶少妻诗曰:"今宵扶入罗帏帐,一树梨花压海棠。"不要说真有其事,仅只一读,我就心跳。

这种现象往往被视为佳话,站在男人立场,当然高兴万分,即以柏杨先生而论,固日夜都希望有一个年轻貌美的俏丽佳人作为妻室,只不过为了颜面,不敢琅琅出口。有一则小幽默故事说,一群老头聚集在一起,各言其死,愿得心脏病死者有之，愿一觉不醒睡死者有之，愿一口气接不上死者有之。一位九十岁的老家伙一语惊人，他曰："我愿被吃醋的年轻丈夫一枪打死。"此公真是了不起的人物，全部男性的弱点，在此一句话上泄了个尽。盖男人都是如此的不争气，年纪愈大，典故愈多，想出的花样愈繁。伤年华之老去，越是想找个年轻女子补偿一番。便是大圣崽朱熹先生，见了名妓严蕊小姐都打主意，动刑告状，弄得丑态毕露，何况一些小圣崽乎哉。

我们可以说，古时候的女人嫁老头，有其不得已的苦衷，盖身不由己，不嫁不行。可是时到如今，没有人再强迫她们，不但没有人强迫她们，甚至还有人加以阻拦，而她们竟然还是硬嫁，使世界上更多彩多姿，其中道理就很大啦。某作家年已四十，和一比他小二十岁，而且已经订了婚的少女相恋，少女父母反对得激烈，用不着说啦，她的未婚夫在美国闻知，更七窍生烟，岳婿双方，立刻采取行动，购买飞机票一张，遣她出国，而她却在上飞机前开溜。其未婚夫之友查访了两天，抓住二人，指男的鼻子谓女的曰："他当你的爸爸都可以啦，你怎能嫁他？"结果她还是嫁了他，把所有亲戚朋友都气个半死。老妻少夫使人身上起鸡皮疙瘩，老夫少妻则使人妒火中烧。马五先生就有一段可资一述的奇遇，他有一次拜访朋友，朋友不在，一位小娘子捧茶捧烟招待，他以为她是朋友之女也，乃端起父执架子，与之温语，并呼之为"小姐"，且询之以"你爸何时可回"。等了一会儿，朋友返矣，原来竟是他老人家的太太，马五先生尴尬万分。我想他还算有学问的，谈话尚有分寸，若遇柏杨先生，说不定还自告奋勇，硬为她介绍男朋友，那事情就更难下台。不过有一点请读者先生放心，马五先生的遭遇并不恶劣，甚至反因祸得福。你如把妻子当作丈夫的女儿，两个人虽面有愠色，心中却是猛喜的。你如把妻子当作丈夫的娘，包管两个人一齐跳脚。故马五先生那一次着实吃了一顿上等午饭，饭后还有韩国苹果助兴。

有马五先生这种奇遇的甚多，而且都跟那位嫁作家的女孩子一样，出于自愿，任何一个大一点儿的机构或大一点儿的工厂，都会发生一种现象：年纪轻轻的小姑娘硬是喜欢跟一个老得可以当她爹的人搞七捻三，或爱之，或嫁之，老得像她爹，还算客气的哩，有时候简直老得跟她祖父一样，那就更叫人结舌。

无论如何，这是一个畸形现象，有时候简直畸形得不可思议，很多貌美如花的年轻女子竟爱上可做她爹，和可做她祖父的男人。即令他已经结婚，儿女成群，还是照爱不误。不过，跟有妇之夫谈恋爱，比嫁给老头更糟，因为结婚乃是美满的结束，而跟有妇之夫谈恋爱，却不容易有此美满的结束，不能给她任何前途。问题却是，年长的男人比年轻小伙子更有吸引力这种情形跟女人相同，女子必须到了三十岁以上，才能培养出来魅力，男子固也如此。好莱坞电影明星埃仙佛小姐便是嫁给可做她爹的男人，以埃小姐之美之富，追求她的男孩子多如过江之鲫，但她一个一个陪他们玩了一阵之后，最后均一踢了之，结婚之日，那些年轻小伙子围住她的香闺大闹，要她说明为啥非嫁老头不可。她当时并不说明，事后也永没有说明，但她曾告她的密友曰："跟那些刚从大学堂毕业的青年在一起，你得时时照顾自己，他们的一举一动，一言一语，都幼稚可笑。"

这是一针见血之言，年轻小伙真得检讨一番。有一次柏杨先生去台北万盛里访友，见一对年轻男女，都穿着游泳衣，男的悻悻而去，女的靠篱而立，浑身发抖，若是年长的丈夫或情人，决不忍心丢下她也。因忆及抗战前一事，那时上海法租界公园，门口有牌子曰："华人与狗不得入内。"（这已成了历史陈迹矣，抗战胜利后中国军队接收越南，据说也如法炮制，在公园门口悬牌曰"法国人与狗不得入内"，总算拉平。）有一对年轻夫妇，都不超过二十七八岁，昂然而入，被赶了出来，争执了半天，仍是不行，丢脸是丢定啦，那男的大怒，一拍屁股，转身就走，丢下佳人，在众目睽睽之下，又急又气，以小手帕掩面而泣，踉跄奔去。他若是一个老夫，决不致如此对少妻任性也。

美国《皇冠》杂志曾对这种日益严重的老夫少妻现象加以调查，女孩子们认为，年纪较大的男人，跟年轻的男人迥然不同，一旦和一个年长的男人交往，再回顾和年轻的男人交往，状如清汤，淡而无味。诗曰："曾经沧海难为水，除却巫山不是云。"年长的男人便是茫茫沧海和巫山高峰，小伙子那一套算啥。柏杨先生有一位朋友娶一位比他小十五岁的女孩子，她很少跟她大学时的男同学来往，诘之，答曰："他们的想法太嫩，我们一天比一天谈不来。"

年老固然悲哀，年轻有时候也不香，老夫少妻，便是其中的一端。

大男人沙文主义

结婚制度主要的目的之一,是保护弱者(在过去,弱者当然指的是老奶),和保护下一代的儿女。但实行的结果,有时候似乎不但保护不了弱者,反而保护了蹂躏弱者的强者。阿拉伯世界,只要男人对女人说三声"滚",女人就得"滚"。女人可不能对男人说三声"滚",男人不但不会"滚",恐怕还会拳脚相加。中国更不用说啦,首先是职业道德家一口咬定"女人是祸水"(这句话不知道是谁发明的,真应该推荐他得金脚奖)。有了这个坚强的哲学基础,儒家"大亨"遂颁布了"七出之条",凡犯了"七出之条"中的任何一条,一律"休掉"。一曰:没有生儿子。二曰:淫荡。三曰:不能讨公婆的欢喜。四曰:搬弄是非。五曰:偷东西。六曰:嫉妒。七曰:得了恶疾。

所谓"休掉",就是"离婚"。不过离婚是现代言语,含有平等意识,为大亨所不取。大亨取的是片面的"休掉"手段,只准丈夫"休掉"妻子,却不准妻子"休掉"丈夫。

朱买臣的太太只好逼着丈夫写休书，不能逼着丈夫离婚也。

从这"七出之条"可以看出，酱缸文化中，男人真是舒服舒服，老奶们不过是供老爷发泄性欲的工具，一不高兴，就扔到荒山野外，不但没有女权，更没有人权。所谓没有儿子，那就是说，仅只生了女儿也不行，盖"女人不是人"也。夫不生育的责任，男女两方，各占一半。有一则黄色小幽默可说明老奶对这条的反抗，丈夫抱怨妻子不生孩子，妻子曰："这你就要检讨啦，俺在娘家就生过两个。"盖生不生孩子，女人不能独当一面，男人也应看看医生。尤其是只生女，不生男，跟妻子更风马牛不相干，而职业道德家却下得狠心，一推六二五，全推到女人头上。至于淫荡，言语模糊，如果是指通奸而言，还有话可说。但看语气似乎并不如此简单，妻子跟丈夫的亲热镜头，都可能列入淫荡范围，女人就更死无葬身之地矣。

不能讨公婆欢喜，是传统孝道的一环，而传统孝道，如泰山压顶，能把人压得粉身碎骨。这一条在七条中，看起来最稀松平常，其实却是最残忍的一条。年轻老奶所受的是丈夫跟公婆的夹击，丈夫还有松懈的时候，一则他多少总有一点夫妻之情，一则一个正常的男人，白天总要出去工作，妻子还可以喘口气。而公婆也者，却像两个把熟了的老鹌鹑，不分昼夜地卧在巢里，专找陌生媳妇的碴——

一想起她夺走了儿子，就牙根痒痒。尤其是婆婆，把当初自己当媳妇时所受的活罪，原封不动，甚至花样翻新地回报给别人家女儿。谚曰："三十年的媳妇熬成婆。"很少人当了"婆"之后，能回想往事，为下一代解除那种当媳妇的痛苦。然而，这一条最可怕的还不在这些，而在它能使臭男人可以随时借口"孝道"，横逞凶暴。圣人之一的曾参先生，就靠这一条，干掉了老婆。有一天，他的妻子为他的晚娘煮饭，没有把梨蒸熟，他就立刻露出"孝"的嘴脸，把妻子赶走。表面的理由是嫌她"不孝"，真正的理由是啥，我们就不知道啦。

在一般人印象中，搬弄是非似乎是女人的特技，驱逐出境也罢。不过搬弄是非并不是女人的专利，尤其不是妻子的专利。公婆二老闷得发慌，也会张家长李家短闲磕牙。臭男人的本领也不弱于老奶，坐在办公室，挤在咖啡店，咬耳朵，搭肩膀，泄泄甲先生的隐私，掀掀乙先生的底牌，造造丙先生的谣言。说的人口沫四飞，听的人又惊又喜。这种风景固举目皆是，却可安然无恙。偷东西是"七出之条"中最具体的一条，不必细表。但嫉妒就问题丛生，从前男人黄金时代，妻妾跟骡马一样，成队成群；而传统的道德规范却硬性规定她们不准吃醋，吃醋就挂牌开除，真是管闲事管到床单上啦。柏杨先生建议，最好把自称或被称为正人君子之类的职业道德家，七八个编为一个小组，共娶一位千娇百媚，看看他们的表演如何，敢打包票，那一定大大的可观。

至于说得了恶疾便得走路，更显示出臭男人恶毒的一面。恶疾的定义是啥，也是言语模糊。如果指梅毒，古之老奶也，除了跟自己丈夫外，很少有可能跟别的男人睡觉，一旦有斯疾也，一定来自丈夫，可是凶手无事，被害人却得吃上官司。如果指"砍杀尔"，那么，在骨瘦如柴中，被赶出大门，恩爱情义，一笔勾销，纵是臭男人养了一条癞皮狗，也不忍心，对一夜夫妻百日恩的老奶，却认为可下此毒手，天理良心安在，悲哉。

——写到这里，柏杨先生心急，等到从茅坑凯旋，柏杨夫人一手提水桶，一手拿抹布，正在清理我的书桌。夫柏杨先生书桌的脏乱，名闻远近，她阁下突然觉得这样下去，有辱门楣，乃乘虚而入。但问题是，书桌虽然脏乱，却多少有脉络可寻，被她那么一搞，看起来明窗净几，心旷神怡，可是却打乱了原有的脉络，像扭了筋的大腿一样，寸步难行。这也找不到，那也找不到，气得我放声悲号，本来要揍她一顿，以儆效尤的，可是根据过去宝贵的经验，似乎以不动手为宜。因之，我想上个条陈给有立法权的朋友，最好在"六法全输"上加上一条——可称之为"一出之条",凡老奶不经丈夫同意,胆敢擅自整理丈夫书桌的,不必经过告状手续,做丈夫的有权把她阁下一脚踢出(如果老奶学过空手道,另当别论)。

一出之条是抗议文学的产物,"七出之条"是典型的大男人沙文主义的产物,职业道德家英勇地为中国人的道德,定下了双重标准。女人输卵管不通,不能生育,是犯罪的;男人输精管不通,不能生育,不但不是犯罪,反而说那是女人的错。女人淫荡通奸是犯罪,男人淫荡通奸不但不犯罪,反而是一桩风流韵事,傲视群伦。女人不能讨公婆欢喜是犯罪,男人不能讨岳母的欢喜,不但不是犯罪,反而被称赞为有骨气。女人搬弄是非是犯罪,男人搬弄是非不但不是犯罪,反而是见多识广。女人偷东西是犯罪,男人如果偷啦,当然也是犯罪,但处罚起来,轻重相差天壤。女人嫉妒吃醋是犯罪,男人嫉妒吃醋不但不是犯罪的,一旦捉奸捉双,就可一刀二命。女人得了恶疾、不治之症是犯罪的,男人得了恶疾、不治之症,不但不是犯罪,反而向女人倒打一耙。

呜呼,五千年之久,中国女人就在这种愁云惨雾中,求生不得,求死不能。不特此也,女人还要在历史上担任灭人家、亡人国的主要角色。被丑化了的夏桀帝姒履癸,跟商纣帝子受辛,他们明明是自己砸了锅的,却偏偏怪罪施妹喜、苏妲己。吴王国的国王夫差先生，是一个半截英雄，前半截英明盖世，后半截昏了尊头，兴起诬杀伍子胥先生的冤狱，结果兵败自杀。如此明显的兴衰轨迹，职业道德家却硬说都是他太太西施女士搞的。几乎无论是啥，凡是糟了糕的事件，都要由女人承担一部分责任或全部责任。

在"七出之条"时代，臭男人有无限的权威，这权威建立在两大支柱上，一是"学识"，一是"经济"，结合成为生存的独立能力。女人缺少这些，只好在男人的铁蹄之下，用尽心机，乞灵于男人的肉欲。男人喜欢细腰，女人就活活饿死；男人喜欢大胸脯，女人就打针吃药，开膛破乳；男人喜欢纤纤小足，女人就拼命地缠——以致骨折肉烂，构成一半中国人是残废的世界奇观。

然而，前已言之，到了二十世纪，老奶接受了教育，有了经济独立能力，一个个生龙活虎，强而且骄。臭男人开始觉得有点罩不住，只好随波逐流，扬言他本来就是主张男女平等的，但心窝里残存着的大男人沙文主义，仍阴魂不散，不时地蠢蠢欲动。总觉得口号归口号，实践归实践，家里总不能两驾马车呀。于是，人格分裂，一方面认为老奶要现代化，学问庞大，仪态万方，既猛赚银子，又光芒四射。一方面又认为丈夫仍是一家之主，仍要老奶保持着"七出之条"时代侍奉丈夫的传统美德。丈夫回到家里,高喊累啦,跷起二郎腿,天塌了也不理。妻子回到家里,一样累啦,却不能喊累,仍要给丈夫端香茶,拿拖鞋,递纸烟,赶蚊子(假设有蚊子的话),然后下厨房,举案齐眉,喂饱之后,又要洗碗洗筷,打扫清洁,给丈夫放洗澡水,铺床叠被。否则的话,臭男人轻则怨声载道,重则暴跳如雷。经济独立后的老奶,表面上看起来解除了一道枷锁,实际上却换上了两道枷锁。丈夫表面上失去了"七出之条",实际上却仍高踞山头,称王称霸。

这种大男人沙文主义的残余幽灵,制造出来的社会问题,正与日俱增。

富易妻

一世纪时,东汉王朝第一任皇帝刘秀先生的姐姐新寡,看上了宋弘先生,刘秀先生乃把她藏在屏风之后,找了宋弘先生来,挑之曰:"俗话说,'贵易交,富易妻',人情乎?"宋弘先生曰:"贫贱之交不可忘,糟糠之妻不下堂。"这一个钉子把皇帝老爷碰得脸上挂不住,乃扭头向他姐姐泄气曰:"事不谐矣。"事不谐矣者,意即"不行啦"也。

宋弘先生是个怎么样的人,姑不具论,可能真的像史书上说的那么好(中国古代正史,说一个人好时便好得不像话,不太可信),也可能他阁下当时还以为皇帝老爷在考他的人品哩。我想刘秀先生似乎有点不太热心帮姐姐的忙,否则问得何以如此咄咄逼人,便是用这种话问陈世美先生,恐怕陈先生也会这样回答,他敢在皇帝面前冒险哉,否定那个谚语,即令没有好处,至少可以没有过失,而且还露了一手:"你看,俺一肚子正人君子思想。有啥大官,赐给俺干,准没有错。"宋弘先生如果听了之后,竟频频点头，万一皇帝老爷翻起脸来曰："你原来如此没有天良，来人呀！"那真是祸从口出矣。也或许宋弘先生当时不知道刘秀先生问他那些废话的目的，他若知道要把公主嫁他，柏杨先生以小人之心，度君子之腹，恐怕他将另是一套论调。史书上没有记载他事后懊悔了没有，如果换了柏杨先生，一旦发现竟因端圣崽架子而失去有钱有势的美貌佳人，立刻就自打嘴巴。

其实宋弘先生并不简单，他后来因为乱七八糟给人家考绩，不该免的免之，该降的反而升了起来，终于垮台，可知他不见得正派到哪里去。我想他大概没有摸清刘秀先生的行情，如果摸清刘秀先生的行情，恐怕在回答那话时，要老实得多矣。盖刘公当初啥也不是的时候，有大志焉，曰："做官当做执金吾，娶妻当娶阴丽华。"样子爱阴丽华小姐爱得发狂，可是当了皇帝，规模不同，固也娶了阴丽华，然而皇后一职，却落到郭圣通小姐之手，后来阴小姐虽然也做了皇后，但那股别扭，也够受的。而且，主要的是"多妻之制"救了她，如果那时也跟现在一样，只能有一个太太，刘秀先生恐怕非甩掉她不可。做丈夫的如果刻薄，便成了陈世美；如果厚道，则现代这种镜头多的是，另租屋以居之，另拨钱以养之。可是，不管如何，怨偶已居，悲剧已定，她就永远打不倒郭圣通，永远登不上皇后宝座。

但我们宁愿相信宋弘先生当时那一番答话是出自真心,在婚姻关系上,"富易妻"只是一个人类常情的趋向,不是一个定律。有高贵情操的人,有他高贵的观念和行为,此有些人之所以成为陈世美,有些人之所以成为宋弘也。世有陈世美先生那样把共患难助功成的妻子一脚踢,就有宋弘先生那样硬是恩爱如一,终生不渝,连皇帝姐姐的账都不买。现代人中,包括那些参加孔孟学会的学者名流,以及有权教你道德仁义,而你也口服如仪的大小官崽,如果调查一下他们的婚姻关系,恐怕能气出羊痫风。然而,在千千万万现代陈世美中,却昂然地有一位宋弘,和爱妻的感情历久弥坚,那就是胡适先生,仅这一点,胡先生便为千载立下榜样,有些人的成就还没有达到他千分之一,便嫌黄脸婆不堪入目,非娶一个大学生或留学生不可。想到这里,顺便向胡先生的信徒,以及靠胡先生吃饭的大人先生们建议,别的不说,能在这上面学点高贵的情操,就了不起啦。

问题是,中国五千年传统文化中有这种高贵情操的人并不太多,古时候得一人焉,曰宋弘先生;今时候得一人焉,曰胡适先生。而大多数人们,都是见了新的忘了旧的,见了美的忘了丑的,见了年轻的忘了年老的,见了识字的忘了不识字的。刘秀先生引用的是一世纪时谚语,呜呼,大人先生常叹"人心不古"，一世纪距今一千九百余年，不能算不古吧，而谚语乃长期观察世情的结晶，恐怕尧舜之世，便已如此。这种感情上的毛病，植根于生物的本性之中，与生俱来，根深蒂固，简直很难医治得好。记不得是什么书上，有这么一则故事，一对恩爱异常的丐夫丐妇，男的吃了一顿饱饭后，躺到破庙台阶上呼呼大睡，梦见一位神仙，普度众生，就上前哀求，神仙曰："你要吃啥？"乞丐曰："我吃残茶剩饭，太苦了嘴。"神仙乃赐给他一张吃山珍海味的嘴。乞丐曰："我穿破烂衣服，太苦了身。"神仙乃赐给他穿绫罗绸缎的身。乞丐曰："我东奔西走，太苦了腿。"神仙乃赐给他两只坐轿子和坐汽车的腿。乞丐曰："我没有学问，太苦了脑。"神仙乃赐给他学富五车的脑。他正打算再要什么，忽然惊醒，见丐妇正偎其旁，乃用英语问曰："壶啊尔油？"既惊自己果然学富五车，乃大恚曰："我已了不起啦，马上就去美国讲学，回来后领学术奖金，和洋人打高尔夫球矣。陪伴我的乃如花似玉的美人，不能再要你这个黄脸婆，要滚快滚，免得我动杀机。"

丐妇给了他一耳光，他才恍然大悟，竟是一个梦，诘得其由，丐妇叹曰："可惜那神仙没赐给你飞黄腾达的命。"吁，险哉，幸亏那神仙没赐给他飞黄腾达的命，夫妻仍是夫妻，恩爱仍然逾恒，否则丐妇准宣告破产。

这则故事的意义深而且长，往仔细处一想，忍不住为天下所有为夫牺牲的女子，洒一把辛酸热泪。柏杨先生说这些，并不是专门干泄气勾当，煽动太太小姐们不要帮助丈夫和男友上进，一则我的目的并不是如此，二则即令我的目的是如此，也煽动不了。盖爱情能使人发昏，包括秦香莲女士在内，哪一个太太小姐事前知道恩爱丈夫会动脚乎？她们不但不相信有这个可能，而且还认为她丈夫和男友是天下唯一的情种，绝不会变心，一旦抖了起来，自己便有福可享，而且还可以向人骄傲曰："人人都说他没有出息，独我慧眼识英雄。"对柏杨先生说的话，则嗤之以鼻曰："我的丈夫明明是胡适，你硬要说他是陈世美，你不是混蛋是啥？"

我们的目的在于说明世界上确实有这种对妻子忘恩负义的丈夫，而且颇为普遍。诚如刘秀先生所云：这是人之常情。防止这种人之常情的法宝，靠钢铡没有用，靠道德的制裁也没有用，不是说没有小用，对懦夫有小用，而是说没有大用；靠丈夫指天发誓也没有用，盖天下只有爱情的誓最不值钱，五分洋钿就能买一火车，不可不察。尤其糟糕的是，他发誓的当时，却是真心真意，所以就是察也无从察。

问题在于丈夫成功之后，形势比人强，他需要的不再是刻苦耐劳、蓬头垢面的妻子，而是花枝招展、雍容华贵"拿得出去""不丢他的人"的妻子。在华盖云集之际，飞机场上，促膝室中，他要他的太太继续助他一臂，不但增其光彩，并且如虎添翼，进而跟高阶层，甚至跟洋大人拉上关系，以便更阔。共患难之妻，彼时色衰气粗，往往难当此重责大任。古之人妻不出门户，尚且有"如夫人"制度可以补救，问题还小，今之人短兵相接，恐怕只有请她走路一途。

柏杨先生不是故为男人开脱，幸福和开脱不开脱没有关系，而只是说明人性如此。解决之道，在于做妻子的自身。呜呼，当你为夫牺牲时，千万要在牺牲中努力保持自己的容颜和不断提高自己的知识水准，以便等他阁下耀武扬威时，派上用场，否则恐怕是非被驱逐出境不可。

痴心女子负心汉

社会上有一种最普遍的现象，年轻的男子，或二十岁，或三十岁，相貌堂堂，谈吐不俗，心怀大志，且颇有点聪明和学识，唯一的缺点是穷兮兮。于是有一个千金小姐在茫茫众生中发现了他，怜其才而爱其人，认为他一定有光明灿烂的前程，亲友们都警告她不要嫁他，因他家徒四壁，身无一文，岂不是受活罪，一辈子不得翻身？千金小姐独具慧眼，硬是嫁啦。嫁了后的狼狈之状，在意料之中，吃啥没啥，穿啥没啥，玩没得玩，乐没得乐。但二人含辛茹苦，努力不懈。年轻的妻子到某机关或某公司谋一个很小差事，生了娃儿，连吃奶的钱都没有，仍以其微薄的收入，使丈夫读大学焉，去美国焉。丈夫对妻子的感激，真不是言语所可形容，而且指天发誓，非杀身以报不可。而妻子在艰苦中所得到的安慰，也就是这种感激之情，以及将来他飞黄腾达的希望。于是二十年后，妻子因长期的营养不良和操劳过度，指甲脱矣，牙齿落矣，眼无神矣，头常痛矣，皮肤粗矣,皱纹布满一脸矣。反正是一切的一切,不复当年,这都是为丈夫而付出的神圣牺牲。

而做丈夫的因妻子之助,完成学业,且成了大官大商,于情于理,他都应该更爱他的妻子——用不着杀身以报,只要不把她甩掉就可以啦。悲夫,我不知道有没有人统计,到了这个时候,恐怕硬是甩之的多,更爱之的少也。陈世美先生的那一手,不过是一个典型,戏台上他当然被包拯先生一铡两段,人心大快。实际上,温新如故,我想准有点儿两样。贵阁下如果不信,不妨睁开尊眼上下四周,仔细一观,陈世美先生恐怕多得很。他们不但没有挨铡,而且还管着你,向你训话,教你四维八德哩。而你不但不敢动铡的脑筋,恐怕在听训之余,还要猛点自己之头,以表心服口服。

我有一个表弟,民国初年结婚,执教于我们县的小学堂,为人沉默寡言,有儒者风,大家均目之为圣人,虽因家贫,而年龄又长,未能继续求学,但上进之心,固未戢也。抗战军兴后,夫妇逃出,他已将近四十,竟辗转进了某大学堂,家乡沦陷,自没有接济,教育部的贷金根本不够糊口,笔墨纸砚,以及衣服鞋袜,全靠其妻为人洗衣服做针线收入维持。他三年级时,我道经该校,时已深夜,表弟仍在一盏如豆的油灯下苦读国际公法,而表弟媳则在月下为人洗涤,脏衣如山,诚不知要洗到几时也,做丈夫的告我曰:"表哥,我读书,却苦了太太!"言毕泪下。

夫妻情浓到这种程度,可以说把人羡慕得要死。丈夫对妻子的感激,恐怕再不能有逾于此。他们恩爱终身,白头偕老,固敢预卜也。独柏杨先生心中有一个结,在他们那里坐得越久,此结越是沉重,终于掩面告辞。回到旅店,把见闻告知同行的某教习,教习赞叹不已,我曰:"你看他们的将来如何?"教习曰:"妻子丈夫如此,仁至义尽,将来丈夫一旦出人头地,他真不知如何相报也。"我曰:"我看不是如此,将来丈夫幸而没有出人头地,她还有得快乐,如果一旦不幸而出人头地,恐怕她哭都来不及。"教习惊问何故,我曰:"十年之后,表弟年才五十,只要有钱,仍可风流一阵,且地位既高,酬酢必繁;彼时他太太已五十有五,小其脚而白其头,黄其牙而皱其脸,又不甚识字,他能一直带她在身边耶?"一语未了,教习大怒曰:"想不到你阁下竟有如此禽兽想法,使人毛骨悚然,我算认错人,咱们的友情到此为止,你这种人实在可怕。"言毕唤茶房结账,另辟一间去住,把我搞得无地自容。此教习后来弃教从政,着实做了几任大官,我方悟出一个人必须随时随地,以卫道姿态出现,才有前途;若柏杨先生者,好口吐真言,属于时代渣滓者流,理应弄到今天饥寒交迫。

自从和表弟上次一晤，战乱频仍，音讯渺然。五年之前，我赴日本办事，在大阪街上东张西望，以开眼界，竟忽然碰见，他当上了领事之类的官，异地相逢，自十分亲切，把我请到他家，临进门时，附耳曰："表哥，慎言，慎言！"正惊讶间，一个娇滴滴的北平女高音在里面呼曰："阿秦，你来啦？我在门口望了你两三次哩！"阿秦，表弟小名也，言毕一少妇穿着三寸半高跟鞋，噔噔噔噔而出，观其年纪，不过三十，雍容华贵，美丽逼人，那一顿饭吃得可以说别天下大扭，该表弟媳知我为表兄也，一再殷勤探询她丈夫的家世，我只好撒一大谎包之，曰表弟家有千顷之田，守身如玉，而眼眶子真高，视普通女子蔑如也，如今果然得一绝代佳人矣。她得意地笑嘻嘻，拼命给我夹菜，临走时还送了我一套和服，以便浴后穿之。呜呼，谁说谎话没有好处耶？

表弟送我归去，悄悄告曰，表弟媳为某大官之幼女，大学堂毕业生也。

我问他从前那个太太安在？他曰："离了婚啦。"离婚二字，本含平等之义，二人意见不合，各人走各人的路之谓，然而独独在这种情形之下，却有点不同。用旧名词，是他"休"了她；用新名词，是他把她甩掉，把她一脚踢也。用不着打听，我那前任表弟媳不会另攀高枝。不禁叹曰：

"畜生，畜生，你怎么忍心？"他曰："表哥，你别瞎嚷嚷，你如果也有像我这样的境遇，你敢保证不变心？"我气馁曰："然则，你和她硬离之后，茫茫人海，她将何以为生？他曰："我仍暗中接济。"我曰："何不谋和平共存？"他曰："你看我现在太太肯和她平妻乎？"谈到这里，他忽然说老实话曰："我不是要离，实在是她太拿不出去。"

这又是一个陈世美，但前面已经说过，从前的陈世美要挨铡，现代的陈世美却舒舒服服地飞黄腾达，古今之不同，有如此者。可惜的是，那个把我不当人子的教习，未曾亲眼见此一幕，否则他虽上吊都不足以弥补他的无知也。这不是说柏杨先生的眼光远大，而是说，这里面有一个基本问题，不能靠铡解决，亦不能靠道德力量解决。如果杀剐可以解决，则陈世美以后无陈世美矣，为何现代的陈世美反而更多？不但现代的陈世美更多，我跟你赌一块钱，陈世美这种人和上帝一样，无时无刻不存在人类社会，地球不毁灭，陈世美不绝种，将来说不定还要更为精彩。而且你假使稍微有点儿脑筋，千万别大声骂陈世美，说不定你有一天也成了陈世美，也说不定你的顶头上司便是陈世美，听得受不了，请你卷铺盖。而道德上的力量又如何哉？首先我们要认清，现代社会的特质是"笑贫不笑娼"，只要有钱有势，不要说他只不过抛弃了一个妻子，便是他抛弃了三打五打，都不妨碍大家捧着他玩玩儿。倒霉的只是些没钱没势的人，如四川大学堂那个教务长，被舆论打击得体无完肤，不得不抱头鼠窜。如果往深处一想，我真为他叫不平，很多有力量封报馆、关记者或杀记者的伟大官崽，他们露的一手比那教务长更凶，谁敢龇牙？道德标准如果因钱因势而异，就没有制裁力量。

故柏杨先生曰，此问题似乎另有所属，那就是，感恩固可能促进爱情，却不一定能稳定爱情。

阔易夫

关于"贵易交，富易妻"，实在是一种使人泪流满面的悲剧，古典小说上常有的"花园赠金，高中状元，奉旨完婚"的夫妇，我总担心他们婚后的生活如何。做丈夫的一旦抖了起来，当日视为天仙的小姐不过是一个土包子，再在官场中一混，眼界大开，势将春色四溢。男人对发妻的负义，几乎属于天赋异禀，越是大家伙越是喜欢干些对不起贫苦老伴的勾当。连司马相如先生跟卓文君女士之恋，都跳不出这个窠臼。卓女士为了司马相如先生，可以说受尽委屈，司马先生穷得连送到绞架都绞不出一滴油，逼得卓女士不得不去当女招待。我想如果把他们花前月下、牛衣对泣时的海誓山盟录音下来，仅录音带恐怕都能装一卡车，其中一定有许多："我永远爱你！""我不但爱你，还感激你！""你是我的爱人，更是我的恩人！""海枯石烂，爱你的心不变，我愿为你死。"卓文君女士听了后如醉如痴，才欣欣然为他团团转。如果不相信他那一套，她能为他抛头露面，又能跟他过穷日子哉？然而，司马相如先生一旦有了官兼有了钱，照样冒出臭男人的老毛病，虽没有恶劣到把她推出门外，却硬是想讨一个更美更娇的小老婆，卓文君女士乃写了一篇《白头吟》，以诗代泪，你说惨不惨也。史书上说司马相如先生看了那首诗后，良心发现，不再胡思乱想；柏杨先生却觉得恐怕还是问题重重，盖臭男人一旦动了歪念，简直是连城墙都挡不住。

女孩子嫁人，好像瞎子下山，天老爷都难预卜下一步如何。依老头们之意，嫁给一个已经有相当成就的男人，乃上上之策。如果不肯服气，拣一个穷小子，助他名成利就，大主意既然自己拿，谁都无话可说，但危险就实在是太大啦，需有高度的智慧才可出此。如果那穷小子只一味拼命地骂柏杨先生混蛋，以证明他不同凡品，当初庄周先生的老婆骂的也是那一套，就更要千万提高警觉。

然而，是不是男人都是天生的贱骨头，吃不得三天饱饭乎？一位朋友太太看了柏杨先生的大作，有了理论根据，就把她的丈夫骂得叫苦连天。该丈夫暑期后要去美国接受某学堂的名誉博士，他从未出过国门，这一下子既出国又有学位，诚一举两得。但朋友太太不肯，盖他现在大体上尚算安分，如果一举两得之后，或有了官，或有了钱，或有了点知名度。别的小姐一追，朋友太太之垮，固指日可待。朋友太太向我请益，问她做得对否，呜呼，以她自己的幸福而言，她原则上是对的。

这是女人们的最大苦恼——对丈夫不助之则于心不忍，助之又怕他跑掉，吾无他辞。然而若谓男人天生的贱骨头，则只能算对了一半。年头大变之故，从前只有"富易妻"一种学说，好像只有男人才不是东西，实际上如果把夫妻换一换位置，女人同样当仁不让，而表演起来，甚至比男人还要叫座。男人之所以首当其冲者，在于五千年来，中国社会向以男性为主宰，女人们虽有"易"一下之心，却无"易"一下之力。于是，所有的罪过都落到男人头上。时至今日，男女平等，女人可以单独闯出天下，事情才渐渐别出了苗头，男人固"富易妻"，女人又何尝不是"阔易夫"哉？从前的人福气太薄，看到的全是"弃妇"，洒泪者有之，同情者有之，叹人心不古者有之；而今"弃夫"大批问世，形势乃大变。

妻子助丈夫功成，乃是世界上第二等冒险，因其固有平平安安、圆圆满满、恩爱到底的。如果反了过来，丈夫助妻子成功，那乃是世界上第一等冒险，柏杨先生还没有听说过谁有好结果的。往往有些自信心非常顽强的丈夫，认为有绝对的把握，用尽全力把年轻美貌的妻子捧得光芒四射——或为明星，或为歌星，或为声乐家，或使她读大学堂，或使她出国读洋学堂，或用血汗钱供她搞上一个打狗脱什么的焉。到了最后，她向他一声"鼓得白"，其惨状固比比皆是。

中国历史上最先公开露一手的女人，是七世纪时南北朝的山阴公主。有一天她向她那当皇帝的哥哥抗议曰："我与陛下，虽男女有殊，俱托体先帝，陛下后宫数百，我唯驸马一人，事不均平，一何至此？"皇帝一想对呀，就为她挑选了五十个年轻力壮的男人，当她的"面首"。呜呼，山阴公主虽没有换丈夫，其情况却比换丈夫还更上层楼。她之如此，和"阔"字有关，她如果不是公主，她敢弄那么多小白脸哉，便是心里胡思乱想，也只好忍耐下去。但一旦有权有钱，弱者变成了强者，跟陈世美先生一样，狰狞面貌便露了出来。

柏杨先生积七十年的经验，发现丈夫帮助妻子当明星，乃自掘坟墓的唯一妙法，我们如果跟谁有仇，不妨去劝他的太太演戏，只要她忽然上了瘾，忽然成了什么"全国第一美人""全球最大肉弹""人类最细之腰"等等，他们的婚姻如果不破裂，我输你一块钱。我有一位颇有点名气的朋友，从大陆来台时，带来一个不太认识几个字的丫头（不是骂人时用的"丫头"，而是真正的丫头），后来收为太太，教她读书，教她应对，然后魔鬼钻到他肚子里，灵机一动，教她演起电影。我当时就预料她将来一定要飞，他偏偏不信柏杨先生的邪，夫妻俩联合咒我出天花。然而结果又如之何哉？前些时她在香港登报和他脱离了关系。

电影明星是一个具有代表性的行业，凡是靠自己美貌，以及靠别人投资才有办法的女人皆属之。美貌是基本条件，不漂亮啥都不用谈。如果遇到柏杨夫人之类，便是拼老命也搞不出啥名堂。但仅是漂亮，如果没有别人投资，也同样轰动不起来，必须有人肯拿钱聘她演电影，她才能当上明星，必须有人肯拿钱为她开音乐会，她才能当上声乐家；必须有人肯为她保镖，打一个电话或写一封信，就可免税，或可判决无罪，或可见颇大的官，或可应美国国务院之邀，或可得奖金奖状奖章以及其他各式各样乱七八糟的奖，她才前途辉煌。古人云："食人之禄，忠人之事。"受男人之助愈大，陪男人上床的可能性愈大，离婚的可能性也愈高。望妻成凤的丈夫正在洋洋得意，而玉足已暗暗伸出，要抹油开溜矣。悲夫，有些女人固然没有做到这一点，但对她的丈夫却讳莫如深，无论啥辰光，她从不提她的丈夫，这里面便有点阴谋矣，一个口不言妻的男人，或一个口不言夫的女人，迟早都要豁上啦。

我们可以说，欢场中的女人，本不足道，所谓婊子无情，戏子无义。既把老婆捧成戏子，再要她义，岂不是既要她黑，又要她白乎？其实，便是学问再大的女人，一旦被捧成功，也同样有可能不安于室。

名闻中美两国的女作家赛珍珠女士，写了很多以中国为背景的小说，我们不好意思说她啥。但前已声明矣，"富易妻"和"阔易夫"，乃人性中的一环，故对她的敬意固丝毫未减。赛女士由华回国后，她的大作谁也不要，她那个还不知道大祸就要临头的丈夫，天天气喘如牛地手执原稿，为她东奔西跑，结果把她跑出了名，她跟那个出版商眉来眼去，妻子写稿，丈夫出书，那不是天作之合是啥？事情发展到如此地步，自然不可收拾，读者先生中如果有人幸而见到赛女士，千万别问她丈夫有关中国的事，盖原来那个在一旁殷勤服侍她写稿的丈夫，早已三振出局。

柏杨先生有一忘年交的小朋友，年方四十，六年前和一女子结婚，该女子刚高中学堂毕业，家贫无力继续求学，婚后恩爱异常。该朋友忽发奇想，以自己未受过高等教育，而妻子既漂亮又聪明，何不鼓励她上进乎。乃实行避孕，送她进大学堂焉，后来大学堂毕业，真是天作孽尤可宥，自作孽不可活，他再发奇想，又要送她到美国；柏杨先生努力劝阻，小夫妇一齐骂我卑鄙无聊，只好拉倒。于是，今年年初,朋友来舍下鼻涕一把泪一把,他的太太把他敲骨吸髓之后,嫌他碍事,非离婚不可。呜呼,俗语曰"不听老人言,吃亏在眼前",该朋友之谓也。

女人的名字：强哉骄

吾友欧文先生有一篇小说《李伯大梦》，男主角李伯先生，有一天上山打猎，看见一群穿着古装的荷兰移民在打九柱球，并且敬了他两盅老酒。酒醒之后，回到故居一瞧，已面目全非。初上山时尚牙牙学语的小女儿已嫁人生子，原来尚在怀抱中的儿子，则长的跟自己一样的高，而且一样的好吃懒做。老朋友有的死运亨通，去阎王殿报到。有的官运亨通，去华盛顿当了参议员。当年爬在他肩上翻筋斗，跟在他屁股后追逐吃喝的一些顽童，现在全成了有选举权的美利坚合众国公民，使他恍如隔世，不胜瞪眼。只有一件差堪告慰的事，就是他那花样百出的妻，在他上山不久的一天，向一个小贩光火，而终于一命归阴。

常有些朋友拿柏杨先生跟李伯先生相比，问曰："老头，你虽然没喝荷兰酒，可是恍如隔世则一，李伯的感受我们已知道啦，你一去十载，可觉得台北有啥改变也哉？"呜呼，越来越挤，汽车越来越排长龙，钱越来越不值钱。

然而，仔细想起来这都没啥，柏老久经沧桑，见怪不怪，其怪自败，只有一样使我花容失色的就是女人。盖从前是男人看女人，现在则是女人看男人；从前是男人追女人，现在则是女人追男人；从前是男人泼皮，现在则是女人的脸皮似乎更厚（以致连胡子都长不出）；从前是男人赤膊上阵，闯五关、斩六将、献身事业，现在的女人则十指尖尖，犹如钢爪，把男人抓得呼天抢地。于是，柏老喟然叹曰："女人，你的名字：强哉骄。"

"强哉骄"是吾友孔丘先生发明有的，在儒书里，他阁下诗兴大发，冒出来一连串的"强哉骄"——"君子和而不流，强哉骄。中立而不依，强哉骄。国有道，不变塞焉，强哉骄。国无道，至死不倚，强哉骄。"柏杨先生因而套之，不过是赶着何仙姑叫二姨，沾点仙气儿，以便流传万年，家喻户晓。有人说，孔丘先生用的是"矫"，而不是"骄"，老头何得乱改。问题就出在这里，学问庞大之士，啥都敢改，我老人家还是小改，一旦自以为可以一手遮天，我还要大改。

"强哉骄"者，"即强悍又骄傲"值得我们递佩服书之意也。吾友莎士比亚先生曾宣传女人是弱者，在他那个时代，大概有真理在焉。可是真理也会变，时间能够改变太多的事物，他老哥如果今天从棺材里爬出来抬头一瞧，女人忽然"强哉骄",恐怕羞愧难当。

台北一家著名的大学堂外文系毕业的女学生,系花兼校花也,长得沉鱼落雁,闭月羞花。有一天,路过一家公司门口,看见一辆一九九九的宾士汽车(在柏老看来,凡是四个轮子而自己会跑的玩意都是汽车,后来才晓得等级奇多,在目前的台北,"宾士"属于九段,价值三百万元——把柏老捆起来当猪崽卖,也抵不上一个轮胎。据说屁股坐在上面,舒服得要命)。她阁下见了该"宾士"立刻浑身发软,绕着它左转右转,前转后转,伸出纤纤玉手,把车身摸了个遍,啧啧称赞,口水四流。一会经理老爷上车,该强哉骄马上抓住天赐良机,未语先笑,嗲曰:"这车是你的呀。"经理老爷眼睛一亮,应曰:"噎死。"强哉骄曰:"我好想坐一坐,不知道能不能请你带我兜兜风。"经理老爷曰:"欧开,欧开,扑里死,扑里死。"强哉骄乃轻迈莲步,慢移玉臀,缓缓坐在经理身旁。以后经过,我不知道,反正是郎有心,妾有意,狗皮倒灶,结论是,经理老爷跟太太离婚,落入强哉骄之手,双双去了洋大人之国(柏老听了这个故事,就开始担心,一旦该强哉骄在纽约遇到了一辆"砍的拉屎",不知道还会不会再去乱摸)。

这位女士,可称之为"摸汽车型"的强哉骄。而另一位女士,则属于另一种型的焉,说来就话长啦。柏老有位年轻朋友，已过五十大关，尚未婚配，老实忠厚（这可不是赞美之词，用另外一种同性质的话来说，老实忠厚，不过冤大头罢啦）。见了女人，先脸红，后心跳，舌头上像拴了一块十公斤重的铁饼，连话都说不清。女朋友永远绝缘，妻子更不必谈。柏杨先生就为他出主意，与其坐以待毙，不如征婚，直截了当地解决问题。

就在去年（一九七七）九月，征婚大典开幕，启事在报上刊出后，应征信件雪片飞来，老朋友们组织了一个审查委员会，挑选出最最理想的一位，由柏杨先生率领该朋友，按址前往晋谒。该小姐相貌端庄，职业高尚，虽是半老徐娘，却也仪态万千。柏杨先生一见钟情，对朋友训之曰："小子，小子，好自为之。"当时约定第二天由他们单独见面。就在晚间，柏老又把朋友召到汽车间，面授种种机宜，认为十拿九稳。

第二天晚上，柏杨先生正襟危坐，等候消息，直等到半夜，朋友像斗败了的鹌鹑，垂头丧气，跟跟跄跄跑进来，我一瞧就知道他遇到的对手不是莎士比亚先生的"弱者"，而是柏杨先生的"强哉骄"。原来二人最初约定在一个较小的餐厅见面，强哉骄坚持去一家台北最大的餐厅。朋友本来打算吃个A餐B餐的，强哉骄却非点菜不可，第一盘就来了一个伟大龙虾。嗟夫，到西餐馆点菜，真得有点银子才行，然而这不足以使朋友出汗，使朋友出汗的是，强哉骄玉音问曰："你今年多大啦，报上登的年龄可是真的？"朋友曰："是真的，不信可以看身份证。"强哉骄曰："身份证也有假的，也有当初虚报年龄的，看它干啥，我只问你今年多大啦？"朋友告诉了她，强哉骄曰："你现在干啥？"朋友曰："在夜间部教课。"强哉骄曰："那你白天干啥？"朋友曰："不干啥，只在家里看书。"强哉骄曰："你白天为啥不各处活动活动，力图上进。"朋友这时已开始发毛，强哉骄续问曰："你有没有机会出国？"朋友结巴曰："恐怕没有。"强哉骄曰："别人都有机会出国，都有绿卡，你年将半百，为啥没有？"朋友紧张曰："我不知道。"强哉骄曰："你一月多少钱？"朋友曰："六七千元。"强哉骄曰："六七千元，怎么能养家活口，我过惯了舒服的日子，可不能受苦。"朋友满面羞惭，大汗猛出，然后强哉骄曰："征婚启事上说，你有房子，到底有几栋？"朋友曰："一栋。"强哉骄大惊曰："一栋？你这么一把年纪，只有一栋？"朋友曰："一栋，一栋。"强哉骄曰："在啥地方？"朋友告诉她地方，强哉骄曰："几楼？"朋友告诉她几楼，强哉骄曰："是木门窗，还是铝门窗？"朋友曰："木门窗。"强哉骄再度大惊曰："木门窗的，那房子准不值钱。"朋友喃喃曰："不值钱，不值钱。"强哉骄向朋友脸上端详了一阵,厉声问曰:"你脸上开过刀没有?"朋友一辈子从没有开过刀,可是这时已神志不清,急忙应曰:"开过刀,开过刀。"强哉骄曰:"你走路怎么外八字?"朋友根本不是外八字,这时也坦承不讳他是外八字,好容易账单送来,两个人吃了一千八百元,大概只有地藏王菩萨知道我那位朋友是怎么走回来的。

这位女士,可称之为"铝门窗型"的强哉骄,柏老除了面谕该朋友三十六计,逃为上计外,别无他计。不过看起来铝门窗的人有福啦。迄今又过了四个月,不知道该强哉骄找到铝门窗的男士没有,真教人挂心也。

家书一束：致亲爱的佳佳①

一九七二年

爸爸：

您记［寄］②来的信我收到了，但因功课太忙，只好延后两天才给您写回信！

上上次您所问的问题我都忘了，所以在写回信时都忘了答复您，非常的抱歉。

我的出生日辰是一九六〇年阴历七月廿七日下午七时，妈妈是一九三七年十一月六日下午七时生（阴历），照片我本来有的，但不知何时却丢掉了，找了半天也找不到，不过有空时我一定去照几张相片寄来给您。

我的压岁钱是两千元，不是一千元，我一字上的一点就是一字。舅舅在台北的一家电子公司做事，待遇还算不错，可能还没有出国的打算。我的成绩是二十四不是二十六，也许上一封信写错了吧！

---

① 佳佳为柏杨与倪明华之女。
② 方括号中为正字，下文均同。

您需要什么就写信来好了,没有关系,为什么要说不敢呢?只要我们能做到的,一定尽力去做,您不要再如此说了。

大伟最近非常的不乖,在阳台上尖叫不停,那声音之刺耳,把我给气死了,也许是地方太小,它不习惯吧?(从前院子很大,可供它跑来跑去,现在阳台又短又小所以使它四枝[肢]伸展不开来,才在那里啼叫不已!)祝
身体健康

     儿 佳佳敬上 一九七二·三·二·晚6时

爸爸：

　　原来您搬"家"了，害我寄了好几封信到军法处看守所去，都退回来，气死我了，妈妈代我打听，也没有下落，如今才知道是搬走了，才安下心来。

　　我这次的算术退步了，假如对题目细心一点儿我就一百分了，分数：算术是九五分，错一题应用，国语九三分，不及算术，真是意料之外的事。

　　最近几天忽情［晴］忽雨，令人捉摸不定，也容易感冒，最好要小心一点，我的身体健康，体重高达四四公斤，身高有一五二点五公分，快要比妈妈高了，我的脚也大得出奇，穿妈妈的鞋子还嫌紧呢！祝
身体健康
万事如意

女　佳佳敬叩　一九七二・五・十七

二〇〇〇年,柏杨八十寿辰,佳佳(右一)与柏杨、张香华合影

佳儿：

五月十七日信及毕业照片接到，你已不是孩子，而是小姑娘了。眼看你从一点点婴儿长大，既高兴，又感伤，希望你早一点长大到爸爸不再担心的年龄，但也希望你仍是需要爸爸、在爸爸身上爬来爬去的小女孩。我在景美看守所给你做了一只"大"木船，预备装入镜框，送你做毕业礼物，还没有完成，就被仓促送来绿岛不能携带。但我身边有一支原子笔和三支笔心，是孙伯伯托人送到景美的，我下月会寄给你，作为你的毕业礼物和未来的生日礼物。告诉妈妈，五月初寄的钱还未收到，定是被景美看守所退回了！此地不收报值，请改用邮局汇票。并请妈妈寄稿纸五本、活面练习纸（小号）两三本、单面复写纸二三十张、草席一张（二十多元者即可），一切麻烦妈妈。爸爸爱吾儿，只盼你算术好，盼你刷牙不可左右刷，要上下刷，以免伤及牙床。

爸爸 一九七二·五·二十九

佳儿：

六月十六日，接到六百元，代爸爸向妈妈致谢，爸爸因为需一笔钱镶牙，且绿岛蔬菜缺乏，有赖水果，故五月间两信都问到钱的事情，当能谅解。五月廿九日，有一函寄吾儿。六月五日，有一原子笔（附三个笔心）寄吾儿，都收到没有？再看吾儿五月十七日信上说："原来您搬家了？害我寄了几封到军法处看守所的信，都退回来，气死我了。"应该写做"急死我了"，怎么能用"气"字呢？气谁呢？心里应该十分焦急才对，"气"是漠不关心的人才有的感情，以后用字要小心。毕业考和升初中的情形，盼告诉爸爸，爸爸很担心你的算术，记住！算术不好，上学就会变成一件苦事。

爸爸 一九七二·六·二十六

爸爸：

　　最近是我最轻松的时候，以后就很难得遇见了，这几天，没有升学的忧虑及考试的烦恼，因为前天到学校去，老师发正取的名单时，第一个就是我，我实在无法掩饰心中的快乐，我好高兴啊！放下了心中的一块石头，毕业典礼于六月廿七日已举行过，竟然没有人留［流］下一滴泪，出人意料之外。

　　如今我已是复兴中学的中学生了，更要感谢爸爸您送我的那支金笔，替我带来了如此的好运，也没有升学之忧了。

　　妈妈寄去的一些文具不知接到了吗？没有回音，令人着急！（附上一张毕业典礼时，妈妈在中山堂前所拍的照片。）祝

身体健康愉快

女　佳佳上　一九七二·七·三

　　不知上月六百元收到否？衣物收到否？念念。夏日炎热多注意卫生为要。[①]

[①] 此为佳佳母亲附笔。

佳儿：

六月廿六、七月三日两信收到，六百元也早收到，我于6/26曾有一信，现在到了没有呢？妈妈所寄文具衣衫等十件也收到，代爸爸叩谢。狱中热如火烧，能有草席可睡，可谓阿拉伯人三大天堂外的第四天堂，只是草席为尼龙所织，享受未免太过豪华。请放心，爸爸的身体奇佳，心情更奇佳，这大概和天老爷慈悲有关吧。再看到吾儿毕业照，甚为高兴，中学生，嘿！了不起呢，让爸爸吻你。以后要注意算术，别的功课不妨缓一缓。告诉我，你暑假怎么玩。请妈妈再给爸爸寄一瓶"V口卜"眼药、二盒牙签、一瓶维他命B复合剂（高单位）。祝福你！我儿！愉快、盼望。

爸爸　一九七二·七·十一

爸爸：

台风没有造成什么灾害吧？在家中我好怕，风、雨都很大，晚上我睡着了，所以也没有看到台风的全貌。

我们快搬家了，九月多就完工，妈妈现在正在街上买家具，因为家中有些椅子坏了，"摇摇欲坠"，坐在上面担心会跌下来！

我一、三、五要到学校补习，这是硬行[性]规定，一定要去，不去就不让你读，而且事先交了一千元，也不会不去读的。这几个礼拜，英文教了二十六个字母、拼音、音标，必须背得很熟，所以每天回家都啃书，也用功多了。

星舅舅交了个女朋友，全家都不喜欢，可是舅舅对她却很好，我大概跟您提过了，现在他们快要"结婚"了，您相不相信？当然别人的事我也干涉不了，妈妈也没办法，那个女的姓徐，好胖，不漂亮就是了！

愿台风没有给您带来事情！祝

快乐健康

女　佳佳上　一九七二·八·十九

佳儿：

牙签收到，这些时我一向在散步场地上，拣火柴残梗使用，拣时小心寻觅，拣后一一洗涤，忙碌而有趣，但往往数十日不能拣一支（谁会在这里吸烟丢火柴呢），所以使用起来，好像金刚钻，如今寄来四盒，有暴发户之感。八月五日信也收到，妈妈附言，多谢。你的学费一千二百元，实在太贵，更应用心读书。英文字写得很好，有个vest，要不是你注明"背心"，爸爸还不认识呢，真是能干的乖女儿，以后学的新字要随时告诉我，让爸爸也跟你学。记得爸爸小时，学二十六个字母，见了爷爷（你的祖父）就急着要念给他听。爱你。

爸爸　一九七二·八·二十二

佳:

八月十九日信接到,我儿这封信写得真棒,爸爸高兴得哈哈直笑,看了又看,合不拢嘴。台风在绿岛很小,刮了两天干风,第三天才下了一点雨,平安大吉。其实,除了我儿,爸爸再没有别的可损失的了,放心!放心!劝妈妈不要代星舅舅选择伴侣,女人看女人,跟男人看女人不同,犹如男人看男人也跟女人看男人不同一样,徐阿姨一定是一个可爱而忠实的小姐,日久会见人心的。你毕业礼物那支笔,是孙伯伯所送(他最近还给爸爸寄来一瓶多种维他命),盼你去信致谢一下才是,信封可请妈妈写。现在我很放心你的国文,只看英文、数学了,在英文方面,妈妈可帮助你,不妨先学学简单的日常会话,似比干念有趣些。

爸爸 一九七二·八·二十九

佳儿：

九月十七日是你的生日，爸爸几个月前就念着，身在狱外时，每年都要为吾儿庆祝，入狱后每年也总要请陈丽真阿姨送吾儿一个蛋糕。可是今年不行了，陈阿姨生了一个宝宝，我对她都无法送礼，更不好意思请她转送给吾儿（你毕业时，她也有礼物送你呀，你谢过了吧？怎么没有告诉爸爸有谁送你礼物呢？这次陈阿姨生了娃儿，应该写信去道贺）。爸爸只能寄给吾儿海样深的亲情，爸爸爱你，每分每刻都挂在心中。开学了吧？注意算术，课本上或学校规定的练习题目，要一题都不遗漏的去做。报上刊载绿岛已有交通飞机了，爸爸十二年刑期满时，将从天而还，可谓奇妙，你说是不是？祝生日快乐！真正快乐。

爸爸 一九七二·九·十二

佳佳：

两三个星期来，我心情忽然不宁，好像是一种不祥的预感。一直盼望你来信，因为学校开学后的事，以及搬了家没有？我想你一定会急于告诉爸爸的。而爸爸八月廿九、九月十二日两信，也应有一个回音，告知一切。可是迄今没有，但愿是你功课忙，或是贪玩，没有时间写信。过马路时要小心再小心，一定要左看右看，全神注意来往的车辆。如果有人骗你吓你，一定要随时告诉妈妈。远在咫尺天涯的爸爸，时时惦念吾儿。

         爸　一九七二·十·十

佳儿：

寄来的六百元，前天（星期日）收到，请代爸爸向妈妈致谢，要知道天下最最幸福的人，莫过于坐牢而有接济的人。我在景美时，可以吸烟，而钱够用。现在不可以吸烟，反而拮据，不知何故？上周（十月十日）给吾儿一信，没有说清楚。所谓"骗你！"，好比有人会说是妈妈的好朋友、是同学家里的人，要记住！不要跟不认识的人到任何地方去。所谓"吓你！"，好比有人告诉你："妈妈知道会打死你！"千万不要相信这些话，而要马上告诉妈妈，就不会吃亏了。我写的这些，吾儿已是初中一年级学生了，应该看得懂的。

爸爸 一九七二·十·十七

爸爸：

搬家之后，几乎没有给您一封信，因为我懒病发也，望原谅！

为了这次大型活动，忙得厉害，学校要我去表演跳舞，距今只有三天了（包括今天），苦练呀！爸，您也知道我有五六年未学舞了，骨头也老了，跳芭蕾舞，脚好痛啊！当您接到这封信时，我已经跳完了，那紧张的一刻真是说到就到。

我又开始学舞了，一月两百元，多一项长处总是好的，总比别人多一项本领，我仍在老地方学，由刘玉芝教的！人家现在是大牌了，不像从前那个刘玉芝，但仍没有架子！

爸，寄信勿望[忘]寄"泰顺街44巷27号三楼"！祝安康，保重身体

佳儿上　一九七二·十·二十九

（我希望买一辆脚踏车，但妈妈不准，您回信时可别说是我要买，否则妈妈会骂我的！）

佳儿：

两个月来，未接一信，距你八月十九日的信，已七十余日。曾寄数函，亦未见回音，你知道为父的如何望眼欲穿？尤以九月底之后，心情忽觉沉重不安，念念吾儿，不能自已，何以不写几句话给爸爸？上星期在报上看到我姑父逝世讣闻，已去信姑母慰问，但愿系于此事。妈妈身体好吗？你身体好吗？搬家后新房子如何？开学后数学赶上赶不上？英文呢？一定要写信一一告诉爸爸。上苍赐你平安，吾儿、吾儿。

爸爸　一九七二·十·三十一

佳佳吾儿：

十月廿九日信接到，我屡次告诉你，来信时要写明曾接到我何月何日的信，盼以后要养成习惯。我信上所问的事，所嘱咐的事，办了没有？一定要一一回答，莫让爸爸悬念。记得你四岁多的时候，为了要小脚踏车，睡梦中忽然大哭，坐起来呓语："我要小脚踏车！我要小脚踏车！"爸爸妈妈心疼落泪，第二天就带你去买了一辆。但现在交通太乱，爸爸在此一直担心你穿过马路，我想等你读高中时再买，比较安全。别生气！佳儿，记住一句话："没有车总比没有腿好——更比没有眼没有头好。"

爸爸　一九七二·十一·十一

爸爸：

　　圣诞要到了，天气也变冷了，我亲手钩织的一条围巾接到了吗？我时刻把握时间，一有空就钩围巾，第二条是妈的生日礼物，已经完成了！虽然到了中学，功课忙了一些，但仍抽空，忙一些属于自己的，我刻了一个"肥皂钢琴"，是没脚的，不太美观。第三次月考过了，小学才考第二次，相差好远，刘玉芝又有舞踏［蹈］会，可能有我可能无，不一定。

　　最近英文越来越复杂，动词等一大堆，天哪！

　　数学这次好难，还没做完就收卷了，有生以来第一次没有做完考卷。

　　天气冷了，需要一些什么？祝

圣诞快乐

女　佳佳敬上　一九七二·十二·十二

佳儿:

围巾和贺年片先后收到,你真长大了呢,围巾都会织,爸爸离家时,你连穿衣服都不会,时间使人长大,不但使我儿长大成一个大孩子,也使爸爸长大,像圣保罗一样的长大,从眼上掉下鳞片,终于发现过去是错了。你织的围巾厚而且暖,爸爸从前有干咳毛病,脖子最怕风吹,很需要围巾,因久不吸烟,这毛病早已痊愈,但爸爸却需要用它围肚子,所以你的礼物寄来得正好,我立刻围上,这些日子,鼻孔就再没有不通过,谢谢我儿。信上说:"数学好难,还没做完就收卷了。"爸爸一再提醒你,数学要紧,现在已响了坏信号,有"第一次"就有第二次,要把所有习题一一的都做过才行。还有话,下星期续写。

爸爸　一九七二·十二·二十三

佳儿：

你第二条围巾是送妈妈的生日礼物，妈妈生日十一月初六，正是阳历十二月十一，你来信是十二月十二，赶上送了吗？但愿也算爸爸有一份，代爸爸向妈妈祝福。信上说："刻了一个肥皂钢琴，没有脚的。"怎么回事呢？看了半天都不懂。信上又说："英文越来越复杂。"英文跟数学一样，要靠耐心，不能靠聪明（任何学问都是如此），你在家最好每天跟妈妈用英语作简单的会话，像："我要上学去了。""你什么时候下班？"渐渐由简入繁，妈妈的英文是洋人教的，又跟洋人当过秘书，一定有助你的学习。爸爸过去写的信，吩咐了一些事情，你看到了吗？照做了吗？来信都要告知。

爸爸　一九七二·十二·三十

柏杨入狱的第二年，佳佳（中）九岁生日

一九七五年

爸：

　　除夕夜，人人团聚的日子，而今，和妈妈吃了些饺子也过了，每年，不是也都过了吗？而今年也许是我大了，懂事了，但感触也特别多，我多么希望再回到那童稚无知的年龄，不再为金钱，不再为感情，不再为任何事去操心！爸！年复一年，我也大了，还能模拟我的样子吗？原谅我！我无法再在我的记忆中搜回您的影子，好像很远，那么远、那么小，唉！爸！想你！爱你！

　　东西接到了没？是我买的、我挑的、我选的，代表了我的爱、我的关怀！我的思念！原谅我，原谅我以往的忽略，您会吗？想你！爱你！祝
新年快乐！

佳儿敬上　一九七五·二·十

爸：

　　接到您的信，使得我高兴不已，今天才18日呢！记得17日我也同时寄一封信给您呢！不知接到否？好快！您的信两天就接到了，以后来信请用限时，好吗？这样也可减轻两地相思之苦，您知道不？接到您的信，我高兴得……不要太节省，该花的、该用的都尽量地用，衣服都合适，那么以后将依节令寄去衣服！那边可有镶牙？若有，需要多少钱？请告知，千万千万要告诉我们！牙齿是很重要的！

　　只要您高兴，您穿得舒适，"钱"！那是不要紧的，为了您，我们将会量力而为的，不必记挂心上，毛衣都能保暖吧？穿得舒服吧！今天开学第二天，已经进入"情况"了！祝

安康

　　　　　　　　　　佳儿敬上　一九七五·二·十八

佳儿：

2/10，2/18信接到，看样子你真是大了，爸爸既高兴又感伤，高兴的是你的成长，伤感的是你不得不开始面对整个世界，你曾为爸爸衣服褴褛哭过，吾儿，经过痛哭的人才能认识人生，这毋宁是可喜悦的，你已接触到人生了。数年来，我几次梦见吾儿赤着双足，手执小碗，沿街讨饭，现在始安。我们住在敦化南路时，爸爸常常幻想能迎养我的父亲（我的母亲早亡，对她一点也不记得了），入狱后又暗自庆幸没有迎养，否则他老人家流落街头，我几乎可以看到他佝偻的背影，现在我想我儿会照顾祖父。这都是我多少年来的心事，一一告诉吾儿。

爸爸 一九七五·二·二十三

附笔：既已开学，应把心用到功课上，暂不要来信，切嘱。

爸：

相信 2/17，2/18 二信已经接到！开学已经一个礼拜，虽刚开学，但是紧张气氛笼罩，同学都孜孜于课业，考试更是接踵而来，我们学校就是以考试多、升学率高闻名的！一天八节课，又另加两节，早上一大早就爬起来，尤其现在天气正寒，早上苦极了，因为晚上又睡得晚，天气又冷，唉！为学最苦！

现在天气好冷，寄去的衣服正好赶上用场！棉被一定很舒适，一些毛衣正可御寒，千万注意身体，免得我们担心，牙齿如何？请告知！祝

安康

佳儿敬上　一九七五·二·二十三

爸：

今天是星期二，好快！开学也有一个多礼拜了！

我作文一向不擅于写论说文，抒情文倒是可以应付，但每遇论说文就头大，老师告诉我们要写正、反、合三部分，且多多举例历史上的故事则更好，但是我就是不会开头和结尾，所以每每写得文不对题，不知爸爸能不能告诉我一些论说文的写法？在联考中作文就占了八十分，非常重！

现在学校正在替我们作复习，有时一读就是若干册！所以睡得都较晚，而且我自己也必须计划一下进度，天天温一点，免得到时应付不了！对了，下回想再寄一张照片去，上次我的照片接到了没有？祝

安康

佳儿敬上　一九七五·二·二十五

佳儿：

　　2/17信和照片接到，吾儿真是大孩子了，可喜！然岁月堪惊。我们非常像《双城记》里的医生父女，女儿终于照顾了她已记不得面貌声音的可怜老父。记得有一卷录音带是我们住在建国南路时，爸爸抱着你录的，你那时才一岁，只会说"啊"，如果仍在，可放出听听。但不要现在听，等考取高中之后再听。这里不准吸烟，所以我的咳嗽早痊。不能补牙，每饭即用棉花先塞补，也可支持。我常吃别人家里寄来的东西，现在有东西回报，甚为安慰。你会考取北一女的，但不要急躁不安，这跟漠不在意同样有害。

　　　　　　　　　　　　　爸爸　一九七五·三·二

　　（梁上元阿姨的父亲死了，下周我将写信请陈丽真阿姨去安慰她，你仍不要来信，全心用到功课上。）

佳：

2/23、2/25信，跟八百元收到，我买了很多东西吃，有肉松、鱼松、豆腐乳和一些药品，但这样是不是太浪费了。最近恰逢恢复申请买书，当买些古书读。你屡次信上提的事，和爸爸要告诉你的事，现在一件件写给你：第一件，郑绍颖小妹，看名字像个男孩子，写的信和写的字都比你好。有一次你托她寄信，她忘了，然后在你信里夹了一封道歉的信给我，这是一件灵性的举动，一个呆板的或一个冷漠的人，不会有这种反应，至多在想起时投邮就算了，没有人知道曾经延误。而且字又写得那么好，爸爸很喜欢她，将来一定把她当干女儿，盼你跟她多学习。

爸爸 一九七五·三·十六

爸：

3/16信接到了，心里是既喜且忧，因为我发觉我开始要嫉妒郑绍颖了！

郑，她是我们班的班长，古人说："人非圣贤，孰能无过。"然而我却从来没有发觉她有一丝的缺点！她实在是太好了，人人都喜欢她，当然我也不例外，而且品学兼优，师长都好喜欢她，又特别的聪明，作文之棒，无人可及！我要跟她学习的地方太多了，她坚忍且求真，处处为别人着想……而这些都是我没有的！

上个礼拜未接来信，而这个礼拜又直到现在才接获，心情如何，也不用讲了！有什么东西可以买的就买，如何说是浪费呢？身子不好，会急煞人的！那边有书可买吗？能不能让我给您寄去？要什么书？祝
安康

佳儿敬上　一九七五·三·二十

佳：

第二件，爸爸需要一个150度的老花眼镜，你禀告妈妈，乘星期日或假期，购买寄来（问眼镜店老板邮寄的方法，恐怕要用毛巾包起来，再装入硬纸盒里，以免途中压破）。第三件，从吾儿来信的字迹上，我担心你的镇静功夫，也就是担心你会不会定下来，吾儿小时候写字飞快，一下子用橡皮擦了又写，爸爸在旁边都看得眼花缭乱。郑绍颖小妹的字都是一笔一画的，梁上元阿姨在北一女时写的字，真是秀丽之极，比爸爸写的好百倍。我不是苛求写字，只是盼吾儿在提笔时，要控制自己，不要急，不要快，要慢慢地写。我猜你对爸爸的信，大概一瞥而过，既没有详细读，也没有读第二遍。将来面对竞争剧烈的考试题也如此，要想考取就困难了。

爸爸　一九七五·三·二十三

（下星期爸爸要写信给梁上元阿姨。）

佳：

  3/20，3/21 信收到，那个孩子流泪的画像，使我心情沉重，一九七四·一·三十你也寄来一张孩子流泪的画像，上面的字是："当我们不在一起的时候，愿永远祝福您。"这已是一年前的事了，我一直放在我的地铺床头，每一次看到，眼泪跟它齐下。吾儿对我嘱咐"暂时不要来信"，太误解了，爸爸一生常遇到这种内心从没有想到过而被人肯定一定如此的事情，想不到吾儿对爸爸也这样。我日夜辗转斗室，只有攀窗才可望见天际，岂不想得到吾儿一信。自入狱后，只有陈丽真阿姨还常来信，人海茫茫，还有谁是亲？有谁是友？每星期五发信或发包裹时，爸爸几个月听不到被唤名字，人生凄凉，孰逾于此？岂不愿吾儿天天来信。但只怕你把写信当做一件重要负担，耽误功课。吾儿，你不会知道爸爸自愿忍受寂寞的苦心。

爸 一九七五·四·六

爸：

今天是25号，我想告诉您一个消息，我考上北一女了。天啊！我好高兴，爸，我这一天都沉浸在欢乐中，师长的道贺，同学的祝贺，电话几乎没有停过，心中那欢欣的余波一直无法静止，三年的苦读（尤其是初三），我终于得到报酬了！四万人的竞争，北一女只录取一千余人，我想，我该满足了！

前几天不停的拉肚子，一瓶药都吃光了仍然无法遏止——太紧张了，放榜比考试还令人窒息！

明天才能拿到成绩单，分数还不知道，但我实在无法按捺下我兴奋的心情，明天拿到成绩单再告诉您！祝
安康

佳儿敬上 一九七五·七·二十五

P.S. 妈妈异常得意，她整个办公室的人都知道，她有个女儿考上北一女！

爸：

最后一次接到来信是七月六日，距今已有三个礼拜，只字未见，连去两封信亦如石沉大海，毫无回音，心中甚为挂念！

离开爸爸已将近七个年头了，从未听您提过您的身体如何？只有最近才告知牙齿不好，其他我这个做女儿的却一无所知！

暑假从七月十日开始，已整整地放了21天，这21天过得恍恍惚惚，在家没事，荡着荡着又是一天，唉！人真是奇怪的动物，我现在好想上学！星期一玩了一天，星期二更是充实，但也因溜冰之故，脚上磨破了不少！希望您能尽快来信，以免我心中的牵挂！祝
安康

佳儿敬上　一九七五·七·三十一

P.S. 联考总分七百，国文二百，英文一百，数学一百二十，社会科、自然科各一百四十，而我国文一百八十三、英文九十九、数学九十七、社会科一百二十九、自然科一百一十五，总分六百二十三。

佳儿：

接7/25信，一块石头落了地，这些时我十分不宁，报上登最低分数，我看成最高分数，认为吾儿决无问题，别人告诉我错误，又加上喻美华案件，使我转为担忧，五百三十四分只能分景美女中，吾儿说可能在六百分上下，顶多分到老师甚凶的北二女。现在好了，这是我入狱以来唯一最高兴的事，年纪老了，太高兴时会流泪，爸爸也流了泪。从前看到别人喋喋不休谈儿女考试如何如何好，丑态可哂，现在爸爸也露了不少丑态，忍不住夸耀，事实上四万人取一千人，太不容易，我已答应下星期请客，答谢记得"佳佳"很清楚的一些伯伯、叔叔。

爸爸 一九七五·八·二

爸：

今天是八月二日，时间的匆匆使我很迷惘，对于未来的前途、未来的命运，我似乎胆怯了、却步了，想想再过三年的现在似乎又在为另一道门奋斗！担心！恐惧！考上了北一女，我的锐气反而消减了，我的豪情壮志也被一连串的问号掩盖了。我已经没有了考上北一女的那股兴奋、那股傲气，我开始想，担心那一连串的竞争、无休止的竞争！

玩了一天回来，心中不无感慨，与说不出的感想，听听音乐，但是今日心中越听越乱，我想很多话不是说的，而该是写的，我想到了您……下个星期五是父亲节——八月八日，祝您

愉快！健康！

佳儿敬上　一九七五·八·二

佳儿：

8/2信及八百元接到，在此之前还接到7/12、7/14、7/22、7/25四信，但7/31信未见，大概是邮局遗失了吧。让爸爸先告诉你请客的名贵菜单，计：鳗鱼罐头二，24元；肉酱罐头二，42元；鸡肉罐头一，21元；水果糖三，45元；薄荷糖二，30元；可口哈士一，20元；花生二，20元，共二百零二元，分给四个囚房十一个囚犯伯伯吃，可谓豪华大宴。爸爸节的卡片也接到，我很高兴吾儿孝心。看我儿信，你似乎很厌倦紧张生活了，这是一场大冲刺下来必然有的心情，过些时就会恢复正常。人生就是不断的要克服挑战，闯过一波又是一波，固然辛苦，也着实充满兴奋和激励。暑假期间，可常找同学玩玩（男女同学均可），但不要到河流中（如碧潭）游泳。

爸爸　一九七五·八·九

佳：

　　8/2、8/9寄的信接到了吗？吾儿7/31的信最近才来，可能是限时信搭飞机，平信搭船，遇到台风过境，就耽误了。你英文考99，只差1分，爸爸最满意，数学也不错，这两门是爸爸最头痛的功课，所以到老一事无成。吾儿要特别努力英文，可跟妈妈多练习会话，妈妈数学不行，只好任你自修了。暑假如不去玩，应该帮助妈妈做些事情，不要惹妈妈生气。听说北一女第二学期就分"文""理"两组，我希望你到理组，但也看志趣，不要勉强。郑绍颖考取了没有？还有狗先生大伟，仍然在吧？爸爸的牙齿全是敦化南路那个该死的女牙医师害的，镶的牙不久就掉了。但身体甚棒，百病不生，记得爸爸有点驼背吧，现在直立如旗杆。

　　　　　　　　　　　　　爸爸　一九七五·八·二十三

一九七六年

爸：

　　接到您 12/27、1/3 的信，寄去的钱是否和往常的一样可存起用？对您的一切都甚为放心，就是担心您的起居、牙齿，家中每次添了一件衣服，都会想到您，怕您太苛待自己，又怕您冻了，不知还有没有余钱？您一定要答复我这个问题。

　　12/8 妈生日，过得平淡，渐渐地，大家对这些都不太重视了，只买了一个小蛋糕和星舅舅、星舅妈四人共度。我和妈妈比了比，足足比妈妈高半个头呢，每次出去，别人都以为我们是姐妹，妈妈都乐不可支，究竟，青春是女人生命中最重要的一环。看到爸爸写：咱们郭家的人……心里倍觉亲切，还看了好几遍呢！这次月考，数学仍是不好，不过我已打算出去补习（免费，故称为视"试"听），也把时间多花在数学上，希望成绩能够好转。

　　我想寄给您一本日记本，是我去年买的，但是没有恒心，只记了两页，就没记了，不知您喜不喜欢？25、28 的信接到了没？28 号的信中还附有照片一张呢！今日班上开辩论会，也有我的份，最后老师评语，还特别夸赞我呢（题目是"女权运动"，我是反方，最后得胜）！下学期不当服务股长了，却当上了风纪股长！祝

安康

佳儿敬上　　一九七六・一・九

佳儿：

　　12/25、12/28、1/9三信先后收到，身份证照片果然比上次文明得多了，爸爸买有一本小贴相簿，里面最早的一张，是爸爸入狱前携吾儿在高雄大贝湖照的，而爸爸入狱后，由妈妈寄来的那一张，爸爸妈妈坐在石凳上，你站在膝前，还是小学二年级娃娃哩。我的牙仍有希望，长官说：下月将有两位高级医官莅临，一位是牙医，可以镶牙，到时我会申请的，不镶牙连菜都不能吃（逢到加菜吃肉就更急死人），如果镶的话，钱就不够了，因我已花了些。你们放寒假日期，从报上已经知道，1/27，到2/22，假期中，除了功课，要陪陪妈妈，帮妈妈做事，下星期六（1/31），因是阴历正月初一，监狱不准通讯。吾儿还放纸炮吗？离家那一年给你买了很多纸炮，小的你还敢放，大的仍是妈妈放了的。辩论会得胜，可喜！吾儿言语清晰，条理分明（跟老爸爸一样，哈哈），五六岁时，抢着接电话，讲得头头是道，没有一个伯伯阿姨不夸奖，言语有条理，就是思想有条理，言语纠缠的人，脑筋准是一盆糨糊。

　　　　　　　　　　　　　爸爸　一九七六·一·二十四

爸：

　　旧历年就快到了，上个礼拜给您寄了些"年货"，不知您接到了没？还有您要的日记本，其他有五磅装红牛奶粉一袋、巧克力糖一包、椒盐饼干一包、芝麻糖片一包、雪片糖一包、云片糕一包、椰子桃酥一包，希望您虽远在他方，也能过个欢欢喜喜的年。这两天期考，我们学校大概是最晚的了，别的学校都放假了，我们二十八号才考完，马上就是除夕新年！

　　您有好久都没有写信给我了，也不知道您收到了我的照片和29日、1月9日的信了没？您一定要给我回信，新年要到了，又流行起感冒了，不知是什么型？也没有特效药，您要保重身体，不多写了（期考后再给您来信）。祝新年快乐

　　　　佳儿敬上　一九七六·一·二十五

爸：

　　收到您1/24的信。年已经过了，寄去的包裹也不知道收到了没？您的牙能吃吗？好吃吗？无论如何，新年快乐！

　　今年过年除了大串鞭炮（要吊起来挂的那种），很少听到小孩放炮，大不了玩玩"火花"，去年我就不放炮了，记得前年放炮，不小心火星掉进一盒火花，烧起来了，而且还把手臂烧"焦"了一块，疼死我了，过了好久才好，所以，以后就不放了，况且我也大了！

　　对！我还是赞成您镶牙，还需多少钱呢？请您告诉我，今年压岁钱也正好派上用场。我们学校是最晚放的一个学校（1/28才放假，应说是29日，因为28日仍在考试），今年公、婆北上过年，家中热闹许多，只是我得睡沙发（因为公公睡我的床）！祝

新年快乐

　　　　　　　　　　　　　佳儿敬上　一九七六·二·二

爸：

给您寄去了一千元整，因为和妈妈商量的结果，您没有说明什么时候要钱，要多少钱，牙医什么时候来？而书信往还，又需要一段很长的时间，怕您钱不够，所以先寄去一千元应个急（本想前几天给您寄去，但邮局没开门），看到您的信，知道您的牙齿非常不好，心很难过，一定要医好，多少钱要来信告诉我，今年收了些压岁钱，可以给您看牙！

不知您收到了吃的东西没？牙齿能吃吗？日记簿相信已经收到了，还不错吧！祝

安康

          佳儿敬上　一九七六·二·七

P.S. 牙齿坏了几颗？医生的情形如何？

爸：

　　我们二十号就开学了，假期无多，而功课也还没有开工，都堆得老高了！

　　16号要去拿成绩单，17号返校注册，20号就开学，寒假的假期真短！昨天起开始补习数学，是干姐姐介绍的，教得还不错！祝

安康

　　　　　　　　　　　　　　佳儿敬上　一九七六·二·十三

佳：

1/25、2/2、2/7三信跟一千元都收到。牙医尚未莅临，看情形爸爸只好出狱后镶补了。但我却正需要这笔钱，代我谢谢妈妈。我的牙只要先用棉花填住，就不妨碍大吃吾儿寄来的年货，这次年货甚好，尤其是乳片糕（吾儿断奶时就吃过），我放在地铺头，夜间饿了吃。我们在狱中过年也很热闹，一连六天（除夕到初五）都吃肉，最后还吃了一顿肥猪肉。今天是正月十五日，早上特别吃稀饭，还是甜的，晚上又吃鸭肉。日记本也收到，吾儿不预备听爸爸的话写日记了。吾儿关心爸爸，这是爸爸最大的安慰。来信说，每添一件衣服，都会想到爸爸，短短数语，永萦不忘，吾儿是《双城记》里的女儿，反过来照顾爸爸，但我比书上那个爸爸幸运得多，还没有疯！将来仍能照顾吾儿。我总挂念大伟，它还在吗？我在南投县草屯镇曾伤害过一条忠心的狗，一直使我内疚，对狗也偏爱，爸爸过去问过它，吾儿没有回答。

爸爸 一九七六·二·十四

爸：

　　接到您2/14的信，您说您正需要上笔寄去的一千元，使我担心您的钱是否够用。而若牙医来了钱不够用，怎么办？与汇款一同寄去的信中，亦有问及您牙齿蛀损情形。因为我自己牙齿不好（我跟爸的牙齿一样，爱吃甜食的结果），明天我还要去配戴假牙呢（我两颗臼齿已经拔掉）！身受其痛，所以想问清情形。

　　大伟已经送人了，妈说现住公寓，狗又没人管，看它关在走廊上，英雄无用武之地，怪可怜的，妈又怕脏，我又一整天不在家，不能照顾，所以送人了，我也爱狗，大概是从小受到爸爸的影响，走到街上，看到许多野狗，怪可怜的，经常就把当做早饭的面包喂给它们吃，将来我不要爸照顾我，我要待奉您一辈子！

　　开学了，今天是第一天，还要告诉您一个好消息，成绩单发下，我可以领奖学金呢！智育平均八〇点二（音乐、美术拉下了不少分）、德群育九十二、体育八十七，智育中最差的是数学，干姐姐帮我介绍了一位数学老师，补得不错，已经上课两次，一个月四百元，这次领奖学金虽只有四百元，但可付补习费，也可免用妈的钱！祝
安康

　　　　　　　　　　　　　　佳儿敬上　一九七六·二·二十
　　P.S.在南投县草屯镇为何伤了只狗？（忘了问。）

爸：

您好！二月二十一日去装了两颗假牙，戴得极不舒服（因为牙床还没有发育完全，所以不能装死的），但是为了避免牙齿倒掉，所以不得不戴，终究不是自己的！

今天行军，从新北投"走"到阳明山，走得我脚趾都磨出泡来了，而从阳明山回去，又是挤巴士，从阳明山"站"到台北，还要转车（一点钟离开阳明山，三点钟才到家），回家后，从三点钟睡到六点半。（回家后，手也没洗，脸也没洗，一倒在沙发上，就睡着了！）累坏了！

寄上一张二月十五日在阳明山照的（妈妈照的——技术欠佳），那次是因为花季将至，陪妈妈上山赏花的照片。祝

安康

佳儿敬上　一九七六·二·二十八

佳佳：

2/13、2/20信收到。爸爸在草屯养的狗，名叫"老虎"，被灭狗队用毒针打死，死因却由于我，以后再告诉你吧。现在告诉吾儿一件事，爸爸就要出狱了，吾儿暂时不要来信（来信也收不到了），爸爸回台北后，我们父女就可见面。吾儿去年来的信上说，已忘记爸爸是个什么模样？无限怅惘。我两岁丧母，对母亲无一点印象，既没有留下相片，也没有人向我讲过她老人家的音容遗事，连怀念都无从怀念起，终身饮恨（唯一听到的是，母亲临死时，姐姐抱着我在床前啜泣）。而今吾儿总算再看到爸爸，希望吾儿想象中的爸爸，跟实质上的爸爸相差不多。不多写了，团聚在即，既悲又喜，一首诗附吾儿。

爸爸　一九七六·二·二十八

寄女

吾儿初生时，秋雨正淅沥。父独守长廊，喁喃向神祈。
护士终相告，告父生一女。此女即吾儿，此情舐犊意。
儿啼父心碎，儿笑父心喜。看儿渐长大，摇摇学步举。
曾入托儿所，一别一哭涕。负儿径自归，为儿理发髻。
出疹畏光风，门窗日夜闭。儿身热如焚，抱儿屡惊悸。
自幼厌进餐，一餐一淘气。悄悄吃狗食，吐泻儿将毙。

住院儿卧床，伴儿父卧地。五岁接电话，口舌即伶俐。
怒时呼臭爸，顿脚如霹雳。六岁考幼园，百分高第一。
滑梯玩不休，万唤都不理。上学有人送，下学父迎及。
一路攀父臂，仍作秋千戏。爬肩闻烟味，翻腾上父膝。
遇事即寻父，搂颈絮絮语。寻伴乐不归，惹父沿街觅。
急急如疯汉，惶惶汗遍体。当父离家日，儿已二年级。
坐地看电视，尚对差人嘻。一去即八载，一思一心戚。
梦中仍呼儿，醒后频频起。而今父将归，儿业亭亭立。
何堪吾家破，孤雏幸存息。儿已不识父，怜儿泪如雨。

佳儿：

　　写此信时，不知如何下笔，我不该于2/28写信告诉你，我们父女即将团聚！现在我在绿岛已有很好的工作①，不要为我担心，陈丽真阿姨会打电话告诉你一切，要心平下来，好好用功。你2/28信接到，也看到妈妈为你照的照片，我曾说："我女儿一定会抱着我哭。"上次寄来的一千元就是当做路费用的。禀告妈妈，以后不要再寄钱了。八年岁月拖累她太多，不知道如何才能报答她？也不知道何时才能报答她？

　　　　　　　　　　　　　　爸　一九七六・三・九

---

① 其时柏杨被强制囚禁。

爸：

接到您的信，映入眼帘的是不同的地址，似乎连那信封都不同了，前两天妈回来告诉我您的事。（陈丽真阿姨并未打电话给我，倒是打给妈妈了，但妈妈早在陈阿姨打电话来之前就知道了！）我兴奋的[得]哭了，不知道是为了什么？兴奋！难过！

知道消息后，就着急着您为什么不在事前写信告诉我，或是告诉我地址，害我信无处寄！

据妈说您在绿岛是教书吧？一月的收入够用吗？不够用要写信来，就是有多余的钱，也不要寄来，这样会徒增我们心理负担的，留下来添些东西，买些好吃的！牙齿还是要看（找个好医生，若没有，可等到回台北时镶）。

快第一次月考了，我很好，一天除了念书、打球、补习（有时看看电视）外，也都没出去！请您放心！

在这里给您附上在阳明山所照的照片，左边是我同学马正慈，她有一六八公分高！祝
健康快乐

佳儿敬上　一九七六·三·十七

P.S. 未接到您廿八日的信，所以对于您所提的事，大都不知！

爸：

　　只接到您三月九日的一封信，就没有了！寄去的照片、信是否收到？问您的事也一直耿耿于怀，得不到答复！

　　最近忙吗？我们从3/29放假到4/1总共四天，不知您那边是如何？明天是青年节，要到忠烈祠（全市公立高中都派有学生参加），三十日要练篮球，因为班际篮赛将届，三十一日要去郊游，是和班上一道去八斗子玩（我从来没去过那地方），一日又要跟同学出去玩，真是安排得满满的，虽然忙，却忙得好空虚，总觉得没有得到什么！本想看看书的，可是心浮得很，就是坐不住！祝

安康

　　　　　　　　　　佳儿敬上　一九七六·三·二八

爸：

您好！今天心血来潮，翻了一下书桌的抽屉，翻到了一些旧照片和一封一九七三年一月廿七日的您寄来的信，心中无限感慨，想想一晃三年，再看看那些照片，幼小的我还不到妈的腰部呢，不想今天已经高过妈妈半个头了，心中更觉难过，那封信中您提到我替您钩的一条围巾，您用来围肚子，为何？我想我还会钩一条送您——况且如今技艺较为高超，不是只会钩长短针了，前两天上街买了张专送爸爸的生日卡，回家后，才知连妈妈也不知道您的生日，不知何时才能派上用场？

我有收集信纸的习惯，大家都觉奇怪，我一向个性开朗、热情、倔强，怎会喜欢收集信纸，而且竟是些如此苍凉的，说也奇怪，去买信纸时，我第一眼就看上了这张，我爱它那种感觉——说不出来的，爸！希望您也喜欢！

昨天和同学上八斗子郊游，风大又冷，但还是上基隆去了，一路上不是走路就是坐车，要不就喝西北风，把人整得惨兮兮，回家后鼻子也不通了，喉咙又痛，头也疼，倒床就睡到今早，真是赔了夫人又折兵，得不偿失，害得今天一天昏沉沉，浪费了一天的假期！明天上学正好换季（换穿裙子），哈！那我不冷坏了！

说老实话，当减刑条例公之于报时，我就注意了，但不见您提起，就以为不成，而如今您出来了，一则以喜，一则以忧，喜的是……那就不用说了，忧的是——多年不见不知您是什么样了？多希望见到您啊！但又怕，我们第一句话该说什么啊？我是新潮人，您能接受我的观念吗？与妈妈相处、生活多年，也不时发生小的争执，我怕！我怕我会伤害您！但是父女天性，我多渴望见到您！记得初三毕业，我要求去绿岛看您，但是妈妈不准，今夏如果您仍不回来，我要去看您！但是，爸爸，我好怕喔！分别多年究竟改变了多少？或是生疏了，或是……

　　自您出来，只接到您一封信，相信很忙！我月考刚过，可清闲一阵，就要开始忙了，周而复始，始终如此，月考——期考——暑假，然后高二，然后高三，然后大学，单调且乏味！看到日历仍是二月二十五日，一口气撕掉了 31 张，就好像日子似的，过得那么快！

　　英文老师规定我们每人都要写封英文信给她，想了许久才"挤"出二三行来，孵蝌蚪文实在不简单，班上又举行背诵比赛（英文），于是死背"The Tortoise and The Hare"——龟兔赛跑！因为文章短，所以才选这一篇！

　　祝您
健康快乐

　　　　　　　　　　　　　　佳儿敬上　一九七六·四·一

佳佳：

2/28、3/17信和照片都接到,吾儿,不要哭,上天见怜,爸爸会回去的,我在这里一切很好。请寄:（一）一瓶维他命B——（或维他命B complex）,（二）一瓶镇定剂（一半青绿、一半褐黑的胶囊,如无,其他无习惯性的也可）,（三）一件夏天穿的单夹克（灰色的或其他素色的均可）,（四）一把指甲刀。爸爸为陈丽真阿姨忧,来信告诉我她平安否?望儿快乐。

爸　一九七六·四·八

爸：

昨天（4/18）已将您要买的东西寄去——两瓶维他命、五十粒镇定剂（没有瓶装，买五十粒他还不太肯卖呢）、一件夹克、指甲刀一把。

镇定剂要少吃，只有害没有益处！宁可睡不着，也别吃！

23、24月考，范围大，科目多，累坏人了（我从十二点读起，现已是凌晨三点了），考完再给您写信，四月一日卡片收到没？祝

安康

佳儿敬上　一九七六·四·十九

佳儿：

寄来的东西照单收到，4/19信也收到，夹克怎么不是单的？且略嫌小，但仍可穿，你忘记爸爸是一个高大个子了，再给我寄一条夏天穿的西裤（单的、薄的、深色的），一瓶维他命E、一瓶"Ｖ口卜"眼药水，这些不要急着去买，多停些日子没有关系。镇定剂我会很谨慎用，我不是失眠，而是日夜不停的心脏剧跳，吃这个可以稍安。4/1的信也收到，使爸爸感伤良久，这是爸爸自入狱以来吾儿第一封触动爸爸沉重心弦的信，你说我没有告诉你减刑的事，但是吾儿也没有来信问过爸爸一句啊。其他朋友都立刻接到家人的喜讯，一位朋友的女儿连报纸都寄来了。吾儿每次来信，我都肯定的以为一定会问我，却始终失望，我不认为吾儿不关心爸爸，只认为你功课忙，没有看报，我本想主动的告诉你，但怕你太兴奋，影响升学考试，又怕你闹着要来接我，耽误学业，所以一直到2/28距出狱只有八天，才给吾儿一信，并寄一首长诗，假使我事先知道有现在这个转变，那信也不会写。吾儿要来看爸爸，我十分高兴，我想你暑假时可以来，婉转向妈妈恳求，届时我会请一位可靠的伯伯或阿姨陪你同来，路费由我直接寄去，如果三个人的话，大概六千元就够了，不让妈妈再操心。到绿岛后，就睡在爸爸身旁，第二天再回去。爸爸在你这个年龄（正是高中一年级），抗战爆发，投笔从戎，流浪迄今，幸有爱女、知友，在苦难中给我安慰。记得我读小学五年级时，父母吵架，父亲离开我们的老家辉县回开封，我那时恐惧后母，曾尾随父亲数里之远，一直尾随到荒郊，那时我才十一二岁，希望父亲回转，再希望父亲带我一块走，可是当父亲发现我后，却大声把我喝回，把他心碎的孤儿遗弃给日夜虐待他的后母。吾儿千里探父，希望能比古代女孩子缇萦，缇萦徒步走三十倍于吾儿的路程，跟着做了囚犯的父亲，从山东跟到长安。盼望至少为吾儿留下日后无憾的回忆。

爸 一九七六・四・三十

佳佳：

我4/30的信接到了吧？再三再四地看你4/1的信，心中充满温暖。我暑假尚不能回去，但长官很优待我，告诉我说：我只是短期的，不是长期的，我仍会回去的，不会让我们骨肉分离，请吾儿放心。暑假既不能回去，所以盼望吾儿前来，我已拜托可靠的朋友带你（你自己决不可单独前来），等接到回信，再告诉吾儿。从台北乘远东公司的飞机到台东，从台东再乘台湾公司的飞机到绿岛，当天可到，住一晚，第二天回去，旅费二千元够了，三个人约需六千元，届时爸爸会把这六千元寄去（我现在还没有钱）。吾儿自称是"新潮人"，有趣的年轻人的把戏，但不必顾虑爸爸不会接受，生疏是必然的，看过《双城记》吗？他们父女的重逢，而他们父女从没有见过面，但刹那间就是父女了。天变地变，爸爸爱儿之心不变，爸爸了解你，爸爸只是老天真，不是老糊涂，可憾的是爸爸不能早日回到吾儿身旁，对吾儿照顾。你的英文字写得很糟！"T"字像中国的"号"字，要注意改一改。

爸爸　一九七六·五·七

爸：

接到您21日的信，暑假可能在六月底到七月初，如何去和什么时候去，我也不知道——只有依赖爸您计划了，只希望能早日看到您，虽也有些胆怯！

《飘》看到四分之一，又搁下了，妈说这本翻译得一点文学气息也没了，所以我也懒得继续看了——当初想到要看，实在是迷上了剧中的白瑞德和明星克拉克·盖博，我发觉我做事总是雷声大雨点小，五分钟的热度，过了就没了，又缺少文学细胞，人人都说《飘》《基度山恩仇记》好，文学结构棒，但我看了想打瞌睡，明知大仲马写得精彩，却也提不起兴趣，但兴趣是人培养的，我会try，但希望渺茫！

爸说得很对，仪队只是刹那的，我现也不去想它，暑假想做很多事，我希望学校的活动不至于耽误我的plan！学校发下了校刊《北一女青年》，看到里面许多高三大姐们的文章，使我心寒，也使我想到初三那段"应付"联考的紧张生活，更使我畏惧面对将近十万人的竞争！期考完毕，就分组考试了，我将考理组，但听说题目很难，我很怕无法分到理组，将来可能学医——妈说那是最与世无争的工作，又可救世济人，考不上医生（因为分数很高），就念护士，出来就有一技之长，将来也嫁个医生（一笑），反正好处多着呢！

　　星期六下午在学校上游泳课，一个游泳池有两三班，但多半都在池边看，而水浅地方人多，正合吾意，所以游得尽兴！晚饭是泰国侨生请我吃的，因为是她生日，还特别做了泰国菜，可把我整惨了，因为她们吃的传统就是"辣"，我到现在还不敢吃辣，所以昨晚只有靠喝水饱肚子（一辣就喝水，所以昨晚喝了若干大杯水），吃到七点，把妈担心死了——因为忘了告诉妈，她还以为我游泳淹死了呢！再谈！祝

安康

　　　　　　　佳儿敬上　一九七六·六·六

佳儿:

我 5/21、6/4 寄吾儿两信，都收到了吗？我于 5/24 曾用限时信写给于姑姑（于纫兰，爸爸叫她大姐，她是"国大代表"，住新店中央新村 6 街 82 号），请她转托罗叔叔夫妇（罗祖光，他是自立晚报副社长）带你前来，可是已有半月，未见回信。你接信后要去拜见他们二位（查电话簿，先打电话约好时间），说明我 5/24 信上请托的事（我想这封信也可能邮失），记住！往返飞机票都由爸爸负担，马上就可寄去，只不过请他们拨出两天时间（最多三天），一则使我们父女得见一面，一则他们也可一游绿岛，诚恳的乞求他们帮助。这是进入人生的第一课，要吾儿自己单独负担是很艰难的，思之痛心，吾儿多忍耐辛苦，借此锻炼。结果如何？来信告知。吾儿 5/28 的信收到，洪子惠老师对你那么爱护，恩不可忘，爸爸可以写信给她表示对她的感激吗？这是吾儿第二封长信，我会再给你信，说说当你小时候爸爸和女儿间的往事。

爸　一九七六·六·十一

佳儿：

我6/11的信接到了吗？我已再给于纫兰姑姑去了一封信，请她帮助，盼吾儿早日前往拜见，于姑姑是我在四川、东北时老友，对爸爸过去的一切，知道得很清楚，希望她能向罗叔叔婉商，或请她另想办法（如果不行的话，也不可有任何不悦，仍要致谢，人人都有自己的困难）。吾儿5/28的信是分段写的，这是真实的记录，亲人之间写起信来，如果只是淡淡的叙述事件，缺少感情，便缺少真挚。爸爸过去一直羡慕别人的儿女不停地思念父亲，不停地询问归期，我就不相信吾儿会遗弃在悲惨中受苦的老父。爸爸接吾儿的来信，固然高兴，但刹那间又变为担心。当初爸爸在恋爱时，每接到从台中寄来的厚厚情书，内心就有要爆炸了似的兴奋，因为它证明了爱仍浓厚，可是刹那间又惊恐起来，惊恐那封信投邮后会不会有什么变化（十年后，爸爸在军法处狱中，又重复如此），直到第二次信来，再升起第二次兴奋，也再陷入第二次忧伤。这是一种沉重心情，现在转移到儿女身上，不知吾儿来信投邮后，是否仍照常快乐？是否病情有了起色？联想过去的爱情，使我叹息，现在转为思儿的亲情，使我坐卧不宁。八年前，妈妈被传讯的那一天，爸爸曾远到和平东路为妈妈卜卦（多么迷信啊！妈妈为此曾不谅解，责爸爸趁她不在乱跑）。

那晚，吾儿屡问妈妈哪里去了？我说妈妈上学去了，你睡在被窝里，爸爸坐在地板上，在被窝里握着你的小手，忧心忡忡的为你讲故事，直到你合上双眼，难得你还记得这些。吾儿第一次接见我，我正在出庭应讯，在窗子上望见妈妈一手撑着阳伞，一手牵着你的手，你一脸恐怖，眼睛瞪得圆圆的，这印象永难磨灭。后来在洞口接见，我教你出去，你现在才明白爸爸当时心如刀割，但爸爸也怕吾儿看见爸爸变了形，心灵永留痛创。你小时候是一刻钟都离不开爸爸的，因为妈妈在家的时候少，而爸爸一天到晚都在家。有一天晚间，你从跳舞学校回来，在交通车上不知道跟哪位小朋友吵架，受了委屈，车一到家门，你就声震屋瓦的大声哭叫："爸爸！爸爸！"（普通孩子遇到事，都是叫妈妈的。）我狂奔着下楼，邻居们（包括司机在内）都以为发生了大祸，直到抱你下车，你还告状呢，把那些小朋友们一个个吓得口呆目瞪。我不知道你会夸过口："我爸爸是一九二〇年生，比你们的都大。"但我知道华昌言、对门的陈小妹等都羡慕吾儿："你爸爸天天都在家，又带你出去玩。"我是除了上班，到什么地方都带你的，连朋友的宴会也都带你。我想我会继续再照顾你，到你真正地长大。不过在我被释放之前吾儿要练习刚强自立。这一次如不是吾儿提及，我不会同意你来，但如果没有人带路，就不要来。长官们一再指示,我是短期的,将来终会见面。那个为吾儿讲故事的小录音机还在吗?我希望那时讲的故事没有销掉,也是一项可爱的回味。

爸爸 一九七六·六·十四

(我从前不常寄限时专送信,怕邮局的摩托车惊动家人。最近总是寄限时信,因为据说平信渡海是坐船的,遇有风浪,船只停航,常会延误七八天或十数天,限时信可能当做航空信坐飞机,就快多了。)

爸：

接到您6/11的信，心中不禁犹豫——我很怕面对那种场合，求人的场合，自尊心和意志挣扎着，所以隔了一个礼拜都没有回信，因为不去求他们我就无法成行，昨日接到14日的信，就下定了决心打电话给于姑姑，由电话簿查到了电话，她很惊讶我居然能考上北一女（她说，她还以为我在一所普通中学），但她说罗叔叔在高雄做生意很少返北，所以找不到他。我难过极了，我原来就不抱着成功的希望，我也不喜欢求人，也不想要人带我去，都那么大的人了，妈说如果您答应了，就让我一个人去（如果可以，我30号就动身到台东，若遇台风，我会看情形而定，实在不行我就搭机返北，或者我找找看有没有外县市同学住在台东？可在她们家暂住——因为妈不放心我住旅馆），当然，一切看您而定！

要期考了，24、25、26、28日四天，很忙，期考完后再详细给您写信！祝

安康

佳儿敬上 一九七六·六·廿

爸：

星期日接到您的来信，兴奋了半天，那时正出去补数学，在上课时好兴奋，同学都奇怪我怎么那么愉快，可是星期日我没有行动，因我已经被数学搞得晕头转向（分组考"全年"的东西），星期二连着两堂的数学考得我头痛欲裂，还勉强的和同学穿着制服压马路——即逛街意！结果到今天仍不舒服（上午同学来玩，结果我也没陪她们，自己一个人在睡觉），头痛、恶心、想吐，难过极了，可是我怕您着急，就打了个电话给罗叔叔，可是他不在家，问他什么时候会在，他家人说不一定，记得上次打给于姑姑，她也说罗叔叔早已不在《自立晚报》，而在高雄做生意，难得回台北一趟，当时我真失望透了，我还以为是她不肯帮这个忙（当时我好似看透了人生，不就是那么一回事吗），希望她能原谅我的想法（当然我没有表现出来，仍是很客气的谢谢她，且她还邀我去她家玩呢），于姑姑还问我读什么学校，我告诉她是"北一女"，她好惊讶，使我觉得她的态度都改变了，没有想到一个好学校的影响力如此之大！

最近北一女饱受攻击，因为大家对联考缺席的不满，连带的也说我们北一女的学生骄傲，一股的明星学校的明星味，看得我气坏了！这两天期考，考得真是焦头烂额，妈说我平时都不念书，到头来苦得要死，那我也没办法，每次都发誓、立志，到头来却无法实现！最近台风"鲁碧"过境南部，不知有没有受到什么影响？门户要弄牢，衣服不要潮了，身体也要保重不要贪凉——是会感冒的！不知您那边的生活环境如何？但如果蚊虫多，可买杀虫剂（如"灭飞""克蟑"等）喷洒，再把门窗关上，闷一天，包准晚上回去时蚊虫死光光，当然我不知如此做是否适合！但一切要以身体为重。

公公有时与我谈佛理，虽然对年轻人来说佛家太消极了，可是我发觉"听"（当然我是不会看，也看不懂的）了对自己有益无害，我比以前迁就他人、体贴别人，尽量不发脾气，可能都是受了"佛"的影响。

我最重要的事还没问您呢！罗叔叔那里怎么联络日期啊？七月十日、十一日将至（我那时可能有篮赛，不过不管它了），不早通知，怕到时慌乱未妥！等您回信！祝安康

佳儿敬上 一九七六·六·廿九

佳佳：

6/25、6/29两信谅收到，迄未接到吾儿和罗叔叔的回信，甚为惦念。于姑姑说罗叔叔常在高雄，如罗叔叔不能北返，则吾儿可乘对号快车先一天到高雄（要乘上午开出的车，不要乘夜车，这样我就放心），再同罗叔叔乘飞机到台东。你要立刻跟罗叔叔和罗妈妈商量决定。时间我希望提前于九日到绿岛，如果可能，你就要早一天到高雄了，我真怕再来一个台风。以后来信要用限时，航空也可以（我不知道航空邮资，听说是三元），绿岛因风雨频仍，常跟外界隔阻，平信延误太久（我的信箱号码现在改为八四五一）。

爸爸　一九七六·七·三

佳儿：

今天早上接到你6/29的信，午饭前又接到你7/1的信，十分高兴，悬念一扫而空。罗叔叔既已见面，一切听他的吩咐。过去，罗叔叔常到我们家来，你已不再认识他，这几年你是生活在另一个非爸爸所在的世界，见不到爸爸的老友了。你对于姑姑的观感实在太差劲，对人生的看法更是差劲。"人生"是永远看不透的，满口说看透"人生"的人，只是无可奈何的悲观而已。实际上没有人看透了人生，一个人掉到大海里，他说他看透了大海，他真的看透了大海吗？他只不过悲哀他将要淹死罢了。人生随着年龄的增加，痛苦的事也跟着增加，往往感觉到没有力量适应和克服，因而用悲观来使自己的心理平衡。吾儿去年来信曾说，真愿回到儿时那种无忧无虑的日子，其实孩子们也是有忧有虑的，你小时候，遇事总是攀着我的手臂大声喊："爸爸，求求你、求求你！"每一件事爸爸都答应，知道你那时童心的焦急。我们住在建国南路时，你只有四五岁，看见别的小孩有辆小三轮脚踏车，喜欢得不得了，骑上去不肯下来，但那是人家的呀，终于哭哭啼啼被撑下来。当天夜间，你忽然从梦中爬起来，坐在床上哭着叫："我要脚踏车！我要脚踏车！"好容易才哄睡，爸爸痛彻心腑，第二天就凑钱到衡阳街买了一辆，你天天从早骑到晚，大街小巷，爸爸像跟班似的在后面跟着（后来我们搬到敦化南路，这小车你也玩腻了，被邻居一个有两个小女孩的父亲留下来）。这些事吾儿当然已不能记忆，我只是说小孩也有小孩的焦急，小孩也有小孩的痛苦，不全是无忧无虑的。我们不要因一个人伤害了我们的心，就认为所有的人都是坏的，尤其不可以一竿子打落一船人，有些事只是个人问题，不是"人生"问题。于姑姑是爸爸的好友，当她听说我出狱找不到保人时，立刻挺身而出，她不是如吾儿所说"没有想到一个好学校的影响力如此之大"的缘故，她不过为吾儿没有因父被囚而流离失所，又考上北一女高兴而已。找到罗叔叔只是一种巧合，难道吾儿不是北一女，于姑姑就不找罗叔叔了吗？吾儿，要切记，不要用势利眼光看人，古书上有句话"不逆诈"，就是"决不先疑心对方是心怀欺骗"。要诚恳待人，即令吃了某甲、某乙的亏，但对某丙、某丁以及其他人，仍然推诚相与。你说别人说你们北一女学生骄傲，把你气坏了，但你竟以为一个"北一女"能改变一个老人的态度，这不是自己的骄傲吗？骄傲的唯一结果是失败，你要虚心再虚心，凡事都要谦卑。你是爸爸的幼女，你要避免一般最小女儿的习气。以上是看了吾儿6/29信的感想。7/1的信，吾儿的语气快乐多了，不由笑了起来，罗叔叔难道也是因你是"北一女"的学生才对你很好吗？我们父女都在哀哀无告的苦境，他们不怕麻烦帮助我们，只是为了友情、纯正的友情，我们永不可忘。吾儿在信中说到"爱"，爸爸过去为"爱"曾写过几本书，但我惭愧我错了，我们都忽略了一点，什么是真正的"爱"？真正的爱就是"义"，爱是在"需要""快乐"的基础上产生的，一旦觉得不需要、不快乐，爱就没有了。"义"不是这个样子，虽然不再快乐、不再需要，仍不离弃。中国古语说"义无反顾""义不容辞"，没有"义"的"爱"，虽然亲如夫妇、子女，都经不起考验。这是一种高贵的情操，一个人的教养在这上面可看得出来，吾儿要培养这种高贵的情操。你从前写给我的信很少，那是你年纪太小，但吾儿每封信我都留下，成一个小册，从吾儿画鸦般的字："爸爸，您好吗？"寥寥七八句，到现在大谈人生。时间固是可怕的敌人，也是可爱的朋友。我确实不需要什么，有一本《异域》是我用邓克保笔名写的，找一下看能否带来？我要呈报长官，不妨问问梁上元阿姨处有没有？如没有，就算了。衣服我都齐全，带来没有地方放置，只要吾儿能来，就是一切。好吧。带一瓶维他命B、一瓶祈富灵、一盒二天堂癣药膏，都用吾儿自己的压岁钱，自己去买，不可麻烦妈妈。绿岛连日苦风凄雨，有时飞机都停航，盼望早日放晴。你的病大概已愈，上天保佑我们吧。

爸　一九七六·七·四灯下

佳佳：

自你十一日归去，预计当天下午可到台北，如果次日（十二）或再次日（十三）来信，爸爸也该接到了，可是迟至今天，仍无消息，幸报上并无交通事故的报道，但心中总是不宁，吾儿应先寄一封平安信，几个字就够了。汪乃效叔叔也很悬念（就是用车子接我们、领我们参观名胜、陪罗叔叔打电话、送我们到机场的那位胖叔叔——比爸爸胖，他最心爱的女儿比你小），他明天过海到台北，我恳托他打电话问吾儿情形，你要谢谢他。

爸爸 一九七六·七·十六

写一首诗，记我们父女一场相会，附寄，代我千言万语。

嘱　女

千里来探父　父迎乍邂逅

茫茫两不识　迟迟相视久

父惊儿长大　儿惊父白首

相抱放声哭　一哭一内疚

父舌舐儿额　儿泪染父袖

睹儿思往事　利刃刺心薮

旧创初结痂　新创再毒殴

痴痴望儿面　父心泪中抖

环岛踏胜迹　汗湿裳衣透
儿或挽父臂　父或牵儿手
温泉洗双掌　绝壁听海吼
高崖攀灯塔　佛洞卜神祐
缠父打乒乓　父女大交斗
笑声彻屋宇　又如旧日友
儿居招待所　窗外荫椰柳
诸友屡邀宴　率儿起敬酒
明月照小径　父女并肩走
喁喁儿时事　指天询北斗
儿卧酣酣睡　父傍彻夜守
听儿呼吸匀　喜儿不解忧
儿虽已长大　仍是一孩幼
睡时仍踢被　不能自察纠
乘车惧颠簸　嘱儿紧抓绶
饭桌用饮食　嘱儿垂双肘
坐时儿弓背　嘱儿挺胸钮
食罢不刷牙　嘱儿勤加漱
隐镜疑伤目　嘱儿另选购
琐琐复絮絮　惹儿嫌父朽
二日匆匆过　留计苦无有

儿自凌空去　父自归窗牖
再视儿睡处　抚床泪如漏
小径仍似昨　父影独伛偻
重见尚无期　念儿平安否
自爱更自重　莫贻他人口

爸：

回到台北已经一个多星期了，在这10天的日子只给您去了一封信——似乎少得反常，也说不出写什么，每次提起笔来总会愣在那儿老半天，写了一行半就接不下去了，想到您就阵阵抽搐和更多的依恋，心想如果我们仍能携着手踏在敦化南路的红砖路上，那有多好，或是放了学陪您遛狗，那有多惬意啊！

台北的温度很高，比绿岛不知燠热多少，没风还好，有风的话都是阵阵热风，闷得很，连暑假作业我都提不起劲来，最近又感冒了，我想是热伤风吧？妈说我是贪凉，晚上要不是开电扇就是冷气的，我就对着猛吹，一吹就猛打喷嚏，于是就感冒了，再加上这两天篮球赛（手指头成了"萝卜干"，脚也磨起了水泡），累得半死，所以感冒也无起色（不过今天好像好些了），白天我几乎都在睡觉，赛完球回来又睡，反到［倒］没瘦（本来还以为可以减肥的呢）。

分组考试合格了！那天（16号）到学校去领成绩单时知道的，不过紧接着就得吃苦了——因为理组班很苦，我身体又不好，真怕顶不住，我又不爱吃肉（只吃肉丝），蔬菜更别谈了，有时对着整桌菜，我却无从下筷，有时却会连吃两碗饭（只要有我爱吃的菜），真是暴饮暴食。

昨天（19号）和15号，罗叔叔都打过电话给我，本来想写封信去谢谢他的，也就在电话中说了，罗叔叔说他已和于姑姑见了面，他说于姑姑想见见我，而且他已到陈丽真阿姨那里去找爸爸的判决书，可是陈阿姨那里除了信件外就没判决书，罗叔叔要我问您，是否记错了。他还约我第二天（16号）中午吃饭（还有陈阿姨），可是我不能去，因为16号返校还要练球，所以罗叔叔昨天打电话给我，他告诉我他今天要去高雄，可能下个礼拜才能和我联络！您有什么事要我转告罗叔叔的，可以跟我说！汪叔叔17号晚上打电话给我，因为已是晚上十点多，我已上床，是妈妈接的，以后就没打来了（妈妈说汪叔叔好客气）！

您要的药除了癣药膏外，都买了，可是我想和录音带一起给您寄去，您要保重身体，不要一直想过去的事，重要的是还未发生的事，少抽烟，我不反对您抽（记得吗？我最爱闻烟味了），一个人连一点嗜好都没有也不是好的，可是要少抽，像您那样的抽，吓坏人了！

保重身体

　　　　　　　　　　　　佳儿敬上　一九七六・七・廿

佳佳：

你7/14、7/20及寄的《异域》书二册，先后收到。我于7/16因吾儿归后久未来信，牵挂平安，曾去一信，附有一首诗，接到了吗？又，我于7/14写了三张十行纸的信，也接到了吗（以后来信，切记要说明接到我何日的信，这事我已嘱咐了百遍，你总当耳旁风）。吾儿幼时，为吾儿抓屎抓尿，今吾儿长大，所能为吾儿做的，只有在信上谈谈一些做人做事的道理，凡爸做不到的事，绝不板起面孔训诫吾儿去做，凡要吾儿做的，都是爸爸做得到的。人生千变万化，看起来难以应付，但实际上只要基础不斜，纵有灾患，也必有成，即令生前得不到，死后也会得到，而且绝大多数都会在生前得到。但如果基础斜了，任何辩解都没有用。这一次父女相会，哭了很多，爸爸尤其一再落泪，"男儿有泪不轻弹，只因未到伤心处"，爸爸伤心的事太多、太重了。老年是一个回忆的年龄，所幸爸爸仍能展望将来，否则早已神经失常。爸爸睡在儿旁，固是看顾吾儿，免得踢被，然也是企图多一分钟与儿相聚，再见无期，能不珍惜。一个人迟早都要开始承担看起来承担不住的忧患，这就是人生。自我们家破之后，你已开始承担，只是你尚不自知，因为吾儿那时太小了。此次前来绿岛，相信你会更能运用思考，现实是无情的，我们必须面对，非大智慧、大勇气的人，不能在夹道内转回驰马。现在，我们父女已经抹去了眼泪，让我们努力恢复正常。药品和录音带，爸爸一再嘱你不要买，孝心爱心不在此，因吾儿尚无经济力量，徒增吾忧，如未买，即不可买。照片如何？先洗出一张寄来。于姑姑和叶姑姑都要见见你（叶姑姑名霞翟，胡宗南夫人，现任师专校长，吾儿诞生时，她第一个送只炖鸡到医院给妈妈。我们常到她家，她也常到我们家，她的幼女比你稍大），爸爸已函请罗叔叔带你去见。在于姑姑隔邻，有一位冯伯伯（冯伯伯名放民，名作家，笔名凤兮），你也要去拜见。叶姑姑也是一位作家。还有一事，星光书报社印了《异域》（罗叔叔在高雄买了两本寄来），请吾儿转问妈妈，是否答应过星光老板这么做？收过版税没有？如有，当然很好。如无，爸爸将向他索取一点版税（我想，至少他应该先付我们五千元），爸爸忘了地址，请打电话（星光，三三一四八一二）询问（语气要婉转，从前我常带你去玩，每次都拿很多连环漫画回家看），一并告知，他们不该利用爸爸的名字赚钱，却一声不响。汪叔叔打了三次电话才找到你，他是多么诚挚，你应谢谢他对你和对爸爸的照顾，你却淡淡地说没有，不懂事的儿啊！于姑姑垂怜我们父女的遭遇，爱护至切，吾儿行动言语要使人敬重，不要使人叹息。

爸爸　一九七六·七·卅

爸：

今天是八月八日"父亲节"，昨日听同学说今天要好好敲她爸爸一顿，不禁一阵怅然。

接到您七月三十日的信，已将近一个礼拜了，自己也奇怪为什么一直没有提笔回您的信，也许是心情使然吧？——我和妈大吵了一架，别担心，并不是自绿岛回来才有此现象，妈妈的脾气您是知道的，而我的脾气又是您和妈妈的结晶，简直就是翻版，甚至有"青出于蓝"的趋势，脾气之坏自己也无法控制，平日对妈妈的管教方式已不满，再为了一件小事，因此一触即发，而闹得不可收拾。不过事情已经过去了，但是，对妈妈的那份敌意却始终无法退去，妈妈总说：我和她之间似乎没有一般母女的那份爱，虽然我是那么的感激她八年来的抚育之恩。我现在只希望将自己的功课弄好，等待您的归来——虽然我是那么的贪玩。

暑假已向尾声迈进了，妈妈整天唠叨着要我念书，但也奇怪，有您和妈如此爱好文学的父母，竟有我如此的女儿，也许是从小受了影响——动笔杆，薪水微薄且落得如此下场。再加上现在念书好似都为父母而念，为了考试而念，以前人念了书就是自己的，满肚子文章，而如今考过了就忘了，可悲！

前天罗叔叔带着我和他的女儿——罗愫和罗妈妈见了面，罗妈妈端庄大方，罗姐姐美丽风华，看他们一家其乐融融，还见到了陈丽真阿姨夫妇，拜望了于纫兰姑姑。叶姑姑赴美可能月底回，所以没见到，于姑姑还给了我五百元做见面礼，于姑姑人很好，虽然我们只谈了一会，但是我总觉得于姑姑像个男人——坚毅、豪爽！和陈阿姨谈得很多，一些往事、一些未来，我感谢陈阿姨夫妇对您所做的牺牲，患难见真情，世态炎凉而竟有如此之朋友，您虽遭此大难，又有何虑。罗叔叔说冯放民伯伯对您的事好像不能说上什么话，就没去拜望他，前天罗叔叔陪我跑了一整天，中午请我吃西餐，晚上还饿着肚子到我家来调解我和妈妈，我心中的激动、感谢无法溢于言表！

七月四日、七月十六日的信我都收到。（前天看了在陈阿姨那里您和我、妈妈来往的书信，从前您也说过我把您的话当耳旁风，到如今仍未记住，该打！）妈妈说她不知道星光书报社的事，明天或后天我就打电话过去。

今天是父亲节，这张卡片我已买了许久，我很喜欢那份乡村的自然和纯朴，将来积点钱，就在那救世济贫，这种生活不也是恬淡舒适吗？这张卡片是 birthday card，但我于今日送给您，祝福您！

佳儿敬上　一九七六·八·八

P.S.少抽烟！

爸：

　　台风终于过去，给您报个平安，然而这次的台风"雷声大，雨点小"，虽说是强烈台风，但总觉没有以前那么刺激、紧张。也许我比较福气，没有担心害怕的命，据说九日晚上的风吹得床都摇动（大概是房子动），但我一点感觉也没有，睡得像个小猪似的——其实平常我也是个夜游神，通常都十二点多才肯睡，有时也会听音乐到两三点，但奇怪的是昨晚我竟睡得不知外面的狂风暴雨。一大早醒来已是"风平浪静"，没风也没雨，竟然还出了太阳，七点多，婆婆从台中打电话来说台中正在刮风下雨，客厅还积了水，和台北真是迥然不同。我想台风对绿岛大概没什么影响，因为时时注意气象，相信绿岛没受影响！

　　最近又和妈妈提到买脚踏车的事，因为最近实在没事，经常向同学借了车子骑出去玩，但总觉老向别人借车不好（我都向郑绍颖借），别人不在意，自己心里却也不舒服，当然买脚踏车将是自己出钱（我有些存款，不多，但足够买了），已和妈妈商量好了车停在哪里，如何摆，只差您的同意了，记得初中时问您可否买脚踏车时，您说要等高中再买才合适，如今问您，希望您不致泼我一盆冷水吧！

　　暑假已过了一大半，功课大半都在赶工中，颇累人的，心想到了二十四日一切都将恢复正常，快开学了，一切又

将陷入忙碌，但是这次的暑假却是我这一生中最值得回忆的。祝

安康

佳儿敬上　一九七六·八·十

P.S.为了您的身体和我，您要少抽烟。妈刚才还带我到走廊去看如何摆脚踏车，心里异常高兴。

今天是中元节，有些阴森。

敦化南路的房子经过了七天的整修，花了一万多元（一万一千元），可见前租户破坏的情形（未修前我曾去看过，有些阴森森的，孩提记忆已不复见），不过您放心，又租出去了！

佳佳：

我 8/13 的挂号信接到了吗？那是接到吾儿 8/10 限时信写的。数天后，再接到吾儿 8/8 的平寄信。我告诉过你，绿岛有海相隔，风浪无常，船期不定，信件必须用限时或航空才行，如用平信，中途可能停滞太久，这次就是一个例证——8/10 限时先到，8/8 平信晚了数日。如果都用限时，8/8 的信先到，我就不会抄信抄得头昏眼花了，这就是吾儿疏忽之过。三封信都收到甚好，爸爸非常难过有那种被截留的猜测。只因吾儿每次来信都未提及，也难怪我焦急，受苦太久，精神恍惚，邮差先生会谅解的。罗叔叔、于姑姑处，我已修函致谢。妈妈在最后一次探监提出离婚时，对爸爸的朋友愤愤责备，我回答说："亲爱如妻子，都把丈夫遗弃，我们怎么能责备普通朋友呢（爸爸那时还不知道朋友离去的真实原因）？"你母瞠目良久，接不下话。爸爸朋友中当然有很多人掉头而去，但也有很多人留下来看顾我们父女。我们对那些掉头而去的人，不必怀怨，对仍留下来看顾我们父女的人，要永铭心头。吾儿在绿岛时，曾面告过吾儿："一个人如果做出的是肮脏卑鄙的事，就不能责备世人不向他欢呼。"凡事我们要多自责自省。吾儿因何事跟妈妈争吵？爸爸一再告诫你，要爱妈妈，要对林敬琪先生敬重，多体谅他们，爸爸送给他们二位的薄礼，代转送了吗？敦化南路的故宅，你去过，已装修好没？那深嵌入墙的高大书架、那爸爸用的大书桌、桌上的大玻璃板、会旋转的沙发椅、那爸爸设计的一些壁灯、那间爸爸的书房，是否仍是原样？故宅的一石一木、一桌一椅都是爸爸灯下伏案（那时儿已酣睡），一个字一个字写出来的，希望将来妈妈把房子传给吾儿，作为吾儿的嫁妆或出国进修的费用。你说爸爸的写作生涯"薪水微薄，而且落得如此下场"，又说"有你和妈妈如此爱好文学，竟有我如此的女儿"。我的下场还没有到下定论的时候，而且，我们不能因岳飞惨死在监狱，竟认为连忠臣都不能做了。妈妈实质上并不爱文学，当住在通化街时，我们的生活奇苦（干姐姐的妈妈可讲给你听那时的故事），我告诉妈妈："王宝钏在寒窑度过十八年，我们这苦算什么？"妈妈说："那是文学作品，不是人生。"妈妈把现实看得很重，爸爸却充满理想和信念，妈妈因之常批评我是"老天真"，所以，她如彼，而我如此。外国文字容易学，一个受普通教育的孩子，都可写得流畅。中国文字运用困难，有些大学毕业生连信都写不好。吾儿的表达能力出乎爸爸意料之外的好，我既高兴又骄傲，吾儿不必从事写作，但要会写。你考取理组，太好了，将来学医，切记，不是为了与世无争，而应该是为了救人。世界上最快乐的事情和最高贵的品德，莫过于帮助别人，而又有能力帮助别人。如果学医不成，宁可学法，去当法官，道理也是一样。寄上照片两张（有罗叔叔的，我直接寄给他了），这是汪叔叔照相机拍的，另寄上底片七张，请吾儿加洗两张，

一张吾儿留下，一张寄给爸爸。你照的呢？怎么一个多月没有消息，要迅速寄来，可能我还要加洗。星光老板的名字问出来了吗？

爸爸 一九七六·八·十九

（信刚写好待发，即接吾儿8/14信，对我所问的照片、星光老板诸事，只字不提，太漠不在意了，难道打个电话的时间都没有？然而更有别的事使我忧虑，俟我心情稍宁，再写信给吾儿。）

佳佳：

我写此信时，心情沉重，比我刚从监狱移送来此军营时的心情，更为沉重，在没有写到正题前，我先告诉你一件故事。妈妈在中学时，一位女同学跟另一个中学的男同学恋爱，他们声言他们是普通朋友，结果怀了孕，男学生的父母把那女学生痛恨入骨，因为她毁了他们的儿子。女学生的父母忍受不了这种羞辱，也不再理她。二人被赶出大门，在外面租了一间房子，生下一个女儿，丈夫中途退学，无力负担家庭生活（你知道维持一个家多么困难），天天打他的小妻子，最后更遗弃了她，跑回父母跟前继续学业。可是那女学生有一个女儿牵累，不能再上学了，也没有合适的学校可以上了。爸爸妈妈曾去看过她两次（似乎也住在泰顺街），见到那只有三四岁的小女儿在巷子里天真无虑的跑来跑去，不禁心伤。后来听说这个年轻的妈妈去演话剧，再以后就没有消息了。我忘了她的名字（好像姓马），你一问妈妈便知。

我说这个故事，是要把我说的正题告诉吾儿，一个男孩子做错了事，失身堕落，一旦醒悟，仍是一条好汉，前途仍无限光明，俗话说："浪子回头金不换。"反而交口赞扬（我想那位男学生可能已到美国得了博士，成了学人，受尽荣光）。可是，一个女孩子，一旦不能控制自己，失身堕落，她就成了残花败柳，"再回首已百年身"，就永远完了。这是上帝先天上的不公平，人类本身无力改变。可惜我是最近才体会到这些，在过去写作时，还没有如此深刻的认识。

爸爸是饱经忧患的人，告诉你的不是老生常谈，而是眼泪和遍体鳞伤的感触，但爸爸并不世故，也不老奸巨猾，我不但要把这话告诉你，还希望告诉天下所有的女儿和所有有女儿的父母。这些话可能使吾儿莫名其妙，那就太好了，但爸爸确实是忧心忡忡。吾儿交男朋友没有关系，而且越多越好（越多越有选择余地），但你要公开交，到他家或到其他地方去玩，当然可以，但一定要带回家，家中虽没有爸爸，可跟妈妈一起玩，最主要的是，不要使自己失去控制。婚姻的事，要等到大学毕业之后。爱情并不绝对可靠，爸爸妈妈就是一个例子，爱情要有"义"作为基础，太年轻往往没有责任感。

我说这些话，可能被吾儿笑我胡思乱想，我正希望我被吾儿嘲笑，只是你要把这话记在心头，将来用以教训你的子女，和教训两位哥哥本城、本垣的子女。

听说你跟妈妈争吵，不但争吵，而且还对打，连落地门上的玻璃都打破了。又听说你出去找男同学，不告诉妈妈，不准妈妈打听。这些事传进爸爸的耳朵，吾儿，不可如此、不可如此！但我知道你为什么如此的原因，有一个隐痛在你心中，逼你如此。我想为吾儿分析一下，犹如外国的心理医生在分析他的病人一样，希望在我寻到病根后，病能霍然而愈。

吾儿是在一个畸形的家庭之中，爸爸入狱使你心灵受创，在学校和在一些势利的人之前，你会受到排斥，但是儿啊，你要内心坚定，相信爸爸终不会使你蒙羞，而对于妈妈的行为你逐渐感到羞辱，因你妈妈抛弃了正在狱中受苦的爸爸（尤其是爸爸入狱只一个多月），这使你在同学们面前不得不避免谈到父母，从前你小，可以说"爸爸到美国去了"，但妈妈身旁那个男人又是何人？你不能作任何解释，只有任凭同学背后议论，这种自我压制使你开始憎恨，对家憎恨，对自己憎恨。妈妈解释她如此做的原因是："有谁管我们？"于是你再憎恨爸爸的朋友，憎恨社会上所有的人。你没有力量解开这个结，除非妈妈给吾儿一个正常的家，而这是妈妈所办不到的。你离家不归，妈妈打电话到处找你，这是爱你，没有一个人（包括同学的家长）会认为是"不给你面子"，他们只会羡慕你有一个这么关心你的妈妈。但这反而使吾儿冒火三丈，如果是"林敬琪叔叔"出面，恐怕吾儿的火更大，那是为了什么？你只是不愿别人了解你家庭的内幕而已。你曾竭力的要自己不要想,不要面对现实,甚至美化现实,但到头来仍不得不想,压制了太久的失望和愤怒,使你总是乘机发泄,否则你会疯狂,这个担子超过你能承受的,于是你用"不归"来抵制这个家,于是你去找男同学,故意刺伤母亲,于是你和妈妈对吵,甚至你想脱离这个家。

你8/8信上说过这么一段:"对妈妈的那份敌意,始终无法退去,妈妈总是说,我和她之间似乎没有一般母女的那份爱。"我当时并不觉得什么,现在才知道事因的严重,妈妈对吾儿的爱,可以说超过任何一个母亲,有一次,妈妈凝视着你酣睡的小小身体,对爸爸深情地说:"我真爱佳佳,我愿为她舔屁。"说着要舔,我笑着喝她:"别傻了。"

吾儿,你们母女应该天天抱着脖子说个没完的,为什么如此疏远,吾儿从绿岛回去,不能向妈妈倾诉你跟爸爸相聚的经过,没有人关心吾儿所关心的爸爸,没有人关心吾儿苦闷的心情。你的精神一天到晚恍惚不安,好像蜻蜓一样,只能点水,不能长久地停下来,脾气自然越来越坏,你是向一个你无力击败的黑影搏斗,你不惜用毁灭自己的手段使妈妈受苦,爸爸这个心理医生分析得对吗?你已到了可以分辨是非的年龄,也正是心理学上说的叛逆的年龄。爸爸要告诉你,妈妈不是坏人,她之所以如此,是她不甘寂寞而已,哲学家黄梨洲说过:"不甘寂寞,何事而不可为。"

她现在不是不愿回头，而是她自己制造的环境不允许她回头，她能把林敬琪先生三言两语的打发走吗？她能有把握爸爸毫不在意吗？吾儿要体谅她的苦衷，她的良心正在惩罚她，社会正在排斥她，吾儿何必再使她痛苦。爸爸到今天这个地步，除了自责外，不怨任何一个人（假使爸爸不出事，妈妈何至如此？一切过错都在爸爸身上），吾儿也要训练自己，学习宽恕。你想到没有？

你要搬出家，搬到什么地方去？我想可能有人向你提供地方，假如有的话，儿啊！那就是一个陷阱，现在的家还没有到你非搬出不可的地步，如果到了那个地步，爸爸也主张你搬出去，但要爸爸为你找地方，人世危机四伏，你还没有能力应付。你不是说要等爸爸回去吗？那么，你就要专心祈祷上苍，保佑爸爸早日回去，在爸爸回去前，千万忍耐，要想到爸爸回去后，我们父女欢乐的日子，我们再手挽着手走过敦化南路，我们共同去探望我们的故居，我将带你去复兴小学，和吾儿共荡秋千，我还要跟你的男同学一块玩，到那时，你就能够挺胸扬眉的介绍我："这是我爸爸。"在等待爸爸回去的这段期间，把感情和全部注意力放到盼望上、放到功课上（理科的功课是多么吃力，专靠聪明是不行的）。虽然妈妈的行为使她丧失管教你应有的尊严，但她仍是你的妈妈，固然不能因她是妈妈便抹杀是非、颠倒黑白，也不能因坚持是非黑白而抹杀妈妈。吾儿不是说要刚强吗？"刚强"和"一意孤行"外貌一样而实质不一样。刚强就是争气，我偏不堕落，我偏要用功，我偏要忍耐，我偏要修身上进，使那些轻视我的人尊重我。我有错时，在眼泪中改正我的错，这才是刚强。注意，不要贪小便宜，包括物质的和精神的——在不甘寂寞的心情下，贪人们的同情和尊重，也是危险的，你要守身如玉。

儿啊，爸爸的名字绝不使吾儿蒙羞，吾儿千万不要使爸爸蒙羞，吾儿要真正的刚强，爸爸和爸爸的朋友都了解你的心情，都看重你，你不孤单。一切等爸爸回来，有什么事应像儿时一样，都向爸爸讲。

爸　一九七六·八·廿

张香华

最早的记忆拼图

追忆一个人最早的记忆,有点像打开一个很久没用的抽屉,翻出来的东西很大部分是没有用的零件,譬如旧鞋垫、不知道能开启哪一个旧家房门的钥匙、一叠没有寄发的圣诞卡、不再使用的茶杯、盖子——记得买回家时很兴奋能找到这样子的图案和色彩……

我最早的记忆倒不是这种七零八落的东西,而是一件很庄严、肃穆的事——我母亲的早逝。

我的家庭一直人丁单薄,不过有一段日子例外,就住在我出生地香港几年中,家里突然热闹起来,那时我们住在香港"跑马地"马场旁边。一到赛马的季节,我们就可以从高楼窗口看见马场上的马和紧张的赛事。那时家中常有来看跑马的亲戚朋友,整个家也就热闹多了。

从一九三九年出生到终结第二次世界大战日本投降前,我一直住在这儿,战后才举家搬到广州。不过来家里看赛马的亲戚朋友们,在我的认知中算不上是家人。让我觉得家族成员变多了是另一个原因：母亲过世后不久，有一位长辈们教我要称她为"阿姑"的女人住进我们家来。

那个年代，我听说广东香港人有一种迷信，生了孩子要请算命先生批个八字，若发现新生子女命太硬带克，就要避免称父母为爸妈，要改称叔叔和阿姑。我这位"阿姑"年纪很轻，家里排行第三，却有十个兄弟姊妹。大人又纷纷教我称他们"二姨""八姨"，还有一位年纪更小的"十舅"。那个年代的生育率很高也还不懂得避孕，正逢抗战时期，物资缺乏，环境医疗不足，因此夭折是很普遍的。外公外婆总共生养了十个小孩，却不是生下来都个个能长成，而存活下来的儿女也就是上述所提的那四位。

"阿姑"进门之后，随即外公、外婆以及这些姨舅们也跟着住进家里来。吃饭的时候大家围坐一张圆桌非常热闹，我也特别高兴，何况最宠我的十舅常常扮演我的守护神。人多了难免会有纷争。纷争一起，十舅就赶快把我抱起来，甚至把我带离现场，一面喃喃地说："不要吵，不要吵。要吓坏'阿女'了（这是广东香港人习惯对小女孩的称呼）。"于是他带我到附近的巷弄转一圈，才又把我带回来。其实我并不像十舅想得那样脆弱，我的心里已经很懂事了。

有一回，大人们都在客厅聊天，话题有点无趣，我就悄悄一个人躲到爸爸和阿姑的卧房，默默地想念起我的"妈咪"（香港受英人殖民，港人也随俗称母亲作"妈咪"）。藏在我心底的那幅图画，时常浮现心头，我记得看到"妈咪"躺在一块像床一样的木板上，旁边有一位中年男子拿着一盒粉不断地帮她补妆。爸爸牵着我的手默默地站在一旁——这个画面在我心中一直挥之不去，成为我儿时记忆拼图中最早的一块，可我却从来不敢向大人提起，我隐约地感觉阿姑并不喜欢我提起这位"妈咪"。因为有一次吃饭时，阿姑用发脾气的口吻质问"阿嬷"（妈咪的母亲，阿嬷只有妈咪这个独生女。"嬷"读音为四声，闽南话是祖母的意思），内容是甚么我听不懂，只记得阿姑盛怒之下，还把饭碗扔到阿嬷面前。

这时阿姑进房来，发现我一个人躲在她的寝室哭泣，便问我哭的原因，我警醒地觉得不能告诉她实情，就改口向她说我怕"日本飞机"丢炸弹，于是她过来牵起我的手带我回到人多嘈杂的客厅。

换句话说，日本对香港发动攻击是一九四一年底了。我在三岁前对生死已经有模糊的印象，从大人们的情绪变化中体察出周遭的一切。后来我发现阿嬷房里有一双妈咪留下来的绣花珠拖鞋——我现在回忆到那双拖鞋，妈咪似乎没穿过，因为鞋底光洁如新，一定是妈咪病重时，阿嬷为她买的，可是妈咪已经卧病不起了。阿嬷时常捧着那双绣花珠拖鞋谨慎地抹掉眼泪，生怕发出一点声音来。偶尔我也会趴在阿嬷的膝上轻声啜泣，可这一切都是我和阿嬷之间的私密，是不能够让阿姑知道的。

这个阶段我得到了两位祖母的呵护，一位是上面提到的阿嬷，另一位就是阿姑的妈妈，我称她为婆婆。她和阿嬷的外形迥然不同。阿嬷终年一袭深色长袍，身材不高，头戴一顶圆帽，用来遮蔽渐渐稀疏的黑白发，我最记得她脸上布满皱纹，有委屈、心情不好时，撅起嘴来虾饺纹就特别明显。而婆婆完全是另外一种典型的广东香港老妇人，那年头上了年纪的妇女，平日习惯穿开襟上衣配同色的长裤，剪齐耳的黑短发。婆婆长了一双细长的眼睛慈眉善目。她笃信佛教，长年吃斋念佛。按理说，婆婆为外公生养这么多的子女，感情应该非常和睦，其实不然。外公年轻时家境富裕，家庭之外还有外室。当我见到外公、婆婆时他们已步入老年，这一切纠结也成为往事。

外公喜欢一早到广东式的茶馆泡茶闲聊，常带我一块去。他到茶馆有固定点的小菜，冲一壶茶配花生豆干，和熟识的朋友们消磨一个上午，我则不吵不闹地坐在一旁陪外公。

所以说虽然在日军的占领下，我还没有感受到被侵领。

只有一两件事让我觉得惊悚。有一天，大人们带我上街，经过十字街口，看到一个十岁左右的男孩横卧街上，脖子以上的头颅已经不见了，地上留着一摊猩红的血，看来这孩子好像是在奔跑中被砍下头的，他的尸体并不是平平地躺着，而是像要迈开步跑走的样子。旁边站着一个手拿长枪、上头插着刺刀的日本兵守在那儿。路过的人看到这景象都赶快走避，不敢吭声。回到家来，大人们都纷纷在谈论这件事，有的人说这叫杀鸡儆猴，日本人想借此立威。后来我长大成人，读到日军侵略香港的史事，像香港这么一个军力缺乏的地方，从日本发动侵略开始，不过几天就竖白旗投降。英国人只把香港当作一个喝喝下午茶、看赛马、发展金融的东方之珠，几乎从来没有想过要为远在天边的殖民地作殊死一战。

后来我读到英国人参加了第二次世界大战的联军，深陷缅甸丛林，在名将孙立人的掩护下出生入死终于杀出重围。而英人一旦摆脱了包围，竟置我军于不顾，受到孙将军的怒斥后，英人才转而留下来，与孙共抗日寇。战后，孙将军受到英国女王的赠勋，实在不是侥幸偶然的。

抗战结束后，父亲决定带我们到台湾来，父亲为我们解释"台湾"是一个不用挂蚊帐就没有蚊子的地方，而且水不用烧自己会热。乍听之下，我充满了好奇，也对这个即将要动身去的地方满怀想象。出发前，我们先后在澳门、广州两地略事停留。一九四六年，我六岁多终于乘船在高雄上岸，踏上了台湾的土地。旋即在台北定居，住在台北气象台对面的巷弄中。家家户户都有纱门纱窗，这下我才明白为何不用挂蚊帐，只要进出房门都要随手把纱门带上。所谓不用烧水，就是只要坐一段公交车上草山（后改名为"阳明山"）就能享受到的"温泉"。让我更惊讶的是我们屋外的沟渠非常干净，可以脱了鞋把脚丫子泡在水里，还可以用网子去捞渠里的小小鱼虾。台湾真的是这么一个美丽的地方，和我出生以来到过的城市完全不一样。

黄昏时，我脱了鞋把脚泡在沟里，仰着头望向远处的天空，长日将尽，云霞一片澄红。很久以后，每当人问我最喜欢的颜色，我都会形容给人家听，就是晚霞的颜色。

住定不久后，婆婆也从广州来台，我听父亲说阿嬷决定回福建去养老。阿嬷未受过教育，我也还没有长到会想念她而写信给她的年纪，这一别也成为永诀。外公和姨舅们暂时留在广州。婆婆一人先来台湾的原因是她得了五十肩，手臂疼得抬不起来，平常穿衣梳头都非常困难，听到台湾如此进步，她决定先来台治疗并且适应在台湾生活。

我们住在日式宿舍里，日人返国后留下来的房舍还相当干净，也留下一些家具。其中，有一把日本武士刀，玄关处还有镶着木刻兰花的屏风，工艺十分精巧，兰花的根须都露在外面，父亲告诉我兰花是台湾特有的名贵花种，根不需要种在土里，这叫"气生根"。还有几张榻榻米专用的日式矮桌，材质都非常好。墙上还留了几幅油画和一张台籍画家蓝荫鼎的水彩画《山地少女》。

每天早上婆婆从不忘记念经和拨念珠，也成为她固定的早课。其他的时候，婆婆就帮忙女佣整理一些家务，那时我们房子前后都有院子。婆婆最喜欢我们在后院养的一只母鸡。每天她上完早课，就会用空的火柴盒（当年的火柴盒比例比今日看到的大一倍以上）装米喂鸡。刚开始时，母鸡心存恐惧不肯靠近，婆婆就把米撒在火柴盒的四周，让它放心地慢慢靠近。不到几天，它就愿意来婆婆手中啄食，渐渐彼此习惯后，婆婆甚至会用手一面抚摸母鸡，还会口中喃喃念，让它安稳地享用早午餐。我问婆婆对母鸡说了甚么，原来婆婆跟母鸡说希望它下辈子能投胎成人。

有一天下午，女佣带我从外面回家，发现婆婆和阿姑不晓得为了甚么事情争吵，婆婆声嘶力竭地和阿姑对呛，她们争吵的内容我始终听不懂，我只听到婆婆哭着说："你这样怎么和人相处，我真的担心你喔。"她们两人见到我回来，也慢慢地鸣金收兵，把吵闹的音调降低。这景象却让我想到在香港时，阿姑在饭桌上对阿嬷发脾气的那一幕。

婆婆终于没等到她的肩膀治好就回广州了，从此也没再来过台湾。

多年过去，婆婆去世的消息传来。八姨也嫁给了一位军人，随军队退守到台湾。八姨私下和我说，婆婆病重时曾向她说起："你三姊（阿姑）是最让我放心不下的，脾气暴躁又疑心病重，这将来怎么办才好呢。"这是婆婆临终都牵挂的心事。

长大后，听人讲起"江山易改，本性难移"，这个谚语很可以说明婆婆临终前都放心不下的挂念，果然一一都保留在阿姑的个性里。她照样疑神疑鬼，总觉得别人不可靠，会在背后非议自己，老是觉得佣人会占东家的便宜，老是想着佣人会偷吃或觊觎她穿戴的首饰。为了防别人偷窃，她常常把首饰，偷换下来藏在隐秘的地方，过些日子自己忘了，我们家就会上演翻箱倒柜的戏码。甚至监视着我和我的父亲有没有在背后说她坏话，以至于她果然像婆婆所料，自己越老就生活得越可怜。

父亲过世后一两年她改嫁，这时我已经就读在师范大学，渐渐和她失联，我和阿姑的缘分也就此疏远了。

女人，你叫什么名字？

小时候，看到祖母、外婆在户口簿上的姓名栏目，都是一个张氏和李氏。当时年纪小，不懂"氏"这个字是什么意思，也不懂得发问，只在内心深处，有个模糊的感觉：她们的名字就叫"氏"。或者女人一旦老了，名字就不重要，只要有个和夫家相同的姓就可以。至于她们为什么不如仆人"秋香""兰贞"，那样名正言顺地叫起来爽口又响亮？祖母和外婆从什么时候开始丧失自己的名字，而又为什么会丧失？在我小小的心灵里，留下一个浅浅的问号。

我第一次出嫁（那时"嫁娶"比"结婚"一词用得更普遍）的时候，是二十世纪五十年代，我二十岁。有一天丈夫拿着户口簿回家，我打开来一看，发现自己的名字上多了一个姓"林"。我问他怎么回事？他笑得有点得意地说：这叫"冠夫姓"。是法律的明文规定，女人嫁人之后，夫姓一定要加在妻子本来的姓名之上。从此，我在工作单位里自称"张香华",同事们也如此称呼我。但在单位要填的表格以及薪水袋上,都要我自称"林张香华"。有时公文上需要签名或盖章,才完成手续。一旦我忘了冠夫姓,或带错了图章,还得回家找图章,重来一遍。最近,我到中国大陆旅行之前,我工作的电台——警察广播电台颁奖给我这位资深节目主持人,司仪(当红的广播界名人"阿国仔"),还照本宣科当众呼我"郭张香华",上台领奖。弄得我有点尴尬。

由"林张香华"变成"郭张香华"的原因是,我第一次婚姻二十年之后,我第二次结婚。这次我嫁的人是作家柏杨,他本姓"郭"。婚后,有一天,无意中才发现户口簿上,我的名字换成了"郭张香华"。这个时期据我所知法律上已经取消冠夫姓的规定,而我这个"郭"字是怎么加上去的,整个过程我已模糊。我问柏杨,他坚持说他绝没有在我本名上加夫姓的念头,所以绝不是他加的。说不定,那是你自己加上去的,他说。他和我一向迷糊,如今他这么说,我既弄不清事实原委,就更无从辩护。我自开始出版作品以来,从来就用"张香华"本名,怎么唯独在重要的户籍、身份证、护照上,弄得这么纠缠不清?我今天推想事情可能是这样的:记得办理户籍手续的当时,我也在户籍课现场,我只拿出再婚的证明书,而没有进一步要求干脆去掉夫姓，办事的职员就顺理成章地把我的夫姓改掉，由"林"改成"郭"，而不是索性去掉。

今年春天，我在大陆旅行了六个城市：广州、大连、北京、上海、苏州、南京，在四所大学演讲，或者应书店之邀参加座谈会时，会场上总拉起红布条把我的名字与"柏杨"的名字纠缠在一起。甚至，在我应邀参加广州保利房地产公司主办的妇女节文化活动上，我的名字之后，还括号加上——（柏杨夫人）的称号。每个场合总有人问起我对这个称呼的感想。其实在前台不见得就光彩，在后台说不定更自在。而且后台的工作很重要，为什么要一起挤到前台去呢？不过，我的名字不只叫"柏杨背后的女人"，我也和一般人一样有我自己的名字呵。

何况，在日本、韩国、美国、东欧（包括塞尔维亚、克罗地亚、罗马尼亚、斯洛伐克、波兰……）、以色列、巴勒斯坦、菲律宾，我都是从事我个人的文学、文化交流。接受新闻、杂志、广播、TV采访时，往往要我提到我的丈夫名叫"Bo Yang"，他也是一位……可见夫妇谁在前面、谁在后面，各有所司，要看不同的场所，彼此成全，没有必要觉得委屈，或被埋没。

在山东的内地，我听到男人称他的妻子"王家的""赵家的"或"六婶""钱婶"，却不提这位女性自己的名字。

又有一回在北京，一位朋友邀我去他家做客，他口口声声说他"媳妇"，我愣愣地看着他，心想他才几岁呀？怎么可能有那么大的儿子？又过一会，一位中年女性出现，我才会意过来，原来"媳妇"是指他的妻子。

日本女子嫁人之后，一般被称某某太太。生了孩子，被称某某的妈妈。台湾在日本殖民统治时代，日式教育之下，女子一旦嫁人，有些人就改娘家的姓为夫姓，例如"张香华"变成"郭香华"。开同学会时要印制同学名册，仍以"郭香华"出现。只是为了彼此记忆与辨识，这些日月如梭，却数十年才得以一见的老同学，往往在括号注明了本姓，而成了"郭香华"（张）。

前英国首相一向以撒切尔夫人自称，不曾听到她的叫屈。而美国已故的玉女电影明星伊丽莎白·泰勒，终其一生结过八次婚，如果她按五十年代台湾的规矩，那光是名字的更换就够她累了。当年，美国总统肯尼迪的遗孀杰奎琳，后来再嫁世界富豪希腊船王奥纳西斯，她坚持保留肯尼迪与奥纳西斯两个夫姓，最后，墓碑上刻着肯尼迪·奥纳西斯·杰奎琳。私下互相殴打到彼此鼻青脸肿的前美国总统克林顿夫人希拉里，一直冠夫姓。我以为，叫什么名字，只是方便别人透过已知信息来认识对方的方法，自己到底是什么内涵才最重要，其他，该做什么，就做什么，尽了心力，除此，一切何不顺其自然？

　　还好，我们是一般普通人，不会有太多不同的面向。名字固然重要，名字背后的内涵，比什么都更重要吧。

看，这个丑陋的中国人

作为柏杨的妻子，观察柏杨，把焦距拉得太近，跟拉得太远一样，恐怕和真相都不相符。

认识柏杨之前，听到他的名字，就心惊肉跳，想象中他是一位坐过九年多政治牢，手持钢刀，吞吐利剑的人物，和他交往，就像鸡蛋碰石头，不可能有共同语言。可是，认识之后，他给我的印象和想象中完全不一样。他谈吐温婉有礼、身体健康、性情爽朗，我甚至觉得他聪明敏捷、机智幽默，几乎囊括我所有赞美的形容词。所以，有一天当我嗫嚅着说："我不知道能给你什么，你才从牢狱里出来，不能再受任何打击……"柏杨的反应像闪电一样快，他说："我从不怕任何打击！"这句话使我一振，几乎就在同时，我已决定要嫁给他。也从他这句话的反应，使我以为他的语言精彩，生动感人。

可是，结婚后这十几年，最令我紧张的，却正是他的语言表达力——尤其他在讲台上时。每次，听他把一个生动的主题，叙述得冗长拖沓，恹恹欲死，或将一个可以深入的命题，唏哩呼噜，轻松带过，我都急得两眼干瞪，恨不得跳上台去替他讲。有一次，柏杨应邀在台北金石堂演讲，又犯了松散的毛病，好不容易挨到终场，热情的听众仍不断地举手发问，我也拼命举手，陪我同去的朋友讶异地问："你也要提问题？"我答："我不是要提问题，我是要他快点下台！"从此，我尽量避开他的演讲，包括一九八四年在美国爱荷华大学，他那场后来轰动海峡两岸，造成无比震撼文化反思的《丑陋的中国人》讲演。当时，我就不在场，原因是我对他的演讲，一直抱着一种态度：一个人丢人，比全家丢人好。

自从他着手翻译《资治通鉴》这部巨著，一天之中，柏杨除了吃饭睡眠，几乎全部时间都埋首伏案，他那性急的脾气，全部反映在他日常生活的言语上，常常把句子的文法结构打散，只使用象征性的几个词，有点像电报。例如，他对他的助理小姐说："明天，书好，校好对，没问题，早打电话。"我就得替他翻译，柏杨说的话全文应该是：明天早上，先把散放在地上的书，收拾回书架上，然后开始校对工作，校对完，尽快打电话告诉出版社来拿稿。"诸如此类，有时连我也不得要领，只好懊恼地大叫："你怎么话都说不通？"这时，他无奈地看着我，暂时歇笔长叹：

"笨哪，'怎一个笨字了得'！"

作为一个丈夫，柏杨这个男人心胸真是够开阔大方的。他曾对我说："你如果想和别人跳舞，就去跳舞。"因为我对跳舞的兴趣不高，所以，并没有放在心上。有一年，新加坡《联合早报》发行人黄锦西先生邀请我们到新加坡访问，到达的当晚，有盛大宴会，宴会中途，不知何故，柏杨灵机一动，忽然公开征问有没有人愿意带他的太太去夜总会跳舞。一时全场哑然，没有一个人反应。不过，令我更生气的事还在后头。下一站在吉隆坡，接受记者访问时，有人问他婚姻中最重要的条件是什么？他的答案竟是奇特的两个字："金钱。"事后，他向我解释他之所以这样答，因为，爱情当然重要，跟空气一样重要，没有空气，人就活不了，但，谁会说空气是婚姻中最重要的条件？而人心中都知道金钱重要，却没有人肯这么直率地谈这个问题。可是，他向我解释没有用，因为记者已替他在报上解释了，认为是柏杨自己的婚姻经验。我的结论是：柏杨是一个既浪漫而又实际的男人，只是，他常把浪漫和实际的时间、地点颠倒而已。

柏杨每次被我奚落，就自我解嘲地说："仆人的眼中没有英雄。"我马上提醒他，这话只适用于柏杨与熊熊——我们家的宠物，是一只灰溜溜的暹罗猫。它从出生一周，就入籍我们家，原是柏杨送给我结婚纪念的礼物。由于它特立独行的性格，谁的账也不买。常常在柏杨埋头写作之际，"笃"的一声，跳到稿纸上，无论怎么赶，它都不走，好像是抗议说：司马光比得上我熊熊重要吗？再看熊熊心目中的"英雄"柏杨是怎样的？每当熊熊盘踞书桌，柏杨只好委屈地把稿纸挪到老早因堆满书籍而狭窄得可怜的书桌一角，偷偷摸摸地继续奋笔直书，直到熊熊厌烦了这种沉闷单调的游戏，才一耸身，悻悻然走开。

在日常生活中，柏杨的记忆力几乎等于零，不久之前还发生了一件事，我趁假日离家南下两天，柏杨一人留守家中，结果因为遗失了钥匙，请来锁匠，偏偏我们家用的是顽固的耶鲁锁，最后不得要领，只好破门而入，却发现钥匙并不在家。还是社区餐厅的服务生，拾到一件客人遗留下的夹克，发现口袋中有一串钥匙，辗转追寻，终于想起是柏杨一个人去餐厅吃饭时遗落的，一场长达四小时的总动员闹剧才算收场。

尽管柏杨的记忆力不佳，但他却记得英国幽默大师萧伯纳的一个笑话，那就是，只有萧伯纳太太一个人对萧伯纳的笑话，不觉得好笑。柏杨充满同情地说："可怜，萧伯纳的太太对萧伯纳说的每一个笑话，都听过一百次以上。"我告诉他，我可没有萧太太的好耐性，你的笑话，我听第二遍就嫌多了。

　　有一次,不晓得为了什么事,我大发脾气,恶狠狠地凶了柏杨一顿,过了一会儿我自己忘了,到柏杨书房去巡视,看见他垂头丧气坐在椅子上,一动也不动,我问他怎么了?他说:"你一生我气,我觉得做人都没有意思了。"霎时间,我眼前这个男人——柏杨,变成了一个孩子,我的心完全被软化了,我悄悄俯身下去,告诉他,我刚才的视觉有毛病,调整一下焦距就会好。其实,我还没有把藏在心中的话说出来,那埋藏在内心底处的一句话——柏杨,我爱你。

一九八九年七月

只缘身在此山中

在陌生的场合中,每当有人发现我就是柏杨的妻子时,总会惊愕地打量我。甚至,有人更直率地问我说:柏杨的人是不是跟他的笔一样的锋利?这类的话我被问过太多遍了,每一次我的心中都会兴起一种复杂而微妙的感觉。这种感觉分析出来有几分有趣,也有几分好笑。因为,我想起了遇见柏杨前后,他给我的种种印象。

前些时,一位从前我教过的学生从远地写信来告诉我,当年我在课堂上讲到泼辣文章时,曾向她们介绍过柏杨。回想起来,当时,从未谋面的柏杨给我的印象是:文笔恣纵,外表嬉笑怒骂,而内心愤世嫉俗,想象中他是一个怒目金刚型的人物。那段时候,我生活的天地很小,教书生涯,除了课本之外,就是学生,其余一点点空闲时间,我徜徉在诗歌音乐的云天雾地里,和生冷僵硬的现实社会,有一段远远的距离。我从没有料到,有一天,自己和这位手持矛槊,出入人间的人物,会有任何关联。

一九七八年二月四日，结婚照

第一次见到柏杨，令我相当惊奇。我固然从不相信他本人就如笔下所描写的，是一个年迈苍苍的糟老头。但，他的气质沉静，举止温文，仍十分出乎我意料。尽管他手中一根接连一根的纸烟，隐隐地透露出他内心的焦灼不宁，然而，大致说来，他给我一种文质彬彬的印象。

把我们两人的结合姻缘，说成是一个"痴"字，我以为并无不当。传统上中国人喜欢用"缘"来解释男女的结合，我觉得这说法也很圆满而浑成。有一则笑话说，有人问一位结了婚的女子：

"你当初怎么会爱上你丈夫的？"

"他戴了一条我最喜欢的颜色的领带。"女子答。

听到的人笑起来，认为这个答复不是真正的理由。那么真正的理由是什么？

——真正的理由很难用一句话来表达。总之，当爱情叩对了门，有千百个理由支持你开门。

一个暮冬的黄昏，柏杨和我对坐在坐落台北市公馆的一家咖啡室里，他望着我，用一种苍凉而低沉的语调，婉转地说出他和我都需要有一个归宿时，那一刻，我真是紧张极了，我的心在颤动，因为，我不知道我们相爱是不是够深？

我在沉思。这时，窗外暮冬的街景，有点寂寥，日影欹斜黯淡。没有人能给这个问题答复，包括柏杨和我自己。在我写给柏杨一首题名《单程票》的诗中，有过这样的诗句："曾经，我们都是行路难道上，苦绝的畸零人。"经过了忧患劫难，我们太需要彼此互相依靠了。我们两人的命运都像被腰斩过似的，面对着一切要重新开始的未来，我们的相遇，使彼此的勇气倍增。

深入地了解一个人并非易事。柏杨给我的印象，随着频繁的接触而逐渐改变。初识时候的风度翩翩，已经慢慢褪去，代之而起的是坚定、硬朗而意志昂扬。之后，他的风貌一直在变，我不断地发现他无数个另一面。

我曾经给柏杨一句评语："你这个人，既复杂而又统一。"复杂的是他对社会众生百态的洞悉，和历经险巇的曲折人生。统一的是他仍然是那么真挚，那么奔放，那么倔强——即或被有些人诟病为"任性"，而始终保持着他活泼生动的感情。他直着脊梁述说他长坐冰块和右膝伤残的惨痛遭遇；他用顽皮而淘气的口吻，叙述他趁隙捡取一小截烟屁股，再经济地卷成细细的老鼠尾巴来吸食的故事。在那个故事中，一小片碎玻璃，就是代用的火柴，被他珍宝般的珍藏着……这些狱中禁锢生活的一二，听得我入神，听得我心疼如绞，滴下泪来。而有谁知道，这个倔强、坚韧的灵魂，竟有处世天真像孩子的一面，及一颗感情澎湃像海潮般热烈的心！

他办事效率之高，写作量之大，让我惊诧。许多次相聚归来捧着他十年前所著的一叠叠厚重的书籍，每次，我都有种丰收的喜悦。我向他说：大学四年我都没读那么多书，这些书，够我读完另一个大学了。认识了他，使我有种目不暇接的充实感，我不再感到孤绝。

我一直不忘我们第一次晤面后的情形，深夜回到寓所，兴奋而疲倦，几乎倒头就睡，还来不及整理他给我的印象。翌晨，我到学校去，一进办公室，就赫然发现他的一封信，信封上没有贴邮票，显然是派人送来的。信上短短的几句话，很令我感动。我拨了一个电话给他，这个电话拨开了我们共同生活的序幕。后来，我们每一次会面，他总是随身携带着稿件，利用等候的片刻，不停地修改校订。那时，他正在校对他在狱中完成的历史丛书。看到他勤奋的一面，我领悟到，这个人是不能错过的。他的速度太快，效率太高，他不会在你的面前再三徘徊。

这段时候，柏杨寄住在罗祖光先生改装过的、别致而小巧的汽车间里。现在，朋友就称它作"柏杨故居"，我们很纪念这个名称。初次到那"故居"去，那种凌乱中的秩序很吸引我。改装过的汽车间，墙上有壁纸，地下铺着地毯。写字间和客厅合并，他可以一面忙着接电话，一面振笔疾书,一面招呼我,和我交谈,嘴上叼着一根烟雾缭绕的纸烟。进到里面,是一间小卧室,用一排高大的书架充当墙壁,隔出一条甬道。我一眼看到一长列整齐的《二十五史》,立刻想起了,它们曾陪伴他度过九年多的艰苦岁月。我忍不住用手去抚触它们,仿佛是抚触到柏杨滴下的斑斑汗渍和眼泪。书架上,有一叠叠的剪报资料,分门别类地收集在一个个活页夹里,我随意浏览了一下,名目繁多而且非常有趣,譬如说,有"瘟官""钱""债"之类,也有"理发""烟酒",还有一类叫"屁",我觉得新鲜而好奇。这时,柏杨匆匆忙忙进来,抱起一堆换下来还没有洗濯的衣服,冲到浴室去,我听到他开动洗衣机的声音,我走进去,把他手中的衣服接过来。看到柏杨过着孤寂的独居生活,一切琐事都要亲自处理,我禁不住感到凄怆。

我逐渐愈来愈喜欢这个"汽车间",我喜欢逗留在房里为他整理资料,喜欢帮他清除书桌上的烟灰碟,喜欢为他清洗衣物。一面在房里工作,一面倾听他在客厅和朋友交谈传来的音浪。我想象的"家",就是这种感觉,有男主人的声音,令我觉得温暖、安全。从此,我一有闲暇,就到那儿。那一带因为是住宅区,夜晚特别安静,远处有一条铁路不时传来火车通过时发出的规律而有节奏的轨音，伴着一两声汽笛的长鸣。从低窄的汽车间后窗望出去，越过黑黝黝的原野，一节连一节明亮的车厢，在寒冷的静夜里倏忽而过，瞬间又复归黑暗、寂静，此时默坐在柏杨身旁，我的感触良多。

和柏杨在一起，让我觉得笃定而可靠。虽然和这样一位"是非边缘"的人物结婚，有人觉得我大胆冒险。有一位同学，以往和我过从很密，听到我们要结婚的消息后，曾四处打听，最后仍害怕得不敢前来参加我们的婚礼。其实柏杨本人丝毫没有使我恐惧不安的理由，他是我所见到的少数极温暖而热情的人，加上天性豪放，率性起来，顾不了轻重，一义愤就忘了得失利害，诸如此类罢了。至于外在环境加诸他的危险，原需要很冷静而很深城府的人，才能脱身得了的。柏杨是一个不设防的城市，他感情太浓，用情太深，又不擅长运用心机。难道，一个人不趋迎时尚，又不诡变巧诈，就该被目为危险人物吗？我不能了解。

柏杨住在汽车间的期间，生活所需品，几乎无一物无来历。罗祖光夫妇供应的家具器皿，梁上元赠的洗衣机，寒爵送来的电扇，林紫耀为他装的电话，陈丽真、谈开元选购的衣物，二十年前在台南成功大学任教时的老同事戴瑞生，寄来了巨款，一个穿草鞋时代的同学范功勤，带了一包馒头来让他果腹，创造梅花绣的杨秀治女士和读友吴觉真女士，常常调制一些精美的食品点心，送来给他。而孙观汉先生——柏杨的恩人，跟大家一齐送他电冰箱、电视机、冷气机；案头有东方望的赠诗，墙上有史紫忱的墨宝，每一样东西，都充满一份深挚的情意。此外，汽车间里还有一两件深含历史纪念意义的物品，那是一床旧毯子，和几套颜色不相搭配，补了又补，破得不能再破的衫裤——柏杨在绿岛时所穿的囚衣，我在帮柏杨整理床榻时发现了它们，毯子和衣物上，赫然用墨笔写着一个号码：297。啊，那段名字被抹去的日子啊，我抚触到它们留下来的痕迹，感觉到亲人受苦灼伤般的伤痛。我想象得出，穿着这些褴褛不堪囚衣的柏杨，清癯消瘦，满头银丝，踞坐在绿岛阴暗囚室的一角，而我一点也不觉得他狼狈，我觉得他傲岸峥嵘。

更深人静的夜晚，柏杨常常和我谈起他在绿岛时的生活情景：无尽的潮音，寂寞地拍打涯岸的绝响。夏天太阳毒热，炙晒着燠热的囚室。一日三餐，囚房的铁门定时打开一个小洞，饭菜从外边地上推送进来，十几个囚徒默默地吃完简单的囚粮。每天晨起，在荷枪实弹兵士的监视下，作规定四十分钟，实则长短不一的户外散步，不准弯腰，不准坐下，动辄遭到叱喝……夜晚，室友们围绕着唱一首苍凉的老歌——《老黑爵》。这首歌给我很深的感触。我曾经垂着泪,写过下面一首诗,纪念那段可哀可泣的日子。

我爱的人在火烧岛上

有一个岛屿

有一首歌

有一个我爱的人

过去,他曾经出现在我的梦中

那时,我在海上挣扎

救生艇的木桨折断了

我随处漂泊

找不到岛屿

听不见歌

遇不着我爱的人

我爱的人在火烧岛上

没有美丽的青山、溪流

没有碧水涟漪

只有恶涛巨浪

烈日风沙

青草枯黄

菜蔬焦死

飞鸟敛迹
窗栏外的白云，凝结成硬块

那时，我爱的人
绕室唱一首《老黑爵》
他苍凉的歌声
掩没了我的身影
他衰退的视力
不能辨识我的容貌
他不能知道我疲惫的心
因为他比我更疲惫，疲惫于无望

如今，我爱的人
来到我身旁
伸手给我，救我出灾难
使漂泊成为过去
疲惫已如拍落的尘土
他教会我对抗风浪，修补断桨
他教会我观察天候星象
我们用臂弯围成一个避风港
我们用温暖的眼色，点燃火苗的希望

我们将合唱壮丽的诗章

不能忘记那些没有星月的黑夜
只有海潮的哨音，日晒的烙痕
如今，我们纪念那个岛屿
我们怀念那首歌

　　理智说来，打算跟一个刚刚脱离长期监禁的人生活一辈子，应该是有所顾虑的。例如，他的健康如何？他的心理是不是正常？姚安莉就曾警告我："关了十年的人，你会遇到一个神经病！"其他的朋友也都这样为我忧虑。但是，在一次大家聚会中，她们和柏杨竟一见如故，我看得出来，她们不但接受他，而且很喜欢他。分别的时候，她们只留下一句话给我："他可以好好地照顾你，你也要好好地待他。"但，那段时候，柏杨常常无端觉得心悸，经常要吃镇定剂，白天也不例外。

　　婚后，我陪柏杨到医院去做了一次全身体检。我告诉自己，不要奢望他全部通过。一星期后，结果出来了，他的心悸查不出生理上的原因，血压、心脏也都正常。但，继续有一段相当漫长的时间，夜晚睡眠中，我常常听到他在梦里发出惊叫和长长的叹息，仿佛一个人被推下峭壁悬崖,发出来的绝望呼喊。也有些时候,他像受了委屈的孩子,在梦中无端地哭泣。

随着他服用镇定剂的数量慢慢减轻,睡梦中也比较恬静,我开始愈来愈放心。我觉得他是一座山,那么沉雄峻伟,有风景,又有宝藏。我快乐得不得了。可是,就在这时,另一个困扰人的问题出现了:他不断地抱怨他的眼镜没配好,换了一副又一副。每当戴上一副新眼镜时,他连声说好,一两天之后,问题又来了,他开始怀疑验光验得不准确,头痛和眼球胀痛困扰着他,这样持续了一段日子,我再陪他到医院去检查,终于真相大白,发现是眼球内微血管破裂,淤血沉淀淤积的结果,造成了视觉的障碍。

九年多来,在囚室内只有一支高高悬在天花板上四十支光的日光灯,柏杨不停地写作,完成了三部历史研究丛书,它们是《中国人史纲》《中国帝王皇后亲王公主世系录》和《中国历史年表》,以及一堆可与腰齐的尚未完成的稿件。光线微弱、过度辛劳和营养不良的结果,柏杨损坏了他的眼睛。医生宣布说,这种症状分为四级,第四级是全盲,而柏杨已到了第二级。而且,药物治疗的效果很有限,唯一的办法是,节制看书,减少写作。

这项宣判对柏杨的打击太大了,不仅立刻妨害了他的工作,更威胁到他的心情。并且,如果一旦恶化,就太悲惨了。失去了光明，将是怎样一种无情的惩罚啊，而柏杨何辜？为什么冤酷总是尾随他不舍？在体检一切正常之后，偏偏出现了眼疾。上天有教世人罹患疾病的权杖，却敲在足胫挫断的人身上。

远在德国的虞和芳得到了消息，立刻来信，要柏杨到她辗转打听出来的名眼科中医师张齐贤处求诊。至此，柏杨的眼疾才算见到了一线曙光。那些每日早晚服用的，奇奇怪怪的药丸药散和熬成的汤药，减轻了他不少针刺般的痛苦。另外，又从一位熟谙医道的朋友处，学到了按摩法。这样一日数回，不间断地辅助治疗，似乎给了他一些信心和鼓舞。

一年的时间在焦灼中过去，服用中药一直未断，经秦重华大夫介绍给他的一位朋友检查，知道淤血已经渐渐消散；但，眼球内部的细胞一部分已坏死，新的病名叫"黄斑部变性"，所以，视力并未恢复，看东西看不完全，也不够稳定，时隐时显，而仍不断胀涩。

平日柏杨和我谈话中，很少谈到眼疾这个话题，因为，显然这不是言词可以解决的事，而在我们的心底，隐忧的阴影不免攫住我们，好像春天三月里，外头花事烂漫，我们却在屋内毛玻璃前欣赏风景一般，我们的心，有一面总不能完全晴朗起来。

而柏杨案上永远堆积着做不完的工作，单是历史研究丛书的校对，就已经足够使他的眼疾加重。我虽然也曾建议由我来代劳，可是他说："校对和生孩子一样，都是没有办法请人替代的。"无可奈何之余，我想到上天给过柏杨的种种考验，我不相信他有通不过的难关。

有人把创作比作生产。每当柏杨新书出版，我无不怀着一则以喜、一则以忧的心情。我应该最清楚，每一本书的诞生，背后付出多么艰辛的代价，而柏杨是个多产的母亲。一个朋友要柏杨列出他全部著作的名单，柏杨说："我全部著作大概有四十本吧，或许五十本，我自己都记不清楚。"柏杨的确像母亲哺育一个接连一个诞生的孩子般，劳瘁不已。而这许多著作，也同样报偿了他母亲一般的喜悦。在我们生活的天地里，有一个地方柏杨最乐于厮磨其中，那就是书房。他常对我说："书桌是我喜欢的地方，每次一坐在书桌前，我的心就特别的宁静。"因此，我们的生活缺乏休闲活动。游山玩水的雅兴，很难提得起来。看电影、听音乐之类的享受，更属奢侈。我们的娱乐和工作分不开，哪儿还有时间去消遣？

有些人以为，写作的灵感是件很奥秘的东西，需要用异数来培养。我在柏杨的写作过程中，找不到这份特殊的情调。他总是坐下来执笔就写，写倦了，从书房踱出来，自我排解地说："我真不想写了,我想出去玩玩,悠悠闲闲,多好。"话才说完,只见他又踱回书房,继续埋首伏案。就这样日复一日,月复一月,年复一年,周而复始,成了我们生活的日程表。柏杨的生活没有一般人想象的绚丽色彩,没有波澜起伏的情绪变化,甚至没有骚人墨客的闲逸雅兴,跟他作品变化多端的风格,似乎很不相称。柏杨常常自嘲地说:"我觉得我不像个文化人。"可是,他丰富的作品告诉我们,他是个道道地地出色的文化人。不过,从我们生活的角度来看,柏杨和我的生活,却是单调、刻板的。

"我是个梁山泊好汉型的性格。"柏杨常自我嘲弄他自己。事实上他确实是梁山上的人,看到别人遭遇困难,喜欢自告奋勇地表示:"我帮你想个办法。"他喜欢拔刀相助地问人家:"和你为难的是谁?我去找他干。"他天性乐于助人,而这种爽直、勇于承担的行为,常常把一些乡愿型、老于世故的人吓住。

也有人把他的豪情侠义,当作偏激。举一个例子,台湾盗印之风一向十分猖獗,曾经有一位出道不久的女作家,因为书籍被盗印,由她的父亲出面向一家出版商求助。那天,正巧柏杨和我也在场,听到了那位父亲的叙述,柏杨登时气得跳起来,他叫道:"我去找他算账。"女作家父亲的反应，却是顾左右而言他。事后，我们听到这对父女对柏杨的批评是："这个人太冲动。"柏杨的行径与他的年龄和遭遇，都太不相称了。

乐于助人并不是一件轻松容易的事，不久前，冒着寒流来袭的隆冬，柏杨为了替一对刚成家的年轻朋友谋职，四处奔走。那天，他忘了戴他平日少不了的护膝——柏杨右膝伤残，一块突出的骨头，无情而刺眼。回到家来，酸痛难当，一面呻吟，一面像完成一桩大事似的兴冲冲地说："大概没问题了，我已经找到人，亲自拜托过。今天爬了六楼，那里的电梯坏了。"我赶紧拿出薛俊枝远自美国寄来的电毡，替他裹在膝上，这时，我忍不住又流下泪来。

可是当柏杨把好不容易奔走得来的结果，兴奋地告诉谋职无着的朋友，要他明天去见主管时，对方却淡淡地说："明天吗？明天呀！明天我忙，改天行不行。"这位年轻人显然已经忘记他焦灼求职的事，此刻，他只悠悠地说："其实，我做什么事都差不多，我看我就不去了。"连一句道谢的话都没有，在一旁又恼又伤心的我，几乎不能相信这件事的转变。啊，我仿佛亲眼见到这一幕——柏杨爬着一层层的楼梯，不时用手按住他的右膝，迎面寒风砭人肌骨。而这时，我真怀疑，在森森冷面高墙矗立的大楼前，这个满身鳞伤、筋疲力尽的独行侠，是不是和身后画面太不调和了？还是这种典型的人物已经落在这个时代的布幕之后？

小时候，我曾被书中的一句话深深地感动过："但愿我心如水，处处齐平。"我一直向往那样一个境界，以为大地被春水沃灌过，处处都是润泽，开满了芳菲的花朵，天空没有鹰鹫盘旋，地上蛇蝎敛迹。这一切反映在人间世上，就是爱心洋溢，没有愤懑，没有嫉恨和纷争，到处都是亲爱、和谐。可是，经过现实人生的一再冲击，告诉挣扎的我，"齐平"两个字的真正意义，我不再存有往日梦幻想法。我现在服膺的人生态度是：爱其所当爱，恶其所当恶。面对着层面不同的柏杨，他突兀峥嵘的言论，和侠义行为的背后，有一颗充满了良知的爱心，我快乐地接受了他的每一面。

冬天早晨醒来，柏杨告诉我，他严寒的北方家乡，他的童年故事：继母冷酷无情，把他这个十岁不到的孩子，孤零零地丢在和全家人隔离、坐落后院的一间独立的空房里。每年冬天，他一双手生满了冻疮，痛痒难当，抓得溃烂，出血流脓，一直烂到次年春天才结痂复元。每个寒冬清晨起床，冻得直打哆嗦。一心只盼望，在那件破棉袄内，能有一套弟妹们都有的棉布衫裤。可是，寒风从四壁钻进来，他仍旧套上那件油渍污垢，已经穿了多年的"空壳郎"棉袄，瑟缩地爬起来，面对一个冷酷无情的新来的一天。可怜的孩子啊，柏杨。

"没娘的孩子像根草"，以他家庭小康的经济状况，荷包蛋酒酿之类的点心，却永远轮不到他，只有看着继母所生的弟妹们吃，而他呆立在一旁垂涎。父亲长年在外地工作，很难得回家来了解这个前妻留下来的孩子的生活状况。那时，柏杨多么盼望家中有个人爱他、关心他。有一回，他忘情地奔向继母的面前，想讨好她，却换来一顿叱责和冷嘲。从此，他只有把一份很深、很浓的爱，寄托给遥远而不常回家的父亲。而父亲回家的日子总是那么渺茫，即令在家的时候，也像绝大多数中国上一代传统的家长，在子女面前，除了"庭训"之外，很少言语，更谈不上感情的交流和思想的沟通。但，就在这肃静的气氛中，只要有父亲在家，还是个稚子的柏杨，已经享受到最大的天伦之乐。他快乐地跳蹦着，他恢复了童稚的天真和自由，他活泼地唱着歌，恣意地向父亲撒娇，向父亲讨买糖果钱来解馋……这一切，任何一个幸福的孩子所能拥有的一切，都不曾发生在他真实的生活里，只默默地出现在他的心中，在没有任何一个人知道的，他寂寞的小小的心田中。如今，许多个夜晚，当他写稿写累了，停下来休息，我常常给他端上一碗酒酿，再加一个荷包蛋。看他吃得香甜，我在想，那个狠心的继母,该有一副怎样的心肠?

从他的一生,我肯定他倔强的个性,成型在他十七岁那一年。他跳起来用拳头反抗继母对他的殴打和辱骂。之前,这种待遇原是家常便饭,他总是逆来顺受,可是,这一次不同了。他已经忍无可忍,他在地上画了一条线,凌厉地警告他的继母,不准越过。继母疯狂地扑过来,他迎头给了她一顿痛击,然后立刻逃走。柏杨终于离开了这个缺乏温暖的家,他艰难地跨出了他的第一步。回忆往事,他常常告诉我,如果当时他的父亲讲一句挽留他的话,他就不走了。然而,父亲只是叫了一声他的小名——小狮儿,然后,叹息了一声。于是,小狮儿成了今天的柏杨。柏杨说:"有能力报复而不肯报复,和根本没有能力报复,而空言不报复是两回事。"他,绝不伪善。

柏杨喜欢下围棋,可惜我不通棋艺,在家中他没有对手,只听他谈起过围棋的基本原理。他说下围棋必须先建立两个据点,才能立于不败之地。我觉得在人生的棋局上,几仆几起、愈挫愈坚的柏杨,也有他的两个据点,那就是敢爱和敢恨。除了对人充满了浓烈的感情,所放射出来的阳光一般和煦的爱心之外,他从不讳言他的嫉恶。嫉恶酱缸——憎恨人们因私害公,忧心社会的腐败落后。他想打破闭塞、固陋和僵化。他想消除凶残、专横、黑暗的恶势力，指责非理性死不认错的心理。他不能谅解那些不为别人着想的人，和嫉妒别人长进的人。他认为那都是进步的最大障碍。他为这一切奋斗，付出了几乎把他摧折的代价。我曾经向他说："我敬重你的奋斗，我认为你是个不屈不挠的英雄典型。"他告诉我："一个人的英雄气概，和奋斗的意志是一阵一阵的，不是一成不变的，需要鼓舞和支持。"我凝视着他，把这话牢记心头。

曾经有人告诉我，在柏杨入狱之前，他的交际很广，真所谓门庭若市。如果真是如此，这意味着多么严重的虚妄。现在，我们交往的朋友，虽也形形色色，或清或浊，但总有两个必备的条件，那就是"真交情"和"真性情"。由于他笔下涉及的范围广，接触到的人物中，有纯正、充满理想的青年学生，有富正义感的各界人士，有视他为洪水猛兽的道学先生和官场人物，也有赞扬他、仰慕他的柏迷。有的读者频频写信来要和他见面，或索签名照片等等，有的称兄道弟，有的尊他为老翁。有的呼冤、求救，要求代为伸张正义，也有的和他论辩争执，更有的破口大骂，指他离经叛道。每回打开信箱，收到一封封读者来函，我就计算着他要花多少时间来写回信。不论这些来信立场如何，他从不肯让任何一个读者希望落空，总是亲自执笔回复，并且把这些信件收藏起来。因为每一封信的往返，都是一个问题的探讨，一份感情的交流，没有一封信是交际应酬。我也因此结识了不少良友。

我们的生活中，酬酢不多，但，终不能全免。不论我参与或否，他总是教我分析各种聚会的意义，什么是交际宴会，什么是应酬知己，水太清则无鱼，要用什么样的心情去承受不同的友谊，我从他那儿学习到许多处世和人情。而他一再告诉我说："我是个过感情生活的人。"每当我们旅行到一处，他一定不忘吊古访友。在嘈杂的街头，他会倾听一个卖口香糖孩子讲述自己的家庭状况。当他被囚在绿岛时，从报端知道了贫苦患病者的消息，他仍辗转寄他能力所及、为数很小的钱去给人家。当然，他会冷面对待一些见利忘义、势利凉薄的熟人，然后，开一句国骂："他妈的！"

一般人喜欢用婚前婚后判若两人，来作夫妻调侃的话题。我想，这并不切合柏杨和我。我们在爱情的光环之中，可能把对方估量得和实际有一点小小的出入。但，我们不断地滋长，不断地培养，不断地追求，我们永远有更多、更多的不断，从往日绵延过来，向未来不停地探索，在一首《春讯》的诗中，我写道：

……

当岁月磨我们成茧

当苦难缚我们以千丝万缕的缠绵

是什么使我们破蛹而出？

是什么使一再结硬壳的生命

再度温热、柔软

而重新吸纳日耀月华？

……

我们两人都在努力，不让对方失望。

有人称赞柏杨精明能干，我承认。有人说他糊涂，我也承认。柏杨在人生舞台上，扮演过许多不同的角色，如同他的文笔一样，是个多重性格的演员。他除了成为一个作家之外，还经过商，在东北时，卖过矿场用的坑木。来台湾之后，一面鬻文维生，一面做出版生意，在文化事业还不及今天一半蓬勃的当时，他的出版社干得有声有色。他还奉过公职，当过报馆编辑，干过小学中学教员，当过大学教授。他入狱之前，还正在一所大学里任教，讲授《文学概论》。当然，他还失过业，流过浪，一心只想吃个馒头。抗战时，他最大的愿望是有一枚金戒指和一顶钢盔。

生活经验这么丰富的人，竟会糊涂，头脑不清，真是令人不可思议。事实上，他经常一面用电子计算机加减简单的数字，一面拨电话到"中央研究院"去，找研究昆虫的安莉为他验算答案。他时时坐上公车，心不在焉，不是发现坐过了站，就是搭错了路线。有一天，我回家来，走到二楼时，发现他手上拿着钥匙，正在开别人家的门，我问他怎么回事，他才发觉自己的家在三楼，他气呼呼地说："怪不得，怎么也打不开。"这种事他会重复再三，有时是跑到四楼去。于是，找钥匙、找眼镜、找图章、找剪刀之类，在我们家中一日数起，闹得满头大汗，气得快要发疯。去年（一九七八），孙观汉先生先后两次到台湾来看我们，而两次柏杨都深更半夜打电话问观汉先生，自己的皮夹子是不是在他那里。观汉先生说："我看你这个皮夹子迟早要丢掉的。"

至于说到我，我毕竟也不如柏杨当初以为的那样齐全和美好，我会把开水烧干、水壶烧焦，做事老是粗心大意又没条理，我的字迹也没有别人传说的工整秀丽。不过，柏杨的字迹更是有名的拙劣，一家刊物上曾有人为文，称他的字是"还原体"——跟小孩子写的一样，他的字和他纵横的文笔，终不能相配，使他遗憾不已。另一件使他遗憾的事，由于他比我年长二十岁，以致当我的朋友和他相处时，常把他当长辈看待，他老大不愿意。他还会跑老远去买东西，结果付了账，却空手回到家来。柏杨自己对饮食和穿着都很随便，从不考究；我既非巧妇，也不强自装作。认识对方，也认识自己的短处，彼此都不多挑剔，就可以安静过日子吧！有人说，恩爱夫妻在当时都是不自觉的，而我们两人的生命历程，教给了我们如何感恩和珍惜。

我曾经问过柏杨，从绿岛回到台北，要花多少时间，才能重新适应这个相隔九年又二十六天的世界。他给我的答复是，当他步下飞机的刹那，只花了一秒钟，就适应这个世界了。他是这么有弹性，他关心这个社会，他面对得起种种问题，没有时间让他彷徨、犹豫。而我是亲眼看到他——重新振起的人。

微风细雨的夜晚，雨滴落在雨遮上，滴嗒有声。在没有庭院的公寓房子里，可以模拟几分雨打芭蕉的情趣。柏杨在写字桌前，抬起头来倾听屋外的风雨声，他告诉我，这是他最感到宁静的一刻。我相信这一刻是我们生活中最婉约的一面。其余的时候，我们总是紧张、忙碌的时候多，像一出热烈的戏，锣鼓喧天，铙钹齐鸣。

柏杨视线的障碍，使他常常在写稿时，停下来辍笔长叹，他闭紧了双眼，用双手捂着脸，一语不发地靠在椅背上养神。我突然发现他像一个身经百战归来的老兵，脸上刻着风霜的痕迹和光荣的标志。啊！我心胸中有太多的话想说，却哽在喉头，我走过去，靠着他，轻声地告诉他："我在你的身旁，我就是你的眼睛。"

一九七九年三月

猫的忆往

和我们熟悉的朋友都知道，我们养过一只小猫，名叫"孟子"。见面谈话之间，常会插问一句："你们家的孟子呢？她好不好？"安莉每一封从佛罗里达的来信，都不忘在信末加一句："问候你的家长和孟子。"孟子和家长并列，看来她的确被公认是我们家的一员了。

我非常喜爱这只孟子。她和我们生活在一起的那段日子，我确曾把她当作家人一般看待，侍候她的饮食，清理她的便溺，病时送医，暇时怀抱。有一阵子，她还生过猫虱。我几乎一得空就替她捉虱子，埋头工作，一次总要花一两个小时。孟子占据了我们紧张繁忙生活中一部分宝贵的时间。但，她也曾回报我们以无限缠绵悱恻的柔情，增添不少家居生活温馨的情趣。

我们夫妇之间从来不互称名字。我叫柏杨做"虎"，柏杨叫我做"猫"。除非是吵架，他才会一本正经地叫我"张香华"。这一声惊魂，往往把我从猫的灵异世界，幻化为人身，一霎时，恍兮惚兮，才发现红尘的不宁。其他的时候，我就以猫自居，成天睡眼惺忪，清醒的时候少，迷糊的时候多。

猫和我的关系既然这么密切，莫非我们有前世因缘？那又不然，或者说，起码未必是善缘。因为我曾经有过一段憎恶猫的日子，现在认识我的人谁会知道？

童年的时候，家里饲养过一对猫儿，是一对很不得人欢心的小动物。那时家里有继母，本来已人人自危。这一对猫儿显然不识时务，完全不懂得察言观色，竟不断地给自己，也给家人制造灾难。首先是它们都爱偷吃，任凭继母怎么痛骂它们、追打它们，它们始终积习不改。我那时年纪很小，在家里当然没有发言的地位。更不敢僭越身份来帮忙喂猫，以减少它们因饥饿而偷吃的次数。因为，在家里，继母是权力中心，家里一切大事小事，全都得由她来定夺。继母对这份大权是绝对不允许它旁落的。所以，哪怕是喂猫这样的小事，也没有人敢擅自作主。我那时只有在一旁又心疼，又懊恼，看着它们受罚挨打，却不敢采取救援行动。

每当继母心情不好，又碰到猫儿淘气的时候，继母常常从猫儿的身上先发作起，最后总是把我一并牵连入罪，一视同仁。因为继母说我们都是坏坯，前一世还没作够孽，这一世继续来折磨她,让她受我们的气。

这一对与我同时被称为坏坏的猫儿,大概因为得不到家人的垂爱,只好靠发展自己倔强的生命力来适应环境。它们长得骨架特别粗壮,黑白相间的毛色驳杂,四肢颀长,尾巴短秃,表情木然而冷漠,丝毫没有一般猫的温柔妩媚,倒有点像草莽间的强梁。它们在继母经常的吆喝打骂声中,和一回回失风的偷吃中,挣扎生存下去。

这一对猫儿还有一件事,犯了继母的大忌,它们最爱趁继母不备的时候,偷偷溜到继母的房中,躺在继母铺了洁白镂花床罩的床上,呼呼大睡。每一回继母的脚步声在楼梯口响起,就看到猫儿们抖动着身躯,鬼鬼祟祟,迅速地从继母的身边擦过,一溜烟跑下楼去躲藏。这时,继母便一面咒骂,一面到房中清除遗留在她床上的猫毛。我被这对猫儿的不自爱,惹得很羞愤而恼怒。我觉得它们真是不争气。屋子里哪一个角落不能睡,却偏偏爱睡那个最嫌恶它们的继母的床?难道它们是看上了继母漂亮的镂花床罩?它们为什么那么经不起诱惑?它们为什么那么贪图物质享受?在家里与猫儿同等身价的我,仿佛觉得猫儿的表现,就是我的表现。猫儿的命运,就是我的命运,我们同是受继母迫害的弱者。而我气愤的是,它们竟然这么软弱而又厚颜,没有骨气。我盼望我的猫,是左拉笔下《猫的天堂》中的猫,是那种为了自由和尊严,不惜挨饥受冻的、悲剧英雄式的猫。

怀着这样的盼望,使我对这对猫儿的怜悯和同情,渐渐转变为失望和憎恶,因为它们的自暴自弃,就是我的败坏,而我怎么能容忍自己的败坏?尤其是在继母的压力下,暴露这些可怜的弱点?终于有一天,一件更糟的事爆发了。

这一天,猫儿们又偷偷躺在继母的床上睡大觉,大概是春秋大梦梦过了头,以致完全听不见继母的脚步声,当场被继母捉住。我看见继母捉住那两只猫儿,站在楼梯口,恶狠狠地把它们从楼梯上掼下来。母的那只因为长得肥,落地后打了一个滚,夹着尾巴哀嚎而去。公的那只因为骨架粗硬,掼下来时,腿骨折了一下,从此变成一只跛猫。

不过,从那时候开始,瘸了腿的公猫经常到外面去流浪,有时一天之中不定时地回来一两次,嗅嗅食盘里的残肴,啃啃吃剩的鱼骨头,然后,又一跛一跛地再度出发。它虽然瘸了腿,却仍然能一翻身跃上墙头,蹒跚而去。后来索性整天不回家,或者几天才回来一次,而它每一次出现时,身上总是旧创带着新伤,狼狈不堪。剩下来那只母的,也随着另一半的伤残而日渐萎靡,整天没精打采地缩成一团,躲在角落里睡觉——这对猫儿的断腿、沉沦,在我的小心灵中,就是挫败的烙痕,而这些灰暗而不愉快的记忆,

柏杨、张香华和熊熊

也就是猫最早给我的印象,曾经久久盘踞在我心头。

不记得是受了哪一篇文学作品的影响,日后,猫给我的联想是女人。一身光鲜亮洁的皮毛,很像一个讲究穿着、喜爱修饰的女性。一日数回,它可以花一个钟点以上的时间,用它那只小小柔软的手掌,拼命地在它那张小脸上搓揉,很像女人坐在梳妆台前不惮其烦地化妆。还有一些女人所专长的诡计,譬如一个玲珑的女人,常常会自诩对男人有手腕,她说:"何必替男人着想那么多,男人就喜欢你拍他一巴掌,然后摸他两下毛。你越是那样待他,他就越是对你像'一〇一忠狗'那么忠实。"我觉得用"狐媚"这个词形容这样的女人,不如用"猫媚"来得妥帖。猫有狐狸缺少的温存,而且擅长满脸无辜的表情。她无论做了什么,你都不得不原谅她,因为,上帝呀,她不知道她在做什么。

猫也是神秘和不祥的象征,常常出现在电影侦探谋杀片里。一只黑猫在迷蒙的夜雾中穿行,忽然跃上屋脊,发出令人毛骨悚然的"喵"一声,下一个镜头往往是血淋淋的惊怖场面。那两只骨碌碌的眼珠,放出摄人魂魄的绿光,预示了剧中人的离奇死亡。在真实生活里,猫之于老鼠,也是手到擒来的杀手,可是,幽默的卡通画家,却替老鼠报了仇,在他们笔下,猫永远是被聪明俏皮的老鼠戏弄,吃瘪认倒霉的笨伯。

然而，猫的形象并不一律是冷漠、无情、奸诈，和绝对的以自我为中心。十九世纪美国诗人桑德堡（Carl Sandurg）写过一首有名的小诗，叫做《雾》，曾经用猫来做比拟。他说：

踏着小猫的脚步
雾来了
它一弓身
坐了下来
俯瞰港口和城市
又悄悄走开

这首诗里，猫给人一种难以言喻的朦胧之美，他用猫的形象，把天地间的景物，织成一片轻网，造化的神奇尽在其中。而我也曾经模拟过这种意象，写过一首题名《猫》的诗：

冬天啊！
你是，蜷缩在女主人常坐的
那张靠背椅上的，一件旧绒线衣

每年，每年
她总是，拆了又结
结了又拆

我也蜷缩着
在我无底深的睡眠里
我的睡眠，不拆也不结
不结也不拆
甚至，也记不起早春的太阳

我把慵困的心境，用冬天的猫为影像，淡淡地描摹出我的轻愁。

所以，尽管猫从来不是有道的正义之士，它不知道什么是容忍，什么是让步和牺牲。它和人的关系，远比不上狗的热情和深情。我们只见过猫的见异思迁，弃家而逃，永远没听过"义猫"救主的传闻。但，猫的灵巧和爱娇，还是点染了不少人们生活的情境。不要向猫强索它所没有的美德，从而了解到不要把自己的意愿强加在他人身上。某些时候，在人生挣扎之余，能领悟取其所当取，求其所可求，就可以避免一些勉强为之，而终陷于求鱼得蛇的悲剧。那么，猫还是可以提供我们一些启示的。

小猫孟子的出现，是我生命中的一个转折点。一向对猫否定多于肯定的我，竟然遇到一个把我当作猫的柏杨，而我也欣然接受，真是有点不可思议。

孟子和我们共同生活的那段日子，我不断在柏杨面前颂扬她，借以提高她的身价。譬如她长了一条粗大的尾巴，从背后看过去，她简直是一只松鼠，而不是一只猫。于是，我告诉他，这只猫绝不是凡种，一定是人间罕有的极品，我们应该以拥有她为荣。

有一次发生四级地震，地震之前几分钟，忽然看到孟子的尾巴贲张，平常柔软的毛此时全部竖立，成为一个椭圆的毛球。她紧张地走来走去，我们正感到奇怪，不久，夹带着轰轰声的地震开始了。从此以后，孟子尾巴能预知天灾而示警的本事，就因柏杨的奔走相告而在友朋间传遍开来。

可惜，除此之外，孟子可以称道的德行，真是几近于零。为了她经常随处便溺，我还得曲意想出些理由来为她开脱，譬如说她怀春啦，便盆没有清理啦，发脾气抗议啦，都是她随处便溺值得原谅的原因。可是，辩解归辩解，事实归事实，我渐渐在柏杨的书房内，闻到一股腥臊味。我立刻想尽办法弥补，洗地毯、在角落摆木炭、喷消毒剂、洒香水，结果仍是其臭如故。

当初，原是我执意要收养孟子的，此刻我满怀歉意向柏杨宣告一切药石罔效，只好放弃除臭的努力。不料，柏杨的反应却出人意表。现在，轮到柏杨一味袒护孟子，怪我捏造事实，破坏孟子的名誉。原来柏杨是个嗅觉和味觉都不太灵敏的人，加上抽烟不间断，室内时时刻刻都是烟雾弥漫。看到他每天坐在书房里吞云吐雾，混合着孟子的"杰作"，他还引以为是创作的灵泉呢。唉，天！这都是我坚持要孟子落籍我们家的后果。

孟子终于在一次我们远行后，离家出走，从此一去不回。等我们回家来找不到她时，两人心中都嗒然若丧。直到很久之后，我们还是经常想念起她。我为什么会对猫前后有么不同的感受？连我自己都一时说不清楚。人的情绪起伏这么大，好恶竟是无常的东西。从我憎恶猫，到我爱恋猫，这其间已经悠悠然经过了漫长的三十年，有什么可以给予人无常的心灵一点救赎？除了爱，我不知道。

现在，我们家又养了一只猫，叫做咪咪，性情比孟子温驯。此外，她具有一般猫的通性。无常的是人，猫的变化毕竟有限。我从来没问过柏杨，到底根据什么叫我做猫？猫的哪一项特性在我身上最显著？或许是我根本不需要那个答案，或许是他已经把人间一切的对立，如善恶、妍丑、高下、有无，都在我的身上，化成了一个简单的存在。

一九八三年六月

雨夜春韭

这个圈子里的朋友们，常常调侃说："你是我们中间，认识柏杨的时间最短，关系却最特殊而又最深的一个人。"事实的确如此。过去十年，当柏杨被囚禁绿岛，朋友们不断为营救他而奔走的时候，我和他的世界还没有诞生，甚至连边缘都还摸不着。可是，一九七七年他被释放回台北，四顾茫然，无枝可栖之下，我们相遇，并结为夫妇。从那一天起，我由一个"外人"，才变成为一个"内人"。

柏杨和我的年龄相差二十岁，但，我们生活在一起的日子，每一天都过得坚定而充实。形成我们生活丰富的原因之一，是拥有周围这么多充满了热情、关注，又至情至性的朋友。今年（一九七八）盛夏，远在美国匹兹堡的孙观汉先生，更千里迢迢地专程回台探望柏杨，这是他和柏杨的首次会晤。这次会晤带给我们空前的兴奋，无论是柏杨和我，或周围的朋友，大家都激动得难以言语，这是一段泪水和欢笑的日子。

从七月二十三日至八月八日，总共十七天，我们天天聚在一起，除了会晤，还是会晤；除了聚谈，还是聚谈。回想起来，那段日子我们不知道哪儿来那么多话？但，我们确实是谈了，不但白天谈，晚上谈，有时半夜三更还要打电话，一清早也谈。如果问我到底谈了些什么？我的答复是：我们无所不谈。最重要的是，我们谈"爱"，我们谈"心"。

"宁愿为爱而失恋，不愿为失恋而不爱。"这是观汉先生说过的一句名言，也是他待人处世的原则。

第一次正式和观汉先生接触，是柏杨和我准备结婚之前，意外地接到由柏杨转给我的观汉先生的一封信。在此之前，柏杨已把我这个人向观汉先生报告过了。这封信，观汉先生一开头就幽默地说：

这是一封私信，可惜没有方法不使柏杨看到，真扫兴……我们（指当时正在美国，而今在德国的虞和芳女士，她也是柏杨的患难之交）已自封为你的娘家人，因此，重复地说一句，做娘家人有权告诉新娘，你要好好地爱护柏杨。同时，对柏杨来说，他要小心爱护我们的女儿，否则，我们娘家人要同他算账……

他也写了一封信给柏杨：

对做朋友，做情人而言，诗，音乐，艺术，哲学，杂文，文学……是很重要的因素。但在婚姻生活中，那些都是次要的，我们认为主要的是体贴，容忍，合作，互励。你们如果同意的话，想你们已有这些美德，如果不同意的话，希望你们研究结婚的条件去追求。结婚的目的是不断创造爱情，追求快乐，是么？成功的结婚是要下苦功去追求的。最最主要的是，大家要小心翼翼的，是么？

婚礼的前一天清晨，电话忽然响了，我拿起听筒，对方一口持重、缓慢的绍兴口音。原来是观汉先生从遥远的匹兹堡打来的。在电话中，他仍是一声声的叮咛，和无限欢喜的祝福，使我禁不住激动得泪涌。夏天，我们在台北会面时，漫谈人生、爱情、婚姻的问题。我们都认为，在爱情和婚姻中，错误所要付出的代价是可惊而悲惨的。可是，观汉先生说了前面我引述的那句话："我宁愿为爱而失恋，不愿为失恋而不爱。"让我非常感动。这句话，透露了他对人生、真理、和正义追求的一贯热情，想到正因为观汉先生十年来对柏杨的营救，柏杨和我才能获得今天的遇合，我对我的幸福更加倍地珍惜。

七月末梢的一个晚上，柏杨和我照例送他回下榻的旅社。酒阑兴未尽，我们在旅社中继续欢谈，谈到有些作家的作品和他的做人距离很远，一旦接触，很令人失望。观汉先生说："不会的，我不会失望，即使现在的柏杨，或者以后的柏杨，表现得不如他的文章，我也只是遗憾，而不是失望。"

"只是遗憾，而不是失望。"这句简单的话里，蕴含着多么丰富的意蕴，它包括了宽宏的情谊，及对朋友的信赖和期许。更重要的是，这句话的背后隐藏着一股维护正义、固执人道的热情和无比坚韧的意志。可是，观汉先生说话的神情是那样的平静、祥和。

这个夜晚，我做了一个见证。我看到了一盏温暖而明亮的灯，照彻了僵硬、冷酷而无情的长夜。

好几回听到别人形容观汉先生的外貌，朴实得像个庄稼汉。观汉先生离去后，我们把有纪念性的照片，分赠一些好友，都说："孙先生了不起，不过看来像个农夫。"名记者司马文武笔下称他为"乡巴佬"。有一次观汉先生随我到我任教的学校去参观。时值暑假，整座学校只有一位门房和一位校工。事后那校工问我那天来的人是谁？我向他说明观汉先生的身份，校工吃惊说："看不出来。人家留洋回来的人都很讲派头，他看来那么朴实，哪里像位归国学人？"

有一次，记者陈怡真小姐和主编高信疆先生拜访他。那个下午，他们提出了许多严肃的问题，像"你对中国科学发展有什么展望？""你对中国社会风气改善有什么建议？""你对资本主义和社会主义的看法如何？""你觉得中国传统精神哪一项最可贵？"，等等。观汉先生总是很诚恳地用一句老话作答：

"这个我不知道。"

或是：

"这个问题你不应该来问我。"

他这种"吾不如老圃"的态度，使我兴起无限敬意。

事实上，像观汉先生这样关心自己的民族，又这样智慧的人，他当然有他深入而锐敏的观察。他推崇中国人勤劳、吃苦的天性，他认为这一点是外人难以媲美的特长。但他十分忧虑我们的匠气和私心，像路上开车的争先恐后，不守秩序；又像学术机构里的派系之争，垄断分离了团结的力量。他认为廓然大公才能使文化向前推进。

对于一个熟悉的名词"人情味"的看法，观汉先生说，如果"人情味"只是掩饰功利企图的工具，那么当目的达到，或不能达到时，这种"人情味"就很快消失。换句话说，那只不过是一种老于世故的客套，实质上是很脆弱而容易变质的，没有什么值得我们自诩。

梁上元家中客厅墙上，悬着一幅梁寒操先生留下的墨迹，上面写着："以恕己之心恕人，以责人之心责己。"这句话很得观汉先生的喜爱，后来才发现这些字是绣上去的，也因此认识了那位独创梅花绣的才女杨秀治。观汉先生回美的前日，我陪他去参观秀治的绣房。那时，她正受柏杨之托，在绣观汉先生的像，绣工的精美令我们赞叹。

观汉先生欣赏到那一片宁静素雅的天地之后，引用一句诗"有酒不知欣，但求浊世名"，道出他对自己的感慨。但这句诗用来说一般人很恰当，用来说他自己就太不相称了。他对世人的贡献，使他把浮名早已脱尽，他过的是一种纯净简单的生活。在匹兹堡，他除了实验室的工作之外，有一块种菜的园圃，平日也能喝一点酒，他喜欢金门高粱酒的浓烈。但来台湾的十七天中，在我们几个女生的管制之下，他有时只好改喝啤酒，以致使他笑着说："台湾的妈妈真多！"

观汉先生简朴的生活，和躬耕园圃的田园风味，曾使我想起陶渊明，果然，观汉先生告诉我们说："今天的人不能再过陶渊明的生活，却可以拥有陶渊明的心。"

有一次他和我谈到他的菜园，他种了韭菜，他怀念地说,他从台湾回去,韭菜怕都长成杂草一片,而且都开花了。我在想,如果有一天,柏杨和我能一起到观汉先生的家中做客,那么,"夜雨剪春韭"的情味,就不止于是一句诗,而是一幅我们可以亲临其境的图画,那该有多么动人。

一九七九年一月

春风容物·秋水无尘

炎炎夏日的八月，正愁闷郁悒，忽然接到母校——兰阳女中一通电话，要我回去给学妹们暑期文艺营上一堂课。几乎毫不迟疑，我就一口答应。放下电话，精神陡然一振，眼前呈现一片无际的平原，绵长的地平线隐没在水天相接壤的一抹蓝里，唯一的一座小山，是蹒跚在太平洋上，充满美丽传说、诗意浓厚的龟山岛，这一大片平原上，一所历史悠久的兰阳女中——自日据时代起，即是宜兰唯一六年制的女子最高学府——曾有过我年少岁月的轨迹。人生如果是一幅画，早年的经历就是画布的底色，日后涂上的颜料，不过是从底色晕染出来的缤纷。

中学时，给我影响最大的，有刘冠群、俞仁溥两位国文老师，他们先后教导过我初、高中两个阶段。刘老师忠厚温煦的待人态度，和认真严谨的治学方法，与俞老师的才情勃发，自由思想的启迪，是截然不同的两个典型。刘老师写得一手好字，年前我的书房刚装修过，还得到早已远徙台南的刘老师写给我一副对联："春风大雅能容物，秋水文章不染尘。"正是他夫子自道式的良言教诲，很让我缅怀起上他课的日子。而不久前，接到我新出版的书，俞老师则写信给我，他说一句："你已不是象牙塔里文人那般狭隘了。"给我的鼓舞依旧。俞老师不只国文造诣好，还富音乐素养，长于戏剧，更是运动场上棒球、篮球的高手。现在我们终于明白过来，当年上俞师母——陈老师教的音乐课，望着年轻美丽的师母，为什么我们心里老是很不舒服，总怪她太严格、太冷峻，原来我们正是半大不小仰慕俞老师的女学生呀。前年校庆，同学们回母校，顺便拜访俞老师，遇着师母，同学们不自禁地拥着她跳起土风舞来，只觉得她依然美丽娇小，再也不觉得她严格、冷峻。而两位国文老师，却已届耄耋之年，须发尽白了。

我念中学那个时代，"兰女"在当地又名"嫁妆学校"，而且名副其实地频频有同学还在校时，就被地方的乡绅父老看中，选作自家儿媳妇的事。流风所及，一般人观念里，栽培女孩子念高中，不外乎给她一份文化资产作妆奁。继续供女儿读大学，该是额外的计划吧！当时有一个邻居，曾向我父亲说："女孩上什么大学？你看我们家阿芬，一毕业我就托人在医院替她找了份工作，不久一位医生爱上她，现在不是'先生娘'（医生夫人）了吗？"还好他的女儿柔顺乖巧，而且不是那种看到血就晕倒、见到病人却自己先躺下的人，加上红娘照顾，才不枉费那千方百计造势撮合的父母那片苦心。可是，那年当我考上大学放榜时，这位邻居却高兴得什么似的，直夸我是人才，巴不得放鞭炮，带我去游街，当活广告般公告周知，这十足是宜兰小镇风光，民风淳厚的写照。

演讲当日，我回到兰女，在校门前，面对着密密麻麻大学联考榜上有名的学生名单，这一届考取医学、护理、卫生系的就有七名，我乍然一惊。从那个培养"先生娘"的时代到今天，兰阳平原上的女孩子已领悟到自己要扮演医务人员，跻身高科技行列，奉献社会，责无旁贷的角色意义。而这期间观念起了多么大的变化，付出的努力代价该有多高！兰女的师长在这些年，又是如何带领这些贞淑娴雅的女孩子，走出幽静的兰阳平原，迎向波涛冲击的现代潮流？兰阳闺秀的命运，已不完全局限在"待字"寻找"良人"身上。或者较正确地说，今天一个圆满的婚姻，更高的层次是建立在夫妻互相砥砺扶持上，而越是高的知识，应该越能帮助培养出生活的大智大慧。从这个评估上，我们看出兰女学生气质的成长和变化。

陪同现在的兰女唐灵惠校长，漫步在校园内，唐校长告诉我由于全校师长，和地方上关心城乡教育人士的捐赠，兰女自己设立高额奖学金，鼓励学生升学，终于引起教育局重视和支持的情形。唐校长指着校园内一棵百年老树，很兴奋地形容松鼠如何在这棵树上出没的模样。我一面聆听，一面想起已去世的我在校时的陈保宗校长，他从日据时代就接掌兰女，我上初中一年级的第一天，新生训练时，听他用一口闽南语腔的国语叙说兰女的"沿革"——这个深奥的词是我入兰女第一天学到的学问。接着他向全体新生解释校训"真、善、美"三个字的涵义，到如今，我的耳际还飘拂过他的声音。

"菁菁校树，萋萋庭草"，对我而言，不是一句口头上的歌词，而是描绘我母校真实的图画。我觉得我何其有幸从这个校园里走出来。这幅图画甚至影响了我追求自己的志趣，也走向别的校园中。可是，兰女在我心中的图画，一直这样美好，竟是后来我教过的别所学校所不能取代的。重新吟咏我为宜兰写过的一首诗，有这样的句子："夏季，有黄金的稻穗垂垂／冬日，有琉璃的冷雨霏霏／雨声叮咚，敲我小屋如琴房。"是的，我听到了琴声，从兰女礼堂后那排学生练琴的琴房里传出来……

一九八九年九月

酒店打烊，我就走

——写了几千万字的柏杨，终于提笔给香港明报月刊的总编潘耀明先生说："这是我写作的句点。"

对于退隐，中国有一句名言谚语，"上台容易下台难"。所谓"上台""下台"在单元的社会里，多半指做官的"在朝"与"下野"而言。这里，我说的是摇笔杆的柏杨，和退休的柏杨。

其实光说演员的上台、下台都不容易。上台的唱腔、扮相、身段、做工……都要经过长久的锻炼。再高明的演员，一生的演出中，仍免不了有被喝倒彩的时候，这就是磨练。柏杨接受的磨练，比别人多一层严厉，那就是当年（一九六〇年代）政治挂帅，他因长期批判当局，被认为是"共匪"的同路人，几乎被判死刑，结果因缘际会，使他坐了九年又二十六天的冤狱（前几年才得到"冤狱赔偿"）。

文字贾祸在中国历史上，并不少见。就个人来说，柏杨的案子使他自己付出了非常大的代价。但，入狱也给他拓展出人生不同的视野。家破人散，让他无从有后顾之忧，监狱的高墙，挡不住他灵魂向整个国家、民族命运，做全盘深入的思考。所以，绵长的史卷，成了他剖析中国人一演重演悲惨宿命的文本。从历史中刨根究底，慢慢悟出一点，"中国人"到底在世界的坐标上，是个什么位置？我们的民族少了些什么，又多了些什么？他从社会、人生中观察。从火中来，走向火中去。鲁迅说过："救救孩子。"柏杨提倡："婚姻盟誓。"都把希望寄托给下一代，对每一个人却都是一生一世的功课，盼望人人要自己做功课。

写了几千万字的柏杨，真的要有一段退休的生活。把书摊开在年轻的一代面前，把空白的纸和笔铺在年轻一代的桌上，把手中的麦克风交给年轻的一代去试你们的新声，把整个国家的命运也交给年轻一代的肩上了。

你不要跟他开玩笑地说：你盼望我们的，你自己都做到了吗？他真的有一点太老态龙钟了吧！但，看到他努力地在做。他真的努力过。今年二月，他看完自己每月在《香港明报》月刊的专栏，然后，他亲自给总编潘耀明先生写了一封信，说明这是他写作的句点。

现在,他要向最关心他的读者说:

"你们慢慢读我的书吧!我要多睡睡觉。好吗?"

"酒店打烊,我就走。"我想起丘吉尔说的话。

二〇〇六年九月八日中午于台北花园新城

人去，楼有余音

二十世纪末的九十年代，那时，柏杨和我仍住在坐落于台北南郊新店半山区，今天称之为"故居"的老家。那一段山居的生活是柏杨和我生活比较恬静的日子。期间我还遇到过最得力的一位助手黄惠敏小姐。黄小姐资质聪颖爱好阅读。那时，她的年龄和柏杨相距有五十多岁，可以说是相隔两个世代。我们（还有一位同事）一起工作，闲暇时黄小姐翻阅柏杨的杂文集，往往拍案惊奇地读一段妙文给大家听。我们无不击节赞赏或抚书叹息——日后这段经验竟成了我编选《柏杨观点》一书的缘起。

柏杨一生写作，产量庞大，体例也繁多。"杂文"可以说是他一生创作的第一个高峰，除了因为他涉猎得广，人生经验丰富，他观察入微，仿佛是一个捕捉摄影镜头的快手，文字也极具个人色彩，嬉笑怒嗔、活脱跳跃。对于抨击社会弊病、政治陋相，更惯以言人所不敢言、一针见血的剖析著称，由此更获得文笔如"匕首"的称谓。

一九八二年四月，柏杨择居台北郊外新店，远离尘嚣，与山为邻。高山流水有知音，"男耕女织"，一家三口（宠物熊熊）其乐融融，时为二〇〇二年

柏杨家客厅的景观窗,可以俯瞰整个台北盆地

柏杨工作的书房,门上贴有他当年被囚的号码:297。柏杨在书房内完成了《丑陋的中国人》《柏杨白话版资治通鉴》《柏杨曰》等巨作,他在这间书房工作近三十年,柏杨认为书房宛如是他生命中另一间囚房,但他在这间囚房中甘之如饴

这里曾经摆满柏杨工作的用书,最后大部分捐赠给在北京的"中国现代文学馆"和台南的"台南大学"

把这些包罗万象的杂文再精选出许多短文隽句，是我们特别想提供给生活在脚步匆忙、压力越来越加大的现代人一项绝对必需的服务。所以，我们把内容大致分为四大辑：男女、人生、社会、政治四个篇章，并且在每一则文选后面注明出处，也就是注明原见于柏杨杂文哪一部专辑。

重新整理这《观点》选集正好时值柏杨逝世四周年，我着手整顿这座山间的故居，因为山居生活机能如交通、采购、看诊、对外联系等的总体考虑，我于二〇一二年四月决定搬下山去，让故居易主。所以我提供了过去书籍中从没出现过的故居介绍。这数十帧珍贵的照片，过去还没出现在别的书籍中。今后，房屋既然易主就更不可能还原了。收集于此书中，望着人已去的空屋，一面读空屋之前主人的各种想法和观念，将特别会有一种余音绕梁的回荡感应吧。

此刻，"柏杨故居"的灯光渐暗，我倚窗而立，北望窗外的暮色升起，暮霭中台北市区的灯光远远近近一盏一盏的点起……

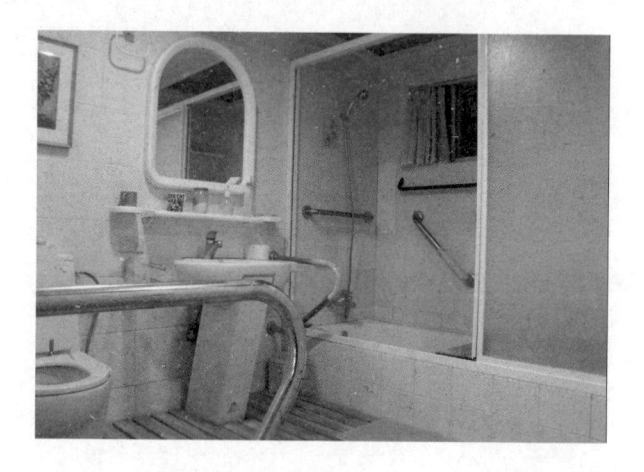

柏杨故居的卫浴,设了许多扶手和栏杆,以维护柏杨的安全

唯一的铁窗——柏杨遭受冤屈被囚九年又二十六天。出狱后，对铁窗尤其憎恶，因此住家不设铁窗。厨房因为需要通风，所以是唯一的例外，因此请艺术家徐荣昌制作一件创意铁雕"天鹅与白鸽"，以为厨房与公共空间通风与安全之用。铁雕设在柏杨故居长廊上，象征这里面住着追求自由的白鸽和高贵的天鹅

门，轻轻掩上了

现场写真

——柏杨书房和书桌充满了变化和故事。

每当旅游到一个景点,遇到文人的故居,总会不自禁地想参观一下这位文人的书房,想看看是什么样的环境或陈设,使这位作者创作出丰富而精彩的作品,因为文人离不开书房。和柏杨共同生活三十年,他的书房变化不少,大致有过下面几个样貌:

二十世纪七十年代末,柏杨刚自隔离他与台湾本岛九年多的离岛——绿岛(又名火烧岛)回到台湾,暂时寄居在故友罗祖光的汽车间里。我在这个时期遇到了他!两人很快就决定了组织家庭,理由很简单——男女都待婚、待嫁,而"浪漫"掩盖了一切既有的条件。那时柏杨的书房就用一面大书柜把车库一分为二,里面是卧房,外面是书房兼客厅,简单得真是到了乏善可陈的地步。

既然要结婚,他就忙着去贷款觅屋,我忙着去装电话、添购物品……新家居然有20多坪,还隔出一间小小的书房。刚刚摆得下两张书桌。他的案头摆一具电话,我的案头经常蜷睡着一只黑白相间的懒猫!

喜讯发出去之后,有劝阻的、有冷嘲热讽的,也有充满祝福的,也有人保持距离,从此冷淡待我。也有追踪到我任教的学校(就是马英九就读的那所高中)采访我的。更有情治单位来调查我的档案的,两堂课的休息时间,教员办公室的气氛变得诡异。我的生活一下子忙碌紧张起来,有点像办家家酒似的忙进忙出。柏杨入狱前的老东家——台湾最早的言论自由报人——自立晚报吴三连发行人派人送来两张皮制座椅,正好配两张新书桌,是应柏杨要求退还贺礼一幅名画,换来当时迫切需要添置的椅子。因为总不能站着写稿!当年吴三连先生让柏杨在自立晚报上辟专栏。柏杨开始写一系列叫好又叫座的杂文。抨击时弊,名盛一时。可是,喝彩跑死马,柏杨最终写到牢房里去。

一九八三年之后,柏杨开始翻译《资治通鉴》,台湾的远流出版公司王荣文董事长预支了一笔可观的安家费,让我们雇用两位助理、添购工具书、文具、影印机……原来不够大的书房,我就算撤销座位让贤给后者,自己移防到饭厅或卧房,用饭桌或梳妆台写作或改作业。尽管这样四处游走似的转移阵地,还是容纳不下这批浩荡入侵新来

柏杨在台北寓所,一九九五年,李昊摄

的娇客。因为屋子实在太小了!

这时有悖常理的事情出现了,原来蜷睡在书桌上的猫咪,再也不出现在案前。常常趁着人来人往之际,一溜烟神出鬼没地跑下楼去。往往天黑时才筋疲力尽地回家,身上不是有伤痕,就是弄得脏兮兮地回来。慢慢我们发现它不知从何时开始,把柏杨的书房——我已经出局了,所以现在纯粹是"柏杨书房"——当作是它便溺的厕所。任凭我们威逼利诱或道德劝说,它都依然故我。所以在我们忙碌却静默的生活中,常常会有一两声吆喝的斥责尖声扬起。那时候,我们一直弄不懂它这种行为意味着什么?直到猫咪走失了多年,我们才明白过来:这叫"宣示主权"。这可怜的猫咪不知心中曾有过多么懊恼——自己怎么会遇到这么笨的一对主人!

我们终于选择了山居!因为离市区路途较远,价格就相对比较低廉,负担起来不至于太沉重,我们可以开始找较大面积的房屋。最后,柏杨、我和助理终于都各有一个独立的空间。不过基于经济上的考量,我们选择的是大厦型的公寓定居,而不是前后有院落的独立家屋。这也命定了柏杨身后不可能有"故居"供人凭吊。因为公寓是不可能为个人开放成公共空间的。至于,柏杨书房除了有书,还是书。桌上、椅子上、窗台前、地板上,简直满坑满谷,有时几乎到了无可立足之处！他一个人拥有三张书桌，三面落地书橱。他严格限制任何人清理他随意或有意搁置的书或纸片。因为，那都会造成他的"混乱"——他说！书房空出一面是偌大的景观窗，因为屋子坐落地势高耸，在窗前可以俯瞰妩媚的青山，和一旁清澈的碧潭溪流，远处台北盆地也进入眼帘。可是，绝大多数时候柏杨都伏案振笔疾书，任窗外的青山、清澈的流水就这么淌着、流着，仿佛万物于我何有！他的生活除了长时间伏案写作之外，剩余时间他似乎只关注他身旁两具电话、一部传真、一台影印机和对讲机的动静，随时和外界或助理保持消息畅通。这阶段可以随意进出柏杨书房的是另一只黑脸、白皮毛名叫"熊熊"的暹罗猫和袅袅不断飘出、浓郁呛鼻的烟味——他每天吸四包烟，从不间断！

有一天，柏杨不知哪儿弄来几个数字，他自己用强力胶将它粘在书房的门上，赫然是297——是他在狱中的编号（以取代犯人的本名）。他俨然将翻译《资治通鉴》及整理《通鉴纪事本末》这段漫长的十余年，当成是另外一场牢狱，而他已经参透了牢狱之灾，何妨再来一个十年！

二〇〇八年春柏杨辞世。前一年我用英国首相丘吉尔的名言替他写了封笔文《酒店打烊，我就走》，在两岸发表，把一些书籍赠送给邻居好友。这时，我知道我的眼疾恶化已在快速地进行，未来能阅读的书有限。而我能居住在山中的岁月已不多……

三年前，柏杨书房贴上了封条，我留下了那扇贴有297的门板……像所有的房屋一样，如果不倒塌，就一代一代任由它嬗演下去。

我想起了曾有一位文友写过的一篇贺我们结婚的文章，有个美丽的标题：红袖添灯伴读书。这意境似乎没有出现在我们真实的生活中。身为文人的柏杨，更多时候是和金戈铁马为伍的。

无论如何这个美丽的标题化做一枚永恒的藏书票，我把它合在时间之书里了。

妻子们

今年（二〇〇〇）三月，我的丈夫柏杨过八十岁生日，寿筵由与他合作数十载的远流出版公司筹办。当天，除了我们夫妇和一群儿孙之外，到场的宾客大约一百六十位，是我们结婚以来，场面最大的一场盛会。

寿筵开始，由寿星柏杨向亲友致谢辞，之后，并由我们夫妇共同揭开高高堆在一张餐桌上、喜气洋洋的红色寿桃（代替了西方的蛋糕）。当礼仪完毕，我们转身下台之际，主持人之一的卜大中先生，把我叫住，要我说几句话。

这样的机缘不多，因为一向在公众场合与柏杨在一起，我都扮演妻子的角色，他在台上讲话，我就藏身在台下，甚至躲得远远的，避免曝光。我们又不是选举造势，何必夫妻一起同台？我总觉得，像柏杨曝光率这么高的人，作为他的妻子，最好含蓄一些，才能平衡。同时，也可以把众人的焦点分散，不致因为柏杨这样一个争议性的人，一旦说出什么惊世骇俗的话，夫妇一起同时被围剿。

可是这次不然，这天我身为"寿婆"，哪有不和寿星唱和之理？我接过麦克风登上台讲了几句话，居然博得满堂喝彩声、笑声、欢呼声。第二、三天，接下来的日子，遇到当晚赴宴的亲友，他们一致推崇我的致辞，甚至，许多人从媒体的报纸，或电视台新闻报道中，看到我的致辞，都纷纷向我致意，这些人，有些是当晚不及邀约的邻居、朋友，或素未谋面、才刚认识的陌生人。我觉得好高兴，好像做小学生时，偶然被老师选出来参加演讲比赛，意外得到大奖一样。

我到底说了什么，可以获得这份大奖？我的讲词大致如下："……柏杨刚才在致谢辞中，提到要谢谢他的妻子——香华，我以为要补充一下。柏杨一生的遭遇太曲折坎坷了，事实上，每一个阶段都有不同的妻子，陪伴他一起成长，我只不过是柏杨妻子们（复数）其中的一个，而且也是今天仅仅在场的一个。因为'前人种树'，才有今天我这个妻子的福分……"接着，我介绍柏杨与前妻生育的孩子们上台，代替他们的母亲，参加这场盛会。我就是如此据实报告，而获得赞扬的。

"妻子们"的正确数字是几个？五个。开始知道柏杨一共娶了五位妻子时，连我都吃了一惊。我们结婚八年之后——一九八五年，那时两岸松绑，两地亲友开始有了联系。我偶然替柏杨整理书桌，发现了一大叠的信函，因为纸质差异，一看就知道是由对岸寄来的，信的内容密密麻麻，好像有满腔的辛酸要倾诉。开始我以为是对岸的读者，向他吐苦水、话家常，接着我发现这批信件，事实上是两批，因为字迹不同，对柏杨的称谓也不同，一位称他作"父亲大人"，另一位称"亲爱的爸爸"。这个发现立刻使我了解到，这是柏杨失散多年的两个女儿从内地寄来的，其中一个姓郭，另一个姓崔（后来弄清是从母姓）。发现了这个事实时，正是凌晨三时——那是我一向为柏杨整理书房的时间，我要趁他入睡，工作不受阻挠时，才好"下手"整理，否则，他往往以"乱中有序"来阻止我"执行任务"。

半夜，回到被窝里，我发现柏杨是醒着的，于是，我思考了一下，这个哑谜要如何解开？第一个涌向心里的念头是：可怜的柏杨，可怜的孩子，和可怜的母亲们。那是怎样一个家国破碎的年代啊！动乱、抗战、逃难、分离、饥饿、死亡……这些我们今天只有在电影上才看得到的苦难情节，就发生在我们身边亲人的身上。"悲莫悲兮生别离"，柏杨的心如何承载这么多的悲苦？时局动荡，危在旦夕，骨肉分离，家人拆散，这是何等摧心肝、落泪水的场面啊！

可以想象得到，五十年代，许多人只身从内地前往台湾，把家人暂留家乡，没想到后来一别就成了永诀，这种悲剧太多了。想到这里，我立刻决定用一种轻松的方法，为柏杨解开这个困境，我告诉他："我发现你的秘密了，我知道你婚姻的故事了！"柏杨不说话，继续沉默着，我只好再戏剧化一点，想化解柏杨的尴尬和愁苦，我开玩笑地说："我会看相的，你这一生会有五个妻子！"之前，我只知道，柏杨在入狱时已有过二次婚姻，坐牢再度婚变，出狱后，再与我重组家庭，我以为自己是他的第三任妻子。如今忽然多出两位内地女儿，我显然是他的第四任妻子了。现在，我戏剧性地替他又加上一位，预言他在我之后，还会再娶第五任。谁也没有料到，柏杨居然说："你就是那第五位！"

原来，柏杨在逃离到台湾之前，已有过两次婚姻，各自生有一女，这就是今日一位姓郭、来自家乡河南，另一位姓崔、来自西安的两位大陆女儿。两位对父亲的称呼有异，是因为不同生长环境，不同母亲的影响吧！

我顺理成章地成为柏杨的第五任妻子，有时朋友会问我，事后才发现柏杨原来有那么多老婆，当初却瞒着你，你会不会懊恼生气？我总是摇摇头，心里想：我已领悟到人生的顺序，在这件事上，根本没有懊恼生气的时间和空间,当柏杨在生死存亡之际,在妻离子散之间,我还有什么余暇懊恼生气?

如今,这句"妻子们",给这出悲剧一个喜剧收场,我愿意加一个尾声:西方人有一则调侃婚姻的笑话,说:结一次婚的人是傻子,结两次婚的人是疯子,结三次婚的人是可怜虫。这个笑话当然有不同的文化背景。中国人在过去的历史中,颠沛流离,需要有多强韧的生命力,才能重建破碎的人生?婚姻次数越多的人,重建力应该也愈大,因此,这个故事才能以喜剧终结。而今天我们面对这样一个升平的世界,中西方的差距缩小了。假如有一天,柏杨要娶第六位妻子,我大概就会用这句话献给他:柏杨,你真是个既傻又疯的可怜人!

一桩中外姻缘

回想起来，那是很多年前的事了……

女儿碧心，个性活泼、独立，一向对人、对事都有自己的看法，读大众传播系的她，大学毕业之后，决定先去自助旅行一趟，目的地是东南亚。我没有意见，只有祝福她一路平安，收获丰硕。

谁知她一去好几个月，似乎有一点乐不知返，正有一点着急，她到底什么时候回来面对现实生活呀！却在这时频频接到她的长途电话，她在那一头愉悦地告诉我，她在异国平安，而且人缘很好，目前认识了两个对她很殷勤的外国人，其一经济条件很好，另一位是工程技术人员，学有专攻。她并没有征询我的意见，我也有意让她自己观察和选择。

事情继续发展下去，终于有一天她告诉我，她选择了第二位，是德国籍的工程师，而且说很快她就要带这位德国男朋友来台湾见我了，我心中一惊，却也说不出什么意见来。心想，那就见了面再说吧！"他"后来就变成了我的女婿。

见面的日子来了，我心中十分紧张，忐忑不安，真是很难想象，那会是个什么样的局面。女儿虽然没有明说，但我心里明白，这一面具有要我认可的意思。

一个晚上，匆匆吃完晚餐，等候贵客来临。"叮咚"……开门一看，哇！一个高大个子、碧眼金发的老外就在我的面前。开场白表过，他竟单刀直入告诉我，他想跟我女儿结婚。他提亲我并不觉得意外，只是没想到这么快，不过意外的事还在下面，他说，为了跟我女儿结婚，他打算离开现在工作的所在地——尼泊尔，他想来台湾和我女儿定居若干年。我一听，吓了一大跳，这个人可真的是德国派驻在尼泊尔的工程师吗？会不会是无业游民，想借机来台湾娶个女人、混口饭吃呢？而我又怎么有能力帮这个对中国语文一窍不通的老外，在台湾找工作呢？而且是什么理由让他放弃收入稳定、福利完善的现成工作，要跑到人地生疏的台湾来另闯天下呢？

我真的整个人吓呆了，愣在那儿不知所应，支吾地说："请你说明给我听听。"于是他把他的思考坦诚地裸露在我面前。"……异国姻缘，在彼此年轻的时候不成问题，年纪大了之后，文化差异会造成婚姻生活里面的隔阂，所以我想到台湾来多了解一下中国文化,熟悉一点中国人的生活方式,这样我们年老时才不至于渐行渐远……人老了适应力一定会降低的。"

他看我一时没有反应,又接着说:"如果碧心马上跟我到西方(中南美是他下一个工作地点),完全由她来适应我,而我对中国文化毫无了解,这对我们的婚姻是一个负数……我会找到一份工作,而且会考虑碧心的兴趣,我会在台湾发展出一份生意来的。"这时,我何止是动容,简直已经是动心了。

后来,他们果然在台湾定居了十年,离开时,把他们发展出来的复制名画所有版权,转移给台北一家非常知名的书店经营。

现在他们带着一双我可爱的外孙女尚亚、孙儿维克,定居在德国波昂。

我从来没有想到,一个男人会这么贴心,用这样的思维来考虑如何维持他的婚姻。

女儿的长途电话
——从张良维老师学"太极导引"

　　前年下半年，一场莫名其妙的感染，使我暴发了严重的肺炎。住院疗养两个月，出院后，奄奄一息，气若游丝。远在德国波昂居住的女儿碧心，急得不得了，匆匆回来看过我一次，但，为了照料在德国的孙儿孙女，又不得不赶回去，从此不断打电话来询问我的健康情形。

　　今年初，我的身体大有起色，每次我都在电话中向她描述我复健的经过——认识一位太极导引的张良维老师。我把第一次上课之后，身体豁然开朗，大有进步的情形说给我的女儿听，又把我每周从练习一次，增加为两次的决定告诉她。女儿在电话那头听得啧啧称奇。因为，她知道她这位老妈的一向生活习惯，不但从来不做运动，对所有的肢体活动，从小就不感兴趣。现在不但女儿称奇，家人、朋友，也都密切注意我的改造和进步。我由举步维艰，到行走自如，如今能漫步人烟稠密的市区，不觉得异状，也不再呼吸重浊、疲惫难耐——我这状态在出院以后，还持续了一段很长的时间。现在，我已可以恢复正常工作。这种好转，全要归功张老师太极导引的指引。他仅仅教我开合、旋转、延伸、绞转四个基本动作，简单而柔软，既活泼灵动，又优美自然，让我们学起来轻松而又成就非凡。说一句真心话，一开始让我肯一而再、再而三去练习的重要因素之一，是张老师这个人温文儒雅的气质，和他肢体语言的优美，鼓励了我。我心想：就算我未必跟得上他的每一个动作，也愿意把他当作一个有深度的舞者来欣赏。何况，在身体的康复上有这么显著的效果。

我这一生，只有急得满头大汗的时候，从没有因为运动而使我出汗的经验。大多数时候，我都维持"静态"状况，我最大的能耐是能整个下午像猫一样，蜷在沙发椅上。如今，跟张老师做一两个动作，立刻可以收到运动出汗的效果，让我觉得十分有成就感，也是促成我一来再来的原因。

我渐渐体悟，张老师灵活的突破传统太极制式僵硬的"太极导引术"，有层次的由浅到深的教学方式，由外表肢体的优美，逐渐深入体内的教学，尤其使我领会身体内器官因呼吸引起的变化，和我住院时接受西医的复健，对身体的里外有一种深刻的体认。我开始从养生体悟到中国的"精深"，和西方"皮相"的差异，或者说它们是两个完全不相同的体系。

现在女儿仍不断打电话来，不过，她的电话已不再着急地追问我的身体状态，倒是一向喜欢从事文化、艺术交流的她，开始有了新的目标，她要我收集张老师的资料，她要把张良维的"太极导引"，介绍到西方去。她认为让西方人看看，这个把她妈妈调养好的人，所表现出来的中国"功夫"，能给西方人带来什么冲击。

台静农老师的两幅字

偶然在拍卖网站上,看到台静农老师的一幅字,写的是民初奚燕子的一首诗:

昔从姑射见神仙,绰约肤如冰雪妍。忽放芙蓉金镜底,隔帷香满凤奁烟。斗草花房赌玉环,水精帘卷珮珊珊。张翠自有雕龙管,斜对菱花画远山。红桂开时换紫绡,钿车声过赤阑桥。月中更按霓裳曲,台上齐吹碧玉箫。

这首诗写成一幅立轴,人民币两万起标,现在已经喊价到六万余,心头不免一震。因为同样一幅字我也有一幅,一直为我所珍藏;不过拍卖会上的这幅是有上、下款的,我的却只有下款,没有上款。这背后有一段往事:

读大学的时候,我读的是台湾师范大学,而我的家正位于师范大学和台湾大学之间几乎等距离的地方,因此常常得以穿梭在两所大学之间听课。台静农老师那时是台大中文系主任，开的课是中国文学史，那是我必定要挤进台大文学院教室去旁听的课程之一。台老师的课很热门，我往往在师大上到第二堂，趁着下课十分钟之便，骑着脚踏车，穿过狭窄的温州街，疾驰到台大校园，在车棚里把车随便一靠，就匆匆地挤进台老师上课的教室。可是，课堂早就挤满了本科以及其他科系的旁听生，我往往都只有敬陪末座的份，或者倚在门边，甚至是末排的窗台上听课。

五十年前，电脑还没有起步，文学院系布告栏上的信息，有时是师长亲手的笔迹。有一回下课，我看到布告栏前有一堆学生在争吵，争着要把一份过期的布告撕下来，其中有一位坚持说那份布告是他先发现过期的，所以撕下来后理应属于自己，另一位也不甘示弱。原来这布告就是台老师的手笔。

我有幸从旁听的私塾弟子，进而到能够登门求教。我曾数度去拜谒他，都因为台老师和煦如春风的长者风范，给了我无限的鼓舞。我甚至还大胆地向他求字，台老师也慷慨地一口答应。到了去取字的那天，一进门，台老师脸色低沉，告诉我："今天不能给你了，因为我写得不好，写歪了。"然后，拿出了一张上面说的民初奚燕子的那首诗给我看，他说："你改天再来拿，我给你重写一幅。"说着，他指指案前那张他所谓"写得不好"的字，并且顺手就把它撇在地上。我急忙蹲下来把它拾起,着急地说:"不妨事的,就这张给我。"这张字果然是有点歪,可是我小心翼翼地捧着它,眼泪激动得几乎要流下来。

后来台老师果然守约,又给我写了一幅"元好问论诗"绝句中的三首,并且题了上、下款送我。我的感激和感动,就不可言喻了。元好问的"论诗"绝句中的三首如下:

曹刘坐啸虎生风,四海无人角两雄。可惜并州刘越石,不教横槊建安中。(之二)

邺下风流在晋多,壮怀犹见缺壶歌。风云若恨张华少,温李新声奈若何。(之三)

一语天然万古新,豪华落尽见真淳。南窗白日羲皇上,未害渊明是晋人。(之四)

所以,我才意外地拥有了台老师两幅字。后来我把写奚燕子诗的那幅,拿到裱画店,请师傅帮我动点脑筋。其实,只要裁纸的时候调整一下,几乎看不出歪斜的瑕疵。我把两幅字裱装好,拿回来悬挂在家中我最喜欢的位置,现在在家里几乎走几步、拐个弯,就可以看到雍容宽厚的台老师。

晚上的饭局

  猝然接到德刚先生辞世的电话,虽然并不意外,但手持听筒的我仍然沉默了半晌。因为德刚先生和柏杨同年,都属猴,去年(二〇〇八)柏杨过世,而德刚先生也频传中风,所以我心里多少都有准备。

  一九八一年的秋天,我正浸淫在阅读一本文情并茂的书——《胡适杂忆》里,有个下午,柏杨进门拉大了嗓门说,晚上有饭局,有唐德刚先生……我一听喜出望外,那不就是我正心仪的《胡》书的作者嘛。傍晚兴冲冲地出门赴宴,果然满载而归,那是我们第一次晤面。不久之后,我写了一篇小文《八仙过海谈新诗》登在"中时"副刊上。记得当时我执笔受到德刚先生波涛汹涌的思潮鼓舞,心情十分活泼,他旁征博引、厚实而又风趣的言谈,精辟入里谈新诗的论点,至今都还深深地印在我的脑海中。

  当晚,我拿出了正在阅读的《胡适杂忆》请德刚先生落款,心中何尝不曾兴起一种因仰慕而希望博得他注意自己的念头！

依稀记得那时候有位文坛前辈苏雪林女士，也读到德刚先生的这本大作《胡适杂忆》，却和我读后的感动有南辕北辙的反应。她认为德刚先生把自己的老师胡适，描写成生活窘困、流离异乡的情境，甚至《杂忆》一书里，把胡适老师比喻做"惶惶如丧家之犬"，实在是大不敬。

中学时候我曾经读过苏雪林的《绿天》散文集，心中曾对她油然升起浓厚的仰慕之情。现在看到她对德刚先生《杂忆》一书的评价，不免大吃一惊，心中忖度这下子德刚先生要怎么回应才好呢。

不久，德刚先生委婉为文表明自己一贯尊师（胡适）的心，对于苏雪林女士，他只恭谨地说了一句话：年长而能盛怒是寿征。果不其然，苏雪林女士最后以一〇三岁高寿辞世。而德刚先生处世不拂逆长者的态度，也给了我很深刻的印象。

第二件和德刚先生交往过程中，又有一桩和诗相关的"事"。其实这关系一个"人"——诗人。那年代柏杨正忙着伏案翻译《通鉴》，我就充当我们家的礼宾司司长，每逢贵客驾临，都由我一个人招待，柏杨窝在书房里赶稿。我常常安排三五好友围着贵宾欢聚，德刚先生一向温暖热情，对年轻晚辈不但没有身段，只是一派天真的体贴。这场晚餐中，他忽然问起台湾诗坛是否有位安徽老乡，我马上想起确实有那么一位。他突然兴高采烈地说：把他约出来我们见面聊聊。半碗饭时间，安徽诗人出现了，加入饭局，相见之后，诗人突然提出一个问题：你写过书吗？写什么书？一时我这个东道主，真是又急又窘，不知所对。这个晚上，德刚先生仍然谈兴很高，从胡适在美的生活琐事谈到张学良恢复自由身之后的纽约行。听到德刚先生行云流水又闲话家常式的谈吐，不难领会到他写李宗仁和胡适口述历史功力的深厚。

"安徽诗人"的疑问自然没有人有兴趣去答复。至于《八仙》小文登出后，则有一位诗坛上祭酒型的诗人写过一篇文章，对德刚先生谈诗的意见，语意严厉地回应。这样一位学贯中西、出入古今、热情澎湃的学者，在我面前和"诗"交错，都扞格不入。我只有深深警惕自己以后要把这些神经脆弱的诗人朋友和博学鸿儒的学问家拉开一段距离才好。

他最后一次在我家用膳，餐毕之后一个人坐在窗前，我发现他默然无声，原来他低下头来，在藤椅上睡着了，回忆一九八一年《八仙过海》的餐叙，结束之后他还邀我们继续谈，去吃宵夜，而此时他却低头默睡，我第一次发现他苍老了。

如今,德刚先生去了,我不能再和他谈现代画、古根海姆的画廊,当然,更不用和他谈诗和诗人了。

芒鞋破钵无人识[1]
——孤独国周梦蝶不孤独

今年（二〇一四），春雨方歇，时序进入五月第一个日子，一早发现台湾的各个媒体用特大的标题登出了一则新闻：诗人周梦蝶辞世，享年九十四……我放下报纸倚在窗前，望见园中那株几天前还盛开的蔷薇，今晨竟落英遍地了。

台北商务印书馆，街道两旁密密麻麻开设着各式各样的书店。逛书店、闻书香，是台北文化人生活很重要的节目。就在这条长街中间，横岔出一条侧路——武昌街，有一家由俄罗斯人开的面包店"明星"，一楼专卖西点面包，二、三楼是咖啡馆，最具特色的是它那装潢风味不同于一般店家的廊柱下，有位干干瘦瘦的男子在摆书摊，书摊的主人就是当时已颇有文名的诗人周梦蝶。就这样，二十世纪六十年代，台湾在她蛰伏而幽闭的世界里——那时是戒严时期，外来资讯几近被阻绝，而另一方面，经过从大陆

---

[1] 苏曼殊《本事诗》："春雨楼头尺八箫，何时归看浙江潮？芒鞋破钵无人识，踏过樱花第几桥。"

退守到台湾二十年的休养生息,岛的生命力已蓄积到一定的饱和,一颗小小的露珠,晶莹剔透,就会折射出万丈光芒,周梦蝶诗人藏身在台湾的文艺复兴萌芽前,他是市廛中一颗十足熠熠发光的明星!

何以会把他和文艺复兴气息相连接,要从周梦蝶诗人摆卖书的地理位置分析说起,诗人书摊方圆一公里之内,全是当年(或早年)具有权势,金融与文化制高的建筑物:重庆南路上有自日据时代到今天都仍是最高权位的"总统"府(当年总督府),有最大金库的台湾银行,其东是文化蕴藏深厚的台湾第一所博物馆,对面是竖起希腊神殿式八根宏伟柱的土地银行,北有古朴又气派的台北火车站,对街是最具规模的台大医学附设医院……这些巍峨的建筑物全是日据时代建筑完成的,而且一律采用欧洲古典巴洛克风格,诗人的书摊就身在其中。但他特立独行,完全无视于附近任何一摊生意的蓬勃与兴隆——其实每一个摊位的牌照已价值不菲,别人的书摊都经营得五花八门,卖的东西包罗万象,唯独诗人的书摊例外,他永远只卖封皮破损、纸张陈旧的冷门诗集、文史、哲学一类书籍。因为诗人的心老早穿梭过宏伟又高耸的梁柱,他抬头看着飞鸟在上面筑巢或喂食雏鸟,他的灵魂终日徘徊在博物馆的廊柱间,浏览着绿树成荫、花叶扶疏的台北市新公园……这么超凡脱俗的环境，诗人的耳朵也老早飞到公园里那个设有贝壳形舞台的露天音乐厅，他倾听着飞鸟向青空放歌去了！对营生本来就缺乏兴趣的诗人周梦蝶，难怪对书摊生意的经营会愈发一天打鱼三天晒网了啊！

　　造成诗人不事生产还有另一项重要因素，是他往来的全都是一些"清谈误国"的文士，平日多靠煮字疗饥维生，有固定的上下班时间。而饮茶喝咖啡的消费又列不入文人寒士的生活预算里（正确的，那年头咖啡还没有普遍登陆台湾），登堂入室上二、三楼喝明星的咖啡简直是奢侈的败家行径，所以到武昌街找明星咖啡馆门口的诗人聊天，就成了最实惠又风雅的时尚。经常见到三两个人坐在明星咖啡廊前，围住诗人谈诗说艺论"红楼"……不知觉间常常一抬头才发现天色已暮——这幕景象十足是台北当年的文化风景！少了这一块，那年头的台北文化拼图就不算完整。

　　下面一首《孤峰顶上》是我认为诗人一生的力作，笔力坚厚饱满，意境高远卓，很能代表诗人一生的坚持和苦行修炼的功夫。

孤峰顶上

恍如自流变中蝉蜕而进入永恒

那种孤危与悚栗的欣喜!
仿有只伸自地下的天手
将你高高举起以宝莲千叶
盈耳是冷冷袭人的天籁。
掷八万四千恒河沙劫于一弹指!
静寂啊,血脉里奔流着你
当第一瓣雪花与第一声春雷
将你的浑沌点醒——眼花耳热
你的心遂缤纷为千树蝴蝶。
向水上吟诵你的名字
向风里描摹你的踪迹;
贝壳是耳,织草是眉发
你的呼吸是浩瀚的江流
震摇今古,吞吐日夜。
每一条路都指向最初!
在水源尽头。只要你足尖轻轻一点
便有冷泉千尺自你行处
醍醐般涌发。且无须掬饮
你颜已酡,心已洞开。
而在春雨与翡翠楼外
青山正以白发数说死亡;

数说含泪的金檀木花

和拈花人，以及蝴蝶

自新埋的棺盖下冉冉飞起的。

踏破二十四桥的月色

顿悟铁鞋是最盲目的蠢物！

而所有的夜都咸

所有路边的李都苦

不敢回顾：触目是斑斑刺心的蒺藜。

恰似在驴背上追逐驴子

你日夜追逐着自己的影子，

直到眉上的虹采于一瞬间

寸寸断落成灰，你才惊见

有一颗顶珠藏在你发里。

从此昨日的街衢：昨夜的星斗

那喧嚣，那难忘的清寂

都忽然发现自己似的

发现了你。像你与你异地重逢

在梦中，劫后的三生。

烈风雷雨魑魅魍魉之夜

合欢花与含羞草喁喁私语之夜

是谁以狰狞而温柔的矛盾磨折你？

虽然你的坐姿比彻悟还冷
比覆载你的虚空还厚而大且高……
没有惊怖，也没有颠倒
一番花谢又是一番花开。
想六十年后你自孤峰顶上坐起
看峰之下，之上之前之左右。
簇拥着一片灯海——每盏灯里有你。

任谁读了这首诗都会冷然又肃然，就像自己正站立在高高的孤峰顶上屏气凝神万念俱集，不敢出一口大气一样！

那时我正在师大面临毕业读大四，同系中有位好友"连"因为住在诗人书摊的附近，上学前常绕到书摊上邀诗人周梦蝶一起去旁听一堂热门的哲学课，反正他经常都把书晾在地上，跟朋友四处漫游！那天，我也正要出门去上课，忽然接到"连"气急败坏打给我的一个电话，她告诉我她再也不去上这门课了。我问她发生了什么事，她说她刚接到另一个同学的口讯，原来周公（那时我们都背地里称呼他"周公"）托人问"连"到底对他存什么意思！后来我目睹"连"斥责诗人周梦蝶的那一幕，"连"瞪起杏眼："有什么意思？有什么意思？你自己说呀！自己丢脸也就算了，还到我的同学那边去！"周诗人的脸上顿时一块青一块白，好不难堪！事隔多年之后，我们听到另一个笑话，那是另一位女诗人在远渡重洋赴美留学之前，周诗人这回果然不托他人而亲自表白，他直截了当地问："你愿不愿意嫁给我？"答案是："神经病！"我们只好叹一口气：诗人对现实生活的了解实在是太"超现实"了！

最初刚认识诗人周梦蝶时，就听他常引用佛家经典，我很自然地把他和民国初年数度出家又还俗的苏曼殊联想在一起，苏有首缠绵的《本事诗》："乌舍凌波肌似雪，亲持红叶索题诗。还卿一钵无情泪，恨不相逢未剃时！"既而知道周诗人本名周起述，自取笔名梦蝶，颇见向往庄生了悟生死的大智大慧之意，油然生出崇仰之心。有时我们几个人在周诗人书摊摆龙门阵，忽然来了一位十八九岁的女大学生左呼右唤叫他梦蝶！梦蝶！……霎时，我们像是看见一只彩色斑斓的彩蝶在嫩黄的花蕊间翩翩飞舞……而现在，山谷中空留蝶痕，周诗人显然是去和天上的庄生论道去了！

小白花与雏菊
——写在聂华苓九秩诞辰之前

到今年,距离我参加安格尔、聂华苓夫妇在美国主办的"爱荷华国际作家工作坊"已整整三十年。回忆前尘,像电影迅速倒带,重新看一遍,影像仍清晰如昨。有些甚至久久停格在那里,令我低迴。那是一九八四年,一个夏末秋初的黄昏,我从旧金山和柏杨一起搭乘美国国内的小型飞机,飞抵爱荷华。这虽然不是我头一次赴美,不过来到美国中部这个遐迩闻名的爱荷华城,却另有一番兴奋。飞机着地后,从机舱走下来,没有经过空桥,需要用步行走到验关室。这和以往在美国东西两岸大城市下机的情形大不相同,尤其步出机舱扑鼻而来一股浓厚的农作物和牲畜混杂在一起的气味,真着实令你大吃一惊,让你以为你来到的是一个刚刚收割过后的玉米田,满山遍野的牛羊、家家都是养猪户的富饶农庄,哪里像人文荟聚国际作家都向往的大学城呢?

离开机场一路上接我们的车子果然经过两边都种植作

物的田野。这时夕阳已西斜,暮色四起,那景色令我联想到梵高一系列麦田的画作,不过这时耳畔却响起了聂华苓和柏杨特有的中国人的喧哗谈笑声——他们俩真是阔别重逢了!而我,则乍见到我大学时代读过的《一朵小白花》(聂华苓的成名处女著)的作者,我心仪的小白花如今已变成一株雏菊。

从一九六七年以来,美国诗人保罗·安格尔与聂华苓夫妇齐心合力经营的"国际作家写作工作坊",不但使爱荷华大学蜚声国际,使全世界被邀请过的作家、诗人、记者等文字工作者,都有一段丰盛的生活体验。同时,留在爱荷华三个月间,不但交通、住宿、膳食、旅游……全部费用都由"工作坊"提供,"工作坊"对你却一无所求。你唯一的义务就是展示一次自己的作品,无论是演讲、朗读、读自己几首诗、播放一场自己作品的电影都悉听尊便。简单地说,就是完全不拘形式,"工作坊"对你不加任何限定。甚至在三个月中,你天天闭门谢客,对别的作家不理不睬,也不参加活动,整天躲在自己的屋里埋头写作或倒头做春秋大梦,也没有人干涉你,换句话说,"工作坊"提供给创作者绝对的自由,是她最基本的精神。

作家们被安排住在爱荷华大学的学生宿舍"五月花"里。我们受邀那一年大约有三四十名,分居"五月花"的两层楼。我的邻室是波兰的翻译家爱娃，两家共用一个厨房。来自大陆的作家谌容、徐迟也在我们的邻近。有些受邀的作家是夫妇同行，像柏杨和我，各占室内的两张单人床。如果是独自一人应邀，则一人一室如爱娃、谌容、徐迟，等等。

第一晚的欢迎会上，爬了一段小山坡抵达安格尔和华苓家前，远远就听到音乐和喧闹声，来自世界各方的作家，不分老、中、青这时全集合到这间大屋子里来！我忽然发现大家都变成了一群"孩子"，一只手端着酒杯，另一只手拿着自助餐盘里的食物，有的咿咿哇哇唱歌，有的比手画脚，用自己的语言和对方交谈。我定了一定神，才发现这些作家有从瑞典、冰岛、法国、英国、德国（那时还分东、西德）、比利时、波兰、以色列、巴勒斯坦……来的，也有从千里达[①]、巴西、南非、利比里亚，亚洲则有日本、韩国、菲律宾、新加坡、中国大陆和台湾地区……

头一次看到这个场面，就让我惊叹华苓夫妇惊人的活动能量。记得那时代还不流行禁烟，这一批"孩子"，除了喝酒，烟瘾也很大，很少人例外，那晚华苓家的场景人声、音乐声，混杂着笑声，在一片烟雾袅袅中缭绕，这景象今天只有在老式电影的酒吧间才见得到。

---

① 指特立尼达和多巴哥共和国。

这时,坐在沙发上的徐迟突然站起来,走到柏杨跟前,皱着眉,使劲地拉着柏杨的衣袖说:"走!走走走,我们离开这里!我们走。"柏杨惊讶地不知所措。旁边的谌容只是一个劲地抽烟。徐迟拉着柏杨,坚持柏杨和他一起离开,我们拗不过他,都莫名其妙地跟着站起来,穿过人群跟他走向门的方向。突然我说:"我不回去,我觉得这里挺好玩。"说着谌容也跑回原座位。她,点上了另一支烟。

　　因为当地华人餐厅老板斐老先生借我使用一部车子,我顿时成了新贵。许多作家都会搭我的便车上街购物,买烟酒、日用品等。谌容立刻向我说:"小香——后来她一直这样称呼我——你明天载我去买点名牌化妆品。我可不像别人那样,我买得起。""我不懂什么是名牌。"我吃惊地望着她嗫嚅着。"那你用的是什么牌子的口红?"她追问。"我在超市里买的。有颜色就行了。"我含糊其辞,心中忖度着这样应对不晓得是否合适。

　　在厨房里难得遇到爱娃,这一天餐桌上遇见她正拿一支小匙在挖半个不知名的水果,桌上还有一小瓶胡椒和盐。我问她那是什么水果?她开始向我介绍"酪梨"的营养价值。我用中国人的饮食习惯问她:"你吃过午餐了吗?""这就是我的午餐。"她又说:"美国的超市食物太多了!我简直不知如何下手购买,我们波兰可没那么多食物，我习惯吃得很简单……"我明白过来，已经中年的爱娃为什么还这样苗条，骨感很好，简直没有一寸赘肉。有一次她告诉我她英翻波译过谌容的《人到中年》。

"是呵，很有独立批判性，是吧！"我有点兴奋。我以为《人到中年》是当年很成功的作品，对"文革"有深入而动人的批评。而近世以来，波兰夹在俄德两强之间屡遭瓜分，命运坎坷，爱娃对时局的感觉特别敏锐，她用一双清澈的大眼睛很知性地看着我说：

"那不是'独立批判'而是在'执行''文革'之后党的新政策！我来自波兰，这一套我太熟悉了。"爱娃轻松地给我上了一堂课。从这里我也了解到安格尔和华苓如何用心地安排这些受邀的对象。

在爱荷华的日子，柏杨因为要赶"通鉴"白话翻译的稿子，大部分时间伏案疾书（那时还不兴用电脑，其实柏杨终其一生都用手写），我则忙着帮他查资料、跑邮局寄稿子，或领取台湾助理寄来的资料等杂务，兼作厨师和司机。暇时，我便趁此机会和能用英文沟通的文友多交谈。三个月之后回到台湾，我出版了《早缔良缘》（收录我访问过的作家）和结集出版了一本诗集《爱荷华诗抄》。一九九〇年代我开始展开了近东和东欧的文化之旅，我不止一次地进出以色列、巴勒斯坦、波兰、捷克、斯洛伐克、罗马尼亚和战争中的南斯拉夫。在几乎没有背景支援下，我推动了不少国与国间的翻译工作。回顾这一切，都可以追溯到在爱荷华的日子，她的播种、萌芽和灌溉。

当时我工作的密度很大，有一个原因要特别感谢华苓夫妇。因为他们家总是三天一小宴、五天一大宴，邀我们去她家做客吃饭，尤其只要有美国东、西两岸的华人文化朋友，甚至中国政界的要人来访，她都把"五月花"里两岸的中国人全邀过去聚餐，还真省去了我买菜下厨的劳累。他们家饭菜准备上桌之后，安格尔总是跑到廊前敲响那个悬挂着的大钟，用他仅会的一句中国话，拉长了嗓门大声喊："吃饭啰！"于是大伙儿中国人就笑着一哄而上餐桌。

八十年代后，安格尔退休由华苓独立领导这个"工作坊"，数十年来，她为两岸的华人作家筹款、邀约，竭尽心力，却因为牵涉到"自由中国"雷震案，一直被台湾当局列在黑名单上，不能回台。这时，柏杨就向当时的台湾新闻局长宋楚瑜力争，终于松绑，获准回台。

我时常推想，安格尔夫妇当初设立"爱荷华国际作家写作工作坊"有一大半的动机是安格尔为华苓的两岸中国文友而开创的。那个时候，两岸都处在严峻的时代，（就在这三个月间，有一天我们接到一个电话，朋友告诉我们在西岸的旧金山，文化人江南在自家车库遭到枪杀，三枪毙命，令人惊悚莫名。）那个时代无论大陆或台湾，没有强而有力的邀约，出国谈何容易。这个"工作坊"对两岸的文化工作者而言，是一个可以仰望得到七色彩虹的窗口，让这些本来应该自由挥洒的创作者，暂时走出紧闭的国门，出来呼吸一下外面的空气，看一看这个颜色斑斓的多元世界。

后记

九十年代邓小平打开大陆门户，蒋经国开放赴大陆探亲，两岸开始来往频繁。有一次，我在深圳企业家招待诗人的晚会上遇到徐迟，他坐在舞池旁边看到我开心极了！马上把我邀过来告诉我："你回去一定要告诉柏杨，他们现在给我装了两套'松下'，我家现在有了'IDD'。"我不解地看着这位满脸笑容的老人，诧异地问："什么是'松下'？""空调啊。"他答。"IDD呢？""自动拨接的国际电话，"他又说，然后指着自己身上的棉袄："这是我让他们给我做的。"我望着他那件银灰色的锦缎，上面绣了工整的提花……"你一定要告诉柏杨呵……"他强调。

又一次艺文活动，我遇到谌容，她告诉我："我下海了！""？"我望着她，她接着说："我成立了影视公司，玩玩儿嘛！"她还是一派豪迈与潇洒。我间或听说她有个儿子对拍电影很有才华。又过了一两年，我又听说她儿子拍电影出了意外，死了，我怦然心惊，也无限惋惜。

有一年冬天，我在贝尔格莱德朋友的家，一个大陆的文友告诉我徐迟跳楼自杀了！我吃惊得说不出话来了，背过身去望向窗外，是一个白茫茫的大雪天。也许是身处异境，想到了近世以来中国知识分子的颠沛流离和坎坷苦难，我的泪默默地流下来了。

左岸的梅花
——我见过的蒋百里夫人蒋左梅女士

小时候，我真的可以称得上体弱多病。那时正好第二次世界大战结束，父亲带着我们一家人在中国南方几个城市——香港、澳门、广州迁徙，最后决定来台湾。就因为在每个城市居留的时间都不长，我也就没有正式上过学校。来到台北，总算安顿下来，父亲送我进台北的女师附小，直接从三年级读起。课业似乎没什么问题，可是读了一年，就生起病来，于是休学在家。因为我得了TB（肺结核，在那个年代还没有特效药，唯一治疗方法是营养和休息），TB的特征是咳嗽、体重减轻，每天午后体温就会升高，虽然热度不至于高攀直上，但却维持在三十八九度之间。直到晚上，体温才降回正常。小小年纪，离开了学校，没有了玩伴，家中只有一位身体与性情都不太健康的年轻继母。之外，还有一位只会讲台语的女佣。

我的日程是上午起床后，就跟着女佣东摸西摸，有时候到院子里去喂喂鸡，或者到前院去整理一下花圃，午饭之后,体温渐渐升高,我就回房去睡个午觉。其实我一点睡意都没有,只是接受大人的规定,不可以离开床铺。我通常把客厅里茶几下摆着的一本"大戏考"偷偷搬到床上来翻阅——那个年代很少看到报章杂志,儿童图书更属罕见。"大戏考"又重又大,常常一不小心就会失手滑落,把书页弄破了,更是让我提心吊胆的事。要不然,我就躺在床上,看墙缝里的蚂蚁搬家,看到那两列方向相反前进的蚁群,有条不紊地扛着比自己体积都大的食物,如饼干、糕点之类,送到对面的缝里。两队蚂蚁迎面相碰,还会一个一个交头接耳一下,很像在传递讯息。多可惜呀,我都听不见它们交换信息的内容,这,就是我那些无眠的下午,引以为快乐的事。

这样的休养生活,其实心情是很郁闷的,因为我没有别的兄弟姊妹,邻居的小朋友上课去了,我只好独自一人闷闷不乐地待在家中。倒是家里来了客人,成了我日常生活中最新鲜的节目。我总是静静地坐在客厅的一角,听大人们的闲聊。那应该是我九岁时候的事。

有一天来了两个父亲的朋友,他们谈得特别兴奋,他们谈起下个月有一位"师母"要来台湾小住,父亲就断断续续说起他年轻时候的往事。原来父亲有一位恩师——蒋百里先生,曾在父亲年轻时资助过他赴日本早稻田大学就读。现在蒋老师已过世多年，师母一个人来台，同学们一起商量要如何款待这位师母。这个下午，我也从父亲与同学们的谈话中，第一次听到这位大人物蒋百里的生平故事：蒋百里是浙江硖石人（与年轻他十五岁的徐志摩是为同乡），时值民国初年，蒋百里先后留学日本、德国修习军事，成为一位杰出的军事家。他有理想、有热情，更有远见，曾经追随过袁世凯，因为袁想称帝，他便拂袖而去。又先后受聘于几位军阀，终因为他的理想与热情，和几位军阀如孙传芳、吴佩孚等人扞格不入，最后他与蔡锷合力讨袁，可惜蔡锷英年早逝。蒋百里著书立说，对于日本的侵华野心了解透彻，率先主张长期抗日，捍卫中华，这些观点在当时纷乱的世局中，成了洞烛先机的前瞻言论。

父亲平时，并不是一个激情澎湃、说起话来滔滔不绝的人，可是那天下午，我听到他谈起他的老师蒋百里先生，却不同于平时，他滔滔不绝，充满了孺慕之情。说到蒋先生在袁世凯还没起心动念称帝之前，他曾经接受袁的派任，担任保定士官学校校长。在一次朝会时，他集合全体师生训话，他说："我要你们做的事，你们必须办到。你们希望我做的事，我也必须办到。你们办不到，我责罚你们。现在看来，我未能尽责，你们要鼓起勇气担当中国未来的大任……"因为痛感于政治上因派系相争受到掣肘，使他无法履行对同学们的许诺，说到这里竟在朝会主席台上拔枪自尽。幸而，为他身后的卫士扑身拦阻，才没有射中要害。当时，袁世凯特别延请在日本公使馆任职的日籍医护人员佐藤屋子照料他的伤势。蒋先生最初死意甚坚，不肯配合治疗，后来经过佐藤屋子的劝说，劝他要以忍耐精神待变。佐藤屋子说："不能忍，又怎么能够成就救国救民的大业呢！"佐藤的话，不但扭转了蒋先生的心意，更在她温柔细心的照料下，激起了蒋先生对佐藤的爱慕之情。

环顾当时的时局，这段中日的爱情曾引发不少议论的波澜，佐藤小姐的双亲更是反对。最后，蒋先生寄了一封信给佐藤小姐，里面夹着一把刀，信中他告诉佐藤小姐："我的命是你帮我捡回来的，如果你不肯嫁给我，那么就请你用这把刀，把我的命收回去吧！"蒋先生又亲自到日本去拜见佐藤小姐的双亲，直接向他们提出婚事。佐藤父母终于感受到这位中国青年的诚挚，最后答应了婚事。佐藤嫁作蒋百里夫人后，从此改名蒋左梅，他们在蒋百里的家乡买了一块地种下两百棵梅花，准备晚年在家乡终老。蒋左梅从此一心一意做中国人妇，先后生育了五个女儿（其中一女早逝）。她在家中，从来不用日语和家人交谈，因为她认为日本对中国的侵略是日本的军阀在作祟，二次大战中，她带着四个女儿，一直为中国前线的军人缝制棉衣，热心于后援救灾的工作……这是我九岁的年纪，人生第一遭听到一桩最感动人的铁血柔情的故事。

几天之后的一个下午，我听到父亲拉开日本宿舍的木门，父亲带着他的"师母"来到家中，正好那时玄关站着女佣两岁大的孙女，张着大嘴嚎啕大哭，"师母"连忙放下手中的东西，俯身下去抱她。我在卧房里听到了声音，赶快跑出来，一看之下大吃一惊，因为我想象中，这位"师母"已年近六十——那个年代，一般六十岁的妇人早已是个老太太的模样，而眼前这位"师母"完全没有办法和"老"字相连一起。尤其是她抱起孩子来，那充满慈爱的表情，完全不在乎自己整齐的衣装会被孩子横流的涕泗弄脏弄皱，就把她搂在怀中抱进客厅。这时女佣赶紧从厨房跑到客厅来带孙女，情急之下，她竟用日语连声道歉（那个年代，受过日本教育的台湾人，发言时常会夹杂着日本话），"师母"也就用日语连连安慰女佣，并且称小孙女真是"卡哇伊"。

我看不出"师母"有没有施脂粉，但是，我确实知道她涂了暗红豆沙色的口红，和她纤纤玉手的蔻丹是同一个颜色（蔻丹——指甲油，在那个年代的台湾，简直是稀有的珍品）。"师母"说起话来轻声细语又字正腔圆，完全听不出来她是个日本人。这时爸爸连忙牵过我的手，叫我向她一鞠躬,让我称呼她一声太师母。我当下有一个醒悟,女人到了六十岁,还可以有这样的姿容,我老的时候,也一定要拿太师母做我的榜样。那一年一九四八,我九岁,是我有生以来第一次注意到容貌的意义。

翌年(一九四九),太师母原定这次要来台湾选择一个地方定居下来。可是这一年,时局起了很大的变化,两岸的来往突然中断,父亲终于没有机会再陪"师母"到处找房子,而且从此就断了音讯。同一年,我们举家离开了台北,定居在Y城,又过了一些时日,我的身体在链霉素的医疗下有了长足的进步,我也跳过了四年级,直接就读女子国小的五年级,暂时告别了我体弱多病的幼年。回想一九四八年,我唯一一次见到太师母,其实也是最后一次见到她,却成了一个很深刻的记忆,牢牢烙印在我心头。

上面故事的六十年之后,我开始用电脑追踪许多被中断的历史故事,我找到了蒋先生和太师母学音乐有成的女儿"蒋英"和她的夫婿"钱学森"——中国导弹之父。他们放弃了在美国优渥的生活条件,一九五五年回到还没有启动现代航空科技的祖国,为中国写下航空科技的新纪元。不论时光的轮轴怎样飞逝地转动,蒋百里、蒋左梅、蒋英还有钱学森,他们的故事都会源远流长下去。

沉船的人
——写给亡友江南

世间的事，有时竟是这样的巧合，江南，你万万想不到，在我们到旧金山奠祭你，及探望你撒手留下的妻儿之后，我独自一人转赴凤凰城，作一周的勾留，而就在凤凰城，有件事情，使我触目惊心。

那一天，偶然走进一所名叫"杰克船长"的商店，店主和我搭讪，一抬头，看到墙上一幅巨大的壁画，画着一个掌舵手的雕像，尺寸跟真人一般大小，雕像下有一行字："纪念那些沉船的人！"（They that godown to the sea in ships,1623—1923）顿时，我愕然不知所措，整个人呆在那儿。店主见我表情异样，向我解释说：这壁画上那一座纪念像，坐落在波士顿附近一处叫格鲁斯特（Geouster）的海湾。听后，我坠入沉思，泫然欲泣。

记得吗？这就是你最早送给柏杨的一件礼物。那还是在一九七八年，当我们小心翼翼，打开你老远从旧金山寄来，沉重而厚实的包裹，看到的，就是跟这座一模一样，缩小的复制铜雕。只因体积缩小之后，上面的字看不到了，而你在附来的信中，把柏杨比做一个掌舵的舵手。我们当时真不知有多么感动。在那之前，你和我们从来没有见过面，和柏杨也是在他出狱后，才开始书信往返，但，你的礼物——掌舵的人，却清楚地让我们知道，在遥远的太平洋东岸，有个素不相识，而一直关怀我们的朋友——一个离开台湾多年，不得归来的中国人；一个维护人道，心系家园的中国人。

一九七九年，柏杨因为还不获准出境，所以我一个人只身赴美，你到机场来接我。我们虽素未谋面，但，一眼就彼此认出对方。你当时一跃而前，利落地帮我搬行李，健步如飞，一路上，我们像老友一般高谈阔论。你频频探问柏杨的现况。说到眉飞色舞处，好几回我提醒你要专心开车，你仰头哈哈大笑，笑声好开朗，好像天底下根本没有什么事可忧心，乌云随时可以扫净，旧金山的阳光永远明丽。

第二次见到你，是一九八一年，柏杨终于获准出境，我跟他同来参加在旧金山举行的第六届世界诗人大会。这回，我们夫妇仍住在你坐落湾区迪利市的家中。好几个夜晚，我们倾心相谈到深夜，你的豪情与磊落，一如初见。谈世事，论人物，话家常，你总是才思敏捷，谈吐痛快淋漓。和你相较，平常口无遮拦的柏杨，倒显得老成持重多了。因此，私下里，我们除了衷心喜欢你这位朋友之外，还用广东人的措辞，给你这个人一个独特的形容：生猛。

你热爱交友，住在交通要枢的旧金山，有很多结交朋友的机缘；你关心世事、关怀文化，无论大陆、台湾，哪一边来的文人墨客，你都迫不及待地结交。你曾说你绝非人人都招待，而当柏杨和我来访时，你就忍不住撂下渔人码头那爿生意兴隆的礼品店，亲自驱车，载我们到老远的名风景区，叫十七哩的地方，去游历终日。一路听你精彩的谈吐，传神的模仿表演，凡是认识你的，几乎无人不晓。我们除了被你逗笑得前俯后仰之外，更重要的是佩服你出语惊人的精辟言论，和你前后不改、言行相合、表里一致的作风。

我们处身的这个时代，是一个很少有人敢挺直脊梁，大声议论是非长短的时代；我们传统的观念里，有的是乱世中不臧否人物的保命哲学。这些一致被大家认同，既简单又聪明的道理，很少有人怀疑过，甚至还被人当作绝对的规范来遵从。好像不这样，便有失做人之道，就该被人唾弃、杀害，甚至投入地狱也不值得怜惜，我们宁可变成欺世媚俗的骗子，也不敢拥抱一颗执拗、热烈、坚吐真言的童心。江南，你爱家国、爱朋友，所以你也比别人更爱挑剔、爱议论。你是一个反对权威、否定盲从的人，而这些，正成为今日你虽死，却仍有人对你反感的原因，也成为你一死，就被别人用来伸张自己和打击异己的工具，因为这些人害怕不被认同，而另一些人急着需要被认同。其实，他们只是一体的两面。对自己没有信心的人，才喜欢把别人的优点说成缺点，把别人的可爱当作可憎与可怖，或者，用别人的悲伤来为自己的凉薄输血。

对大部分人而言，这是一个说话或做事都很为难的时代。你喜欢不留情面把自己的观点说个痛快。在往十七哩游历的途中，你看到打瞌睡的柏杨，便连连摇头，抨击他是一个："没有休闲生活的人！一天到晚跟人家讲不完话！"然后又叹气说："没办法！"我头一回在你家做客，为了一位多年老友的改变，闷闷不乐。你一把把我拉到渔人码头，教我一个人去看风景，说我死心眼，并且直截了当地说我这个人不行，你说："放不下，有什么用！"你不知道，有些事我需要花很长时间才能消化，你却毫不费力，两秒钟就把我要想许多年的道理讲尽，并且洋洋得意，还带点不屑。

一九八四年，我们第三次相见，兴奋地听到你即将回台一游的消息，正欢欣时势的转变和当局的成长；你也兴奋地告诉我们，《柏杨版资治通鉴》在大陆出版的消息，同时，你告诉我们有一笔不少的版税，你说："拿到了钱，教柏杨给你买部敞篷的车，头上扎条丝巾去兜风。"好像完全忘了现实。

那完全是你的心情，那才是你的作风。你从不讳言金钱的重要，更忍不住向我们展示你经营的商店，欣欣向荣的一套生意经。那些我们完全外行，却衷心羡慕你和欣赏你的本领。一个远走他乡的文化人，努力生财，作为自己能畅所欲言的凭借，就这一点，多少海外的中国人都办不到。他们往往不是顾此失彼，就是传统的书生本色，君子讳言利。只有你痛快地说："什么专家学人，我一听就知道他有多少收入。"这种传统读书人认为的铜臭说辞，真会教一些酸夫子瞠目结舌，羞与你为伍，可是，只有看到你如何以专家学者的姿态，教训那些购买昂贵礼品的外国顾客时，才会真正让人感觉中国书生也有出头用武之日！

你遇害的前两天，打电话到爱荷华，柏杨在电话里告诉你，他对于不能领取的版税，同意你把它捐出来做黄河大学奖学金之意见时，在电话中，可以听到你在那头雀跃欢呼的声音，你像一个自己得奖，乐不可支的孩子一样，立刻把这项消息，四处传播，你过世后，许多朋友还纷纷问起。现在，这件事却成了一桩不能完成的心愿。而就算是完成，你也不能分享其中的欢乐和满足了。

有一件事，你几乎伤害了我，你看到我病弱的身体就悄悄地告诉别的朋友们，说我："教人受不了！"当我质问你是否讲过这样的话，你立刻面红耳赤坚决否认，事实上，你是被美丽而贤惠的蓉芝惯坏了。多年来，三餐一定坚持要尝蓉芝的手艺，出门旅游也要蓉芝埋锅造饭。自己高谈阔论，蓉芝就静静陪坐一旁，欣赏你有声有色的谈话。常常高朋满座，深夜还要蓉芝做点心飨客。自己福气，有个体贴的妻子，又怎能懂得一个女人生病时，也会需要别人的体贴？然而，当我在世界诗人大会上，受自己中国人的气和排斥时，你却是第一个反应，写文章维护我的人。你一面读我的诗，一面愤愤地说："这样的诗，为什么不准你朗诵！"

你，这样一个活活泼泼，有情爱，有愤懑的人，实在万万想不到竟在光天化日之下，莫名其妙地遭到三枪毙命的下场。一枪在眉心，两枪在腹部。在九泉之下，你一定要找出真相，给我们一个答复。其实，普天之下，没有一个人有理由遭到残杀，而你竟然遭遇到了，是天道无常？是青天有恨？江南，魂兮归来，你的爱妻稚子和好友们等待你的朗声！

这次，我们在你做七七的前夕，赶到你的骨灰坛前，向你行礼致敬，我们除了谴责凶残，向怒海血雨抗议之外，看到蓉芝还强颜像往常一样招待我们,我们连一句安慰的话也说不出来了。对你而言,你的死成全了你作为一个宁鸣而死的典范,可是,在旧金山一带空旷的湾区,当一阵海风袭来,楼空寂寂,对于陪伴你半生,共同奋斗的蓉芝,和年少的稚子,将情何以堪?

江南,江南,你可知道,我们友情的开端是一个沉船舵手的故事,而今,你真的成了沉船的舵手。湾区的海天辽阔,静静的碧空下,我们伫立良久,仿佛又听到你的朗笑,从空际抛下来!江南,安息吧!蓉芝,请你宽怀,你并不是唯一听到他声音的人,因为,我们都听到了。

奥勒

除了在电影镜头上看到斗牛之外，我从未想过自己会置身其中，去年（一九八一）夏天，我和柏杨同赴欧洲，很庆幸的，却在西班牙看到了，尤其难得的是，这是一场罕见的演出。

七月的马德里天空，有个火轮在头上燃烧，午后到四时之间，所有人都蛰居在屋里，想找部计程车都不容易。我和柏杨从第六届世界诗人大会会场回到旅社时，已经是黄昏六时许，冲了个凉，真想倒头睡一个大觉，临时看了一下日程表，七月十九日，星期一。记得旅社柜台上一位先生告诉过我说，今天正是斗牛的日子，如果错过，就得再等一个礼拜。心中想，哪有万里迢迢，来到异乡异土，却待在旅馆睡觉之理？于是立刻打电话给柜台订票，答复是旅社的票已经售罄，唯一的机会是到现场碰运气。一听之下，我们拔腿就跑，因为按照日程，下个星期一，已身在巴黎了，所以今天这场斗牛是非看不可。

距离开场时间尚有一个小时，我们焦急地寻找，终于买到了两张前排座位的黄牛票。斗牛场（Plaza Toros）的外观很像意大利的露天歌剧院，是一个圆形的露天建筑物，表面看起来粗犷古旧，却面积庞大，建筑相当雄伟。它完成于一九二九年，约可以容纳二万五千人。斗牛场前面人潮汹涌，有卖纪念品的，有卖食物的，有卖日用品的，到处是形形色色的地摊。

斗牛节目八时开始，我们特地提前半小时入场。场内的建筑刻意讲究美感，椭圆形的场地，西班牙式的雕花拱门，配着四边垂挂的弧形花饰，土黄的地面，围着红漆围墙，白色的石椅，中间一层装饰着一圈西班牙红黄色相间的国旗。这一切调和地搭配在一起，使我们由衷地佩服西班牙人敏锐的色彩观念。更奇怪的是，南欧的夏天，白昼特别长，晚上十点之前，当你抬头仰望苍穹，整个露天斗牛场上端，镶嵌着一抹圆形的天幕，仍然蓝得发亮，上面没有一丝云絮，洁净得像上过釉似的，西班牙人温暖、热情、明朗的天性，就像是全表现在这座斗牛场的景观上。

然而，生命毕竟不全是这样光明美好，斗牛实际是一场血肉模糊、性命相拼的搏斗。八时之前，场地部署完毕，经过全面清扫，喷水车绕场洒水，想必是避免人牛相斗时扬起滚滚黄沙吧！八时整，突然一阵音乐声大作，一个着红制服的年轻人高举了一面牌子进场，上面标明出场牛只的年龄和体重，从这面告示牌，我们领悟到，在斗牛场中，牛才是主角。

一般斗牛用的牛只，需经过严格品检，年龄、体重要达到一定的标准，通常是六七岁，四五百公斤以上的壮牛，而且一定是公牛，稍微有点瑕疵，就会被取消资格。有时一只破相的牛被牛主人蒙混，贩卖到斗牛场来牟利，一般人都看不出毛病，但一旦被行家识破，提出抗议，就会立刻宣布这场斗牛无效，牛只被赶回去。对牛来说，是丧失了荣誉战死沙场的机会，而斗牛士的一场辛苦，也算白费。

斗牛出场，是最让观众屏息的一刻，大家的视线焦点集中在围墙中间一扇木门上。一阵沉重的蹄声之后，突然"嘭"的一响，木门开了，一只愤怒的黑牛冲出场来，观众们即时发出一阵阵低声的呼叫，有的惊惧，有的喟叹。这只牛来势汹汹，莽撞地跑了一段路，忽然停顿下来，好像在对它的新环境作一番估量。听西班牙朋友告诉我们，牛在上场前的三天，就被饲主关在一间特别的黑房子里，断绝饲料，现在一到户外，受到强光的刺激，一时什么都看不清楚，只是又惊、又恐、又饥饿，所以它此刻的情绪最激动，无论见到什么，都满怀敌意。

一次斗牛，分为六场，每场都要解决一只牛。每斗一只牛，大约前后有十名斗牛士上场，其中有一位是主斗牛士，其他是扈从。大红披肩是斗牛士手中唯一的法宝，他们挥动着披肩，分别从几个不同的方向刺激牛来攻击自己。可是，当愤怒的牛一头撞过来的时候，斗牛士只轻轻一闪身子，便灵巧地躲在一旁，披风像舞女的大圆裙一样，在空中旋起一个美丽的弧形。要不是眼看着这只庞然大物，随时都会给斗牛士致命的生存威胁，单就这几个动作来说，真称得上是姿势优美的舞蹈。

狂怒的牛不断地攻击，又不断地落空，而每一次落空都换来观众一次比一次高昂"奥勒，奥勒"的吼声，最后牛终于发觉自己有一种寡不敌众的孤单，突然失去对策，暂时放弃了攻击，木然直立在场中，这时观众再度爆出狂热的掌声和喝彩。

这时，轮到斗牛骑士上场助阵，为了怕马吃惊，事前蒙住马的双眼，马身上也罩着保护的铠甲。这些斗士骑着马，持一支长矛，警戒地走近牛身旁，刚刚才喘息一口气的牛，现在恢复了斗志，准备重新发动凌厉攻击；可是却发现敌人比先前更多了，有地面上的散兵，又有新加入的骑士，真是新仇旧恨齐上心头，一时不知道要攻击谁才好。突然，它把目标对准马，狂暴地撞在墙般厚实的马身上，用角紧紧顶住罩着铠甲的马的身躯。再把后腿挺直，使尽全身力量，试图穿刺马的身体。现在，马开始抵挡不住，摇晃颠踬了一会儿，背上的斗牛士费了九牛二虎之力，在牛背上找到一个着力点，狠狠地戳下去，这样相持了半响，才终于把牛击退。

下一步是流血的开始，三位斗牛士，要把三对饰着红花的刺剑插在牛背上。每插一对，斗牛士都必须有很好的眼力，身手要快，老远就瞄准好，两只手左右开弓分别拿着一把剑，上身微向前倾，瞄准了从对面狂奔过来的牛。当牛角就要触到他前胸的一刹那，必须一举而中，在击中之后，斗牛士迅速地躲闪，因为中了剑的牛，仍会乘着余威攻击。这时，节目进入了高潮，牛开始陷于疯狂，它东奔西窜，发现自己身负重伤而又四面受敌。有时它愤怒地用蹄子刨地，有时咆哮不已，甚至屎尿并流，可是自始至终它都倔强地直挺挺站着，除了最后一次倒地不起之外，所有的时候，它的表现就像一个不屈服的硬汉，绝不低头，跌倒了立刻爬起来，战斗到最后一分一秒。

牛中了三对刺剑之后，体力锐减，因为这些剑有倒钩，一旦插上之后，就下不来，无情地插在牛背上，伤口现出一片殷红的血渍，鲜血从牛背浸染到牛的腹部，汩汩地流了一地。牛在奔跑跌腾的时候，这些刺剑在背上颤动，把伤口撕裂得更大，鲜血喷涌得更多更快，这时沉重的喘息可以明显地从它身体的起伏上看出来，而这也是它面对最后命运的时刻了。主斗牛士远远地一再瞄准，把剑对准牛的脊椎骨二英寸的间隙处，趁牛进攻时，他一剑从这个缝隙插进去，才能贯穿牛的心脏，这是绝对不能失手的出击，否则剑折人亡，斗牛士就会代替牛倒在地上，真是教人惊心动魄的一幕。中剑的牛，在三五秒之后，忽然全身发软，松弛地倒卧下来，顷刻之间，它结束了倔强、愤怒、挣扎和疲惫，尊严地死去，把剩下来的掌声、欢呼、赞美和光荣，留给和它一起面对过死亡的胜利者斗牛士。假如没有看过斗牛，你很难了解西班牙人最深一层的性格。尊严的死和尊严的活，对西班牙人来说，是同样的重要。

事实上，那晚的斗牛让我们看到了西班牙人性格最彻底的一面，因为一向上场的牛，注定要死在剑下，即使第一个斗牛士不敌，会有第二个、第三个斗牛士再接再厉下去，直到牛战死为止，这原是斗牛场上的惯例，而当晚第三场的牛却打破了斗牛场上的惯例，成为历来第一头健康正常而活着走出场的牛。为的是它始终不屈的表现，博得了全场观众一致的尊敬。当它身中六把刺剑之后，血流如注，却仍有健旺的战斗力，愈战愈勇。所有的斗牛士都没有办法制服它。它甚至撞翻斗牛骑士的马匹，使骑士从马背上摔下来，再疯狂地追逐地面上的斗牛士，把他们追赶得落荒而逃，躲进栅栏。对于这样一只不肯妥协的牛，二万五千名观众被彻底地感动了。他们激动得全场站起来高声呼叫，为它请命，要该场的总裁，西班牙国王的母亲——通常由场中身份最尊贵的人担任总裁，赦免它一死。同时，观众向斗牛士发出嘘声，把果皮、罐头、汽水瓶丢向场中，以示轻蔑。

国王的母亲终于接受了众人的要求，当主斗牛士用一把白色饰花的剑插在牛背上，表示牛已经被赦免之际，观众们个个感动得几乎歇斯底里。他们语调高亢，手势丰富，脸上的表情充满了赞叹和佩服，连我们两位异乡人也为之动容。我身边有一位西班牙少妇一再地竖起大拇指，用英语告诉我："勇敢，勇敢，从来未有过的。"西班牙人性格中的天真、直率和对英雄崇拜的狂热，在这一场斗牛中真是表现无遗。

这头牛的勇敢固然博得西班牙人的尊敬，它的执着更博得西班牙人的爱怜。为了请它回到栅栏里去，那天晚上斗牛场上动员了所有的人，使尽种种方法。他们一再放出一群母牛来哄带它回栏，可是当母牛都回去了，它却还是固执地守在场中，一副随时挑衅的姿势，无论斗牛士上场来引它，观众在看台上呼喊它，放猎狗追它，它不但不为所动，最后反而把人和狗都吓得掉头飞奔，逃命要紧。观众一直留在场中，陪着时而欢呼，时而拍掌，二万五千人竟没有一个人先离席而去。

翌日，马德里许多家报纸，都采用这件事当头条新闻，还刊登了这只牛的大幅照片。勇敢的牛成了新闻角色，报道中说，这只牛从此可以回到它主人的庄园，过它的太平日子，它可以养小牛了。这真是轰动一时的新闻，也是西班牙斗牛史上的创举。

我听到一则真实的斗牛士故事：一个年轻时享过盛名的斗牛士，拥有大量的财富和丰收的爱情。在他过完了多彩多姿的一生之后，有一个下午，他骑着一匹骏马，从豪华的家园到另一个豪华的家园，去会见他美丽的情妇，在那儿，他消磨了一个旖旎的下午，然后，他回到家中用手枪结束了自己的一生。西班牙人的浪漫、激情，尊严至上的价值观，和狂热的英雄崇拜情感，都在斗牛上表现出来了。我一直在想，这种特质和中国人的过分成熟，以及几千年流传下来的中庸之道，是大异其趣的吧！

一九八三年一月

我在太阳下哭泣

带着轻松欢娱的心情,一个假日,我来到一个巨大的剧场,准备观赏一场热闹的马戏——太阳剧团(Cirque du soleil)"艺界人生"戏码在台湾的最后一场演出。绝没有想到,观赏的途中,我竟数度哽咽而流下泪来。

看戏剧、看电影,甚至于听歌剧,因为情节感人、表演逼真,我也曾有过热泪盈眶的经验。最严重的一次是看北京话剧团在台北演出老舍的《茶馆》,看到中国人在十九二十世纪,遭遇到官、兵、盗、匪,接二连三轮番蹂躏的情节,我把一方手帕捏在手里,散场时竟分不出是汗还是泪了。

一场演出,剧团所标榜的精神是这个团体的灵魂。二十世纪末加拿大魁北克太阳马戏团的成立,就是奠基在提升人类精神文明的基础上。她是世界上第一个废除用动物表演,而以人取代动物演出的马戏团。有了这种精神做基础,一般传统看马戏的观众,过去不但看惯狮子、老虎、大象等庞大而威猛的野兽，被人类凶残、狡猾的鞭子所驯服，心中甚至泛着喜悦与兴奋。现在，太阳马戏团必须有所创新才能取代，他们把街头艺术、摇滚、歌剧、芭蕾与马戏等艺术熔于一炉，且发挥到天衣无缝的境界。演员的肢体动作、现场音乐演奏和歌唱，都互相搭配得只能用"完美"一词来形容；因为唯有如此，才足以使这些挑战人体极限的精湛演出扣人心弦，也才能和台下每一位观众的呼吸、心跳一致。这一场节目一开始，他们出人意外的低调，台上的灯光转暗，一个身材瘦小、貌不出众的女演员在舞台一角，轻声细语，咬字并不标准，发音也很奇怪，却能让你清清楚楚听得懂——"请关上手机，表演中请不要拍照……对不起、谢谢你"的叮咛，听得观众大家会心笑起来。原来他们用一种综合混杂的外语来说白，用一种朴拙而诚恳的调性来切入人心。

　　人和人之间有了尊重、信任、体贴和谅解……这些需要提炼和萃取的优质，太阳马戏团表演的层次，就远超过我原先对她"热闹"的预期。在观众热烈的掌声中，我知道我深深地感动了，因为我发现自己好几次流下泪来。

　　一九八二年加拿大魁北克太阳马戏团成立后，因为理念先进、技艺卓越，很快蜚声国际。世界各地的马戏团也纷纷效法，废除用动物来表演，自然杜绝了过去传统马戏团训练动物的方式。过去动物除了经常被驯兽师用皮鞭抽打，留下永不复原的伤痕；许多动物更因不堪虐待、挨饿而发疯，最后下场是被射杀；有的甚至会撞铁笼自尽，了结残生。不久前，我们台湾的电视介绍生态教学，据业者说为了提高学生的学习兴趣，还要逼小猪表演跳火来助兴！更骇人听闻的还有电视介绍大陆非法饲养熊来取胆汁，把熊关在非常狭小的铁笼里，形同穿上铁衣，再强迫插针筒抽液。胆汁被抽尽后，这只熊就只有提供脚掌来奉献自己最后的剩余价值了。

很早，中国人曾说"民吾同胞，物吾予也"，原来这简单的八个字，人类还是需要历经千年的觉悟和进步来体现。如今，在这个被我们人类自己糟蹋得越来越严重的地球上，举目所见，前路维艰。不知道在我们移民火星之前，还有多少时间让地球上的我们精神文明更进一程？

天谴的庞贝古城

对我来说，旅游的乐趣是不断发现各种奇异的景象，和体会不同的新鲜事物。每当我接触到一个新地方，总多少和自己过去的了解有点差距，加上身临其境的真实感，就像把焦距模糊的镜头，一下子作了适当的调整。刹那之间，镜头里的影像山明水秀，轮廓分明起来。那一刻心中的充实感，不是任何现代科技产物——摄影、电视、电影，身历银幕的效果，所能完全取代的。

我一直以为庞贝这个埋在地下两千年的古城，遍地都是阴森恐怖的气氛，灰苍的天空里，维苏威火山狞恶如怪兽般，在一旁怒目斜视。出土的古城一片死寂，寸草不生，残骸四处，倒卧在颓垣下，裹着厚厚的石灰岩。游客们缄默而敛容地穿行，在这个没有声音的废墟之中，轻轻地咽下喟叹，生怕吐出一口大气，就会把那沉睡的维苏威火山惊醒，再施一次喷火暴行……谁知，等我亲临这个古城，感受却完全异样。

一九八二年八月十二日,也就是距离上一次火山爆发,公元七九年八月二十四日后,1903年的前12天,柏杨和我,来到庞贝。

近午之前,我们到达目的地,向导在进入庞贝之前,特别叮咛一番,教我们务必要跟着队伍前进,万一脱队,将有摸不着门路出来的危险。一听之下,更令大家提高警觉,不敢大意。

出人意外的是,进了出入口,并非通往地下,而是穿过一条上倾的斜坡。走了一段幽暗的路,忽然眼前一亮,看到满目缤纷的彩色世界。头顶上有蓝得像海一样的天,辽阔地张开着,使你觉得自己突然站在一个超级庞大的话剧舞台上,好似灯光师在布景的天幕上,打出强烈的蓝光,照得你目眩。

这种过分强调的宁静感,仿佛预示着剧情的诡秘,开始令人觉得不安。更奇异的是天幕下的景物,一幢幢没有屋顶的"房屋",仅剩下几堵墙,几根半截的廊柱,一扇扇孤零零的拱门。墙上保留着清晰而生动的红砖颜色,和断裂的痕迹。如果不是我们清楚地知道自己置身于千年以上的废墟,还真像是在一个尚未完工,正在搭建的新城堡之中。

穿过几条窄窄的街道,这就是当年的商业区,街道两旁对称，矗立着一家家商店残迹，店铺门前有高出路面的人行道，正中央是马路。这些景象令人联想起台北西门町的昆明街、峨眉街一带。他们的共同特色是，店面的空间很小，看来真是钻石地带，大概地皮也很昂贵的缘故吧！

想到那年代的古罗马人，男男女女身穿宽大而飘逸的长袍，在这里采购日用品的情景，他们当时生活的富足是可以想见的。有些街道中间摆了错错落落的石磴，据说是便于雨天时行走之用，以免他们长长的衣裙遭泥水溅湿。

在住宅区中，我们参观了几所保存得较完整的住家，其中一所是当代最大的财主所有。屋里有豪华的客厅、书房、无数卧室，墙上留下巨幅壁画，屋外围绕着高大的廊柱，中央有个像中国式建筑——四合院的天井。

建筑师当年为了解决屋顶排水问题，特地在天井中间凿一个蓄水池。池中摆设一尊黑大理石雕的人体裸像，池底铺着整齐的拼花图案瓷砖，色泽到今天仍光洁如新，比我们现在一般家庭用的马赛克还要考究。他们的住宅建材，一般都用砖、石、尤其是大理石，最为普遍，质感坚硬牢固，和我们明清遗留的中国式建筑，柔婉细致，大异其趣。

我们所见保存得最好的住宅，要算是当地一对鳏夫兄弟所拥有的房子。这两兄弟是地主兼商人，他们经营房地产生意，同时还贩卖酒和农产品。生活富裕，不虞匮乏，却不知何故，从未娶妻。

他们平日尽情享乐，从形而上的艺术鉴赏，到形而下的饮食男女，都可以在这所房子里找到遗迹。

大幅壁画显然是当年室内布置的流行趋势。鳏夫兄弟的大客厅里就有两幅：一幅画着英勇的神童勒死大蛇，另一幅是俊美的男子跪地，向几位手持矛戟的女子哀求。画像的颜色十分鲜丽，线条细致，人物造型，栩栩如生。只是我们不明白这两幅壁画的题材，和兄弟二人终身不娶的性格，是否相关。也许是富豪们自有他们不可思议之处吧！

这所房子挖掘出土时，发现了刻着名字的指环，才知道他们的姓氏是 Vettii，一个名叫 Restitutus，另一个叫 Conviva。

他们的房子经过整修和加盖屋顶，现在看来仍然有豪门气象。列柱围绕的中庭，花木扶疏，喷水池、雕像，一应俱全。在一根圆柱旁边，走廊上摆着一张大理石做成，四条腿雕着四只立狮的圆桌，是他们宴会时摆饮料、水果之类用的。

想当年，男女贵宾云集，衣香鬓影，端着酒杯穿梭廊间，偶尔需要停下来，顺手在桌上选一串葡萄，送进嘴里尝尝。此刻，轮到我们靠在桌旁小立，望着庭中景物，依稀想象当年 Vettii 兄弟俩生活的惬意，心中兴起无限惆怅。

有名的春宫画，就出现在Vettii兄弟住宅的仆人房中。当向导神秘地向我们宣称，将带我们到一个密室的时候，特别叫妈妈们把同行的未成年孩子带开。

大热的八月天中午，在一间小屋子里，大家先后挤进去看个究竟。除了墙上一幅双人图外，还有一尊半个人高的立体男子裸体雕像，夸张强调的男性，看起来有几分滑稽的闹剧感。

忽然，我的身后有一个八九岁的小男孩闯进来，他钻到春宫画前面，嘴里叽里咕噜一阵，又一溜烟跑了出去。屋外孩子胖胖的妈妈，正用着我听不懂的语言向儿子吆喝。这一刹那的春光外泄，大概孩子还没来得及明白过来，已经被母亲莫名其妙地骂去了。不急也罢，他还有长长的一生会慢慢地了解！

一千多年前的庞贝，已经不是单纯的农耕渔猎社会，是一个多元化的政治、农渔、贸易、艺术、文化中心。从那38公尺×142公尺广场的多项用途，可以清楚地告诉你这一点。

留在墙头的字迹，原是当年竞选人，在广场发表政见时，漆在上面的名字。你可以想象他站在高台上，滔滔不绝地向听众们发表言论的英姿。听众们自由聚散，有的拥护，有的在下面发出嘘声。一千多年前庞贝的民众，已经具有我们今日还在学步的民主体制了。

我们稍后在一家公共浴池中，还发现了一张供人浴罢休息的长凳，上面镌刻着某当选人鸣谢致意的词句。原来除了广场是言论集散中心之外，古罗马人很喜欢公共沐浴，而公共浴池也是他们平日交换意见的交际场所。这位当选人无疑选了一个最受人注目的地点，使自己的名字在众人之前出现，并提供了最实惠的服务，这真是高明的政治手腕。

古罗马人重视体能训练，所以广场不但供人民做政治活动，也供人民做运动、竞技、角力的表演，更是商业贸易中心，同时，也是政府发布公告的所在地及诉讼裁决所。

这一带向来人烟稠密，往来者众，当然要有特殊的交通管制，所以在广场的出入口处，特设了几座石礅，以防止车辆进入，使广场变成纯粹的行人徒步区。想起我们台北西门町电影街车辆经常堵塞的情景，是不是可以仿效一下一千多年前庞贝广场的做法，看来还真值得我们规划交通的专家们参考。

宗教信仰，是西方精神文明的支柱，庞贝也不例外。广场的另一项用途，是举行盛大的祭典。因为附近就是庞贝最大的神庙，广场中央更有一座庞贝最大的祭坛。他们供奉的神是Jupiter, Juno和Minerva。前者是古罗马的至高主神，后二者都是女神。Juno是Jupiter的妻子，专司婚姻，Minerva则司智慧，是提倡技术、工艺、发明的象征。

遗迹的挖掘，反映出当年庞贝人的生活及社会，除了神权思想抬头之外，一千多年前的庞贝，和我们现代的社会并没有太大的距离。二十世纪科技昌明，神的权威和功能被削弱，神，从庙宇高高在上的神坛走下来，走向民众，而现代人的苦难并未因此而稍减。因为每一个时代，地球上不同的角落，总会出现一两位愚昧、狂妄的野心家，他们一心要在人民的心目中，把自己塑成不死的神明，他们的祭祀不是在像庞贝那样的广场上举行，而是在杀人盈野的战场，和迫害异己的集中营、监狱之中。那么，庞贝广场前残破的神庙，和这些现代神明相较之下，还是尊荣而高贵的。

参观庞贝，有一件事，令我感到该为现代文明的进步庆幸，那就是我们现今的世界，已经没有古罗马时代，公然奴役奴仆的劣行。

当我们看到从火山灰中挖掘出来的尸骸模型，向导告诉我们，在一些豪门巨户家中的仆人房内，常常发现集体尸骸。因为在火山爆发之前，庞贝已得到了先兆，大多数人事先走避他处，只有少数人留守不动，而奴仆们是没有选择权的。他们不但命定要留下来受难，甚至有些主人为了防止他们借机逃亡,还把他们集体囚禁起来。生而不能为自由人,死时骨肉相亲。我们后人看到这些父子、母女、夫妇、手足相拥的情景,心头禁不住一恸。

参观庞贝城,令我们的感触良深,当我们再次穿过广场走向归途,远远地望见如今已沉寂的维苏威火山,山上一片灰青色的烟岚,在澄蓝的天空下,平和而宁静,一点也不令人感到恐惧,谁料到它就是千余年前,使这一片繁荣沉埋地下,化为土石的极恶元凶呢?

庞贝城自一七四八年开始挖出第一座纪念物——一座133公尺×104公尺,可以容纳一万二千人,椭圆形的露天剧场,一直至今还未终止。许多出土的遗物,都被送到邻近的那不勒斯博物馆收藏了。

归途上,沿着那不勒斯港湾前进,车子飞驰,奔向罗马。八月的炎阳如火,晒在融化的柏油路面上,这条公路就叫做日光大道。车窗外,海天一色,茫茫无际,我们已经把那个一千多年前玉石俱焚的古城抛在身后了。

世上遗留的古迹,往往是一个无可避免的人为后果,后人可以由此追踪出一段历史人物,或智慧良善,或愚妄卑劣的行径。可是,庞贝城的灾厄却不合这个逻辑。它是冒犯了神明,遭到天谴?这个问题,谁能答复?

一九八三年四月

附录

我的父亲柏杨
毛　毛（崔渝生）

二〇〇〇年三月四日，是父亲八十岁生日。与父亲合作数十载的远流出版公司和教育基金会共同精心策划，在台北国宾饭店为他举办了寿宴。

父亲这天显得特别精神，在鲜花簇拥、宾客满堂的寿宴上，他激动地说："我恨不得大声喊'我是世界上最有福气，最幸运的人'。"

父亲拥有珍贵的友情，拥有豁达的妻子，拥有爱他的儿孙。父亲是幸福的。

这次也是我们一家人的大团聚，五个同父异母的姐妹兄弟第一次相聚在父亲身边。姐姐和儿子，我和丈夫，分别从辉县、西安赶到父亲身边。在宴会上还见到了在台湾工作的两个弟弟——城城、垣垣，以及从澳大利亚赶回来的小妹佳佳。也许这是父亲第一次享受到天伦之乐吧！

大弟弟长得高大魁梧，性格开朗，特别像父亲。侄儿郭乃中当时是初中二年级学生，个子已有 1.78 米，和他说话要抬起头。侄儿学习很优秀，今年考上了重众高中。二弟也是个大个子，稍瘦；比较腼腆，从事地质研究工作，是位很有造诣的地震专家。在城城刚满五岁，垣垣只有三岁的时候，父亲就离开了他们。两个年幼的弟弟由他们的母亲齐永培抚养成人。

佳佳是我的小妹。她是父亲最小的孩子，是父亲的掌上明珠，一米六几的个子，长得很漂亮，一对乌黑的大眼睛，显得特别机灵。她的母亲是倪明华。

这是我和佳佳姐妹两个第一次相见。

寿宴上欢歌笑语，望着父亲"灿烂"的笑容，我的心里又高兴又辛酸，所有的往事赶集一般地回到了面前。

那是一九八四年底的一个晚上，刚刚下过一场鹅毛大雪的夜晚，在西安定居，原来河南息县姥姥家的一位邻居（我称她姨姥），在她孙女的陪同下来到我家，进屋坐定后，从怀里掏出一封信，说："大毛（我在家是老大，大人们都这样称呼我），你亲爸找你来了！"

突如其来的一句话，我根本没有反应过来，脱口便说："我爸离得这么近，他自己怎么不来？"

我没有想到我还会冒出来一个父亲。

四十年了，没有人和我谈过关于生父的一个字，在那样的一个年代里成长，我既对生身父亲一无所知，也本能地学会了对生身父亲一无所知。

见到继父的时候，我已经十岁，若干年过来，在我的意识中，他就是我的父亲。有一次，一起走在街上，我忽然问，你们都不戴眼镜，我怎么就会近视呢？不是说视力可以遗传么？看到汽车跑过，就说等我将来有钱了，买车给你们坐。

送信来的姨姥，可能是在世的人当中，唯一还了解一点儿我身世的人了。当年，她曾经到西安来给我们家做过一段保姆。姨姥手里的信并不是父亲的原信，是河南老家一个姓郭的邻居写来的，为慎重起见，只是把信的内容转述过来，她不认识字，特地请一位大学里的老师念给她听。拿着这封信姨姥给我分析，说信里提到妈妈叫崔秀英，女儿叫毛毛，姓郭，她说一看到这信就知道找的是我。

我记得当时的自己，就是很恍惚。

信里并没有说父亲当时身处何地，在最初的惊呆和泪水过后，我开始拼命地想他人会在哪里。我的直觉，以为他或者在深山老林，或者在新疆那样边远的地方，就对爱人说，这么些年他都没有来找，现在找上来了，一定是人老了，遇到了困难，要么是穷困潦倒了，要么就是生病了，那么我们就把他接过来。那时我唯一的想法就是，父亲已经是六十好几的人了，人到老时想亲人，父亲想我了，快把老人接到身边，不能让他一人倒在异乡。

和河南那面几经通信，在出生地、年月等方面，确认了我就是信里要找的人以后，我终于收到了父亲的原信，一看信封居然是从美国寄来的。哎呀，真是没有想到，怎么也没有想到，不知道该用什么样的词汇来形容当时的心情。后来才知道，父亲是利用一九八四年到美国参加爱荷华作家会议的机会，写这封信的。

后来终于和父亲通信了，才知道父亲是在台湾，现在生活得很好，有了新家庭，还有两个未谋面的弟弟和一个妹妹，一颗悬着的心才落了地。父亲后来寄来一份简历，很简单的，做梦也没想到，父亲郭立邦（郭衣洞）竟是《丑陋的中国人》的作者，是被誉为大作家的柏杨。

阅读父亲的书，才知道他也有着悲惨的身世。他出生后不久，奶奶就去世了，所以父亲曾叹息："人皆有母，我独无。"

一九四四年，正值父亲本命年（24岁），他来到了重庆。在重庆举目无亲，再加上求学失败，又没有职业，生活十分困窘，不知前途在哪里，正当彷徨时，遇到了我的母亲——崔秀英，两个苦命的沦落人后来在异乡登报结婚。

我母亲一九二二年出生于河南省息县，毕业于家乡的师范学校。母亲是独生女，三代单传。一个女性，在当时社会能读到师范毕业，确实不易，也足以可见姥姥对母亲寄予的厚望。在日本侵踏祖国领土之时，母亲也与其他热血青年一样，为国家、为民族奔赴前方，曾参加宣传队慰问前线抗日将士。

母亲后来参加了战干团，到了重庆后，以教书为职业，平时教大家抗战歌曲，生活上可以有一点补偿。失业后，找到一家合作社，她就是这个时候遇到父亲的。

一九四五年抗战胜利，这年的农历四月二十八日，我在重庆两路口降临到这个世上。父亲为我取乳名"毛毛"。后来随母姓，叫崔渝生。第二年，父亲大学毕业，他打定主意要去遥远的东北，虽然他也想呵护我们弱母幼女，为了将来，他还是决定送我们回姥姥家。

父亲从息县走了，后来的事情谁也没有想到，结果一走就是四十年，杳无音讯。父亲曾回忆说，他临走时，我只会拍着身边的小凳子叫："爸，坐坐。"

找到了父亲以后，或者说是父亲找到了我以后，四十年的生活仿佛被颠覆了，八十年代中期，整个社会也在发生着大的变化，每天的自己，都有些恍恍惚惚的，像是在做梦。

书信往来，难了父女相思情。一九八六年暑假，我和丈夫曹长安终于携一双儿女前往香港，与父亲会面了。那次遇到了很多父亲的朋友，他们都说我很幸运，有这样一个伟大的父亲。我瞪大眼睛看着父亲，也不知道他伟大在哪。直到那时，我对父亲的写作，还是不甚了解，只是觉得，我父亲就是我父亲。

对父亲的了解，对柏杨的了解，都是后来的事情了。

那天一走出车厢，丈夫就指着出站口说："你看，爸在那儿！"就要看到父亲了，激动得我泪如泉涌，怎么也看不清方方。在长安的指引下，我来到一位身材高大、魁梧，表情和善的老人面前，这才看到他和照片上的父亲无甚差异。"你是毛毛？"老人声音颤抖，可能他也不敢相信，站在他面前的就是当年只会拍着凳子叫"爸，坐坐"的女儿！"爸……"我哭着一头栽进父亲的怀抱。

四十年来，我这是第一次感受到父亲胸襟的温暖。

父亲身边还有一位长我几岁的女士，父亲拉着我和她的手说："这是你的亲姐姐，叫冬冬，从辉县老家来。原谅我，以前没有告诉你。"

一切都来得太快，太突然！一切都犹如梦幻，一向被称为"大姐"的我，如今要当"妹妹"，上面有姐姐疼我啦，一时竟不知说什么好，只是一个劲地流泪。

记得母亲去世时，我几乎要疯掉，经常一个人坐在凳子上落泪，然后放声大哭而不止，边哭边絮叨："我再也没有亲人啦!"邻居也听得落泪。有一天,一位同事说:"你丈夫,你孩子,不都是你的亲人吗?"

今天,我不但有了幸福的家庭,还有了生身父亲和姐姐,该多幸运啊!

在汽车里,父亲一手一个,拉着我和姐姐坐在他两边,嘱咐我们要相亲相爱。直到这个时候,我都没有好好地看看父亲一眼。

在香港的那几天,我完全糊里糊涂,我不清楚到底发生了什么事情,生活就发生了这样的大变化,完全傻了一样。父亲说我就是爱哭,我既是为自己的四十年哭泣,也是为母亲,看到父亲生活得很好,我就很想母亲。

在香港豪华的酒店里,父亲关切地询问我们母女四十年来的生活遭遇,并请求原谅他没有照顾好我们的过错。面对已苍老的父亲,我能说什么?去香港时就已拿定主意,儿时苦难要守口如瓶,皆曰:"一切都好,爸爸放心!"不愿在父亲受伤的心口上再撒把盐。

四十年骨肉分离是历史所造成的,所受之苦,怎能由父亲承担?

在香港,父女相聚仅几天,却又要分别。聚时难,别亦难,我一步一回头地走进海关,看着背过身去抹眼泪的父亲的身影,心如刀绞,不知这次分别,何时能再相见!

往事不堪回首，这话说得真好。

父亲走后，我们祖孙四代女性，家里再没有一个男的，在家乡受尽欺辱。母亲不堪受辱，在我三岁的时候，抛下我和姥姥、姥太也远走了，剩下我们妇孺三人相依为命，艰难地生活着。屋漏偏遇连阴雨，不幸又一次降到我头上。有一天早上醒来，看见身边一向早起的姥姥仍在睡着，无论我怎么叫、怎么喊，她都不答应。我急忙穿上鞋去喊来姥太。姥太伸手一摸，说："你姥姥死了！"我不知道姥太说的是什么意思，逼着她叫醒姥姥。年幼无知的我，怎么能了解，姥姥再也不会醒来。现在想起来，在姥姥临终前能伴在她身边，也算是一种安慰。

从此后，家里只有我和八十多岁的姥太做伴。拾柴、捡菜我都干。冬天，光着脚丫在地里拾菜叶，脚手冻得穿心的痛。有一次扒开积雪，竟找到一整棵白菜，现在想起来，它是那么小，只有几片叶子包着而已。回到家里，姥太把我冻僵的小脚贴在她胸前，紧搂着，我们合哼着："小白菜地里黄，三两岁没爹娘，爹娘想我谁知道，我想爹娘在梦中……"我不就是那棵被遗弃的小白菜，那棵没爹娘的小白菜吗？

十岁时，八十多岁的姥太去世了，孤苦伶仃的我来到了母亲身边，结束了无娘的痛苦生活。

母亲离开家乡后一直教书，经历了"文化大革命"等屡次政治运动，本来身体早已疲惫，健康欠佳，再加上"潜伏特务""间谍""国民党军官太太"等莫须有的罪名，精神生活压力极大，最终因病于一九七六年去世，时年54岁。母亲一直到含冤去世，都没有告诉我半点有关父亲的事情。她一人承受着巨大的心灵折磨，用整个的身心呵护她的女儿。

每次清明节，在母亲墓前，我总是默默地祝福着，告诉她我的现在，焚香寄哀思。

一阵热烈的掌声，将我从悲喜回忆里唤回，原来是张阿姨致辞。

她以《妻子们》为题作了精彩的演讲，她说："柏杨一生的遭遇太曲折坎坷了。事实上，每一个阶段都有不同的妻子，陪伴他一起成长……"接着介绍我们姐妹兄弟五人上台，让我们代替我们的母亲参加这场盛会，并向父亲的朋友们鞠躬致谢。张阿姨以她宽大的胸怀，接纳了我们五个子女，并给予我们帮助与关怀。我们敬爱她。

张阿姨是在一九七八年，与刚出狱不久、一贫如洗的父亲结婚的。父亲说张阿姨不但是他的妻子，还是他的挚友。有了温馨的家，父亲便投入"十年历史"的漫漫跋涉，翻译《资治通鉴》耗去父亲整整十年的生命。当父亲视力下降，几乎无法书写时，张阿姨理解地说："我在你的身旁，我就是你的眼睛。"

父亲在狱中度过了九年又二十六天，《中国人史纲》《中国历史年表》《中国帝王皇后亲王公主世系录》三部巨书，就是父亲在火炉般的斗室之中，或蹲在墙角，或坐在地下，膝上放着用报纸糊成的纸板，和着汗珠，一字一泪写成的。读父亲的书，从字里行间，总是仿佛看到了饱经风霜的他正在伏案疾书，仿佛又一次听到了他的谆谆教诲。

在这九年里，父亲原本幸福的家庭破碎了，乖巧依人、年仅八岁的佳佳被迫离开了父亲的怀抱。《柏杨家书》就是这期间父亲和佳佳的书信来往的汇集，我是读了这部书以后，才了解到佳佳是父亲当时度日如年的牢狱生活的唯一亲情支柱。今日重读，感慨颇增。在狱中，父亲与世隔绝，唯一放心不下的就是佳佳，每日盼望小女儿的信，父亲把无限的爱通过信笺给予了佳佳。

狱门外，佳佳每天忙碌地学习、生活着，小小年纪也承担着骨肉分离的人生折磨。她惦记着狱中的父亲，把自己的思念同样用信笺传给了父亲，把给父亲写信当作自己"生命中的重要一部分"。把节省下来的钱，或是压岁钱，给父亲购买东西。

那时的佳佳，同样是一个可怜的孩子，她比我强一点，她知道父亲在哪。她也比我有福气，在她的成长年代，她享受到了父亲的关爱和谆谆教导。

佳佳让我从父亲另一个女儿的身上，更多地认识了父亲。

二〇〇一年，我再一次前往台北探望父亲，在我和父亲的几次见面中，这次是我们在一起相聚时间最长的一次。近距离的相处之后，对父亲也有了新的体会，或许是人到老年了，在一些微小的地方，都能够感受到在父亲沉重的人文思考的后面，还有对亲情的企盼。

父亲的孩子很多，可是绕膝叫他爸爸的时候太少了，孩子们一去他就高兴。那些天我晚上都睡到客厅，有一天，朦朦胧胧里感觉有人，睁开眼睛，看到父亲就站在我眼前，手里拿个毯子要往我身上盖。这样的事情，我每次去几乎都能遇到。

我快六十了，在家还是大姐，可是在父亲眼里，我们仍旧是孩子。吃饭的时候，父亲会夹菜给我，过马路也叮咛一定要左右看。父亲一生心胸坦荡、勇于直言，充满爱心，他总是教育我们做人要"尊重""包容""宽厚"，做事要认真、仔细，要有速度。

现在孙辈们家中，大都挂着父亲的墨宝"人生三世为善,才修得一母同胞,手足之情,一家人终于是一家人"。情其深,爱其浓,让后人泪下沾襟。

那是一九九八年父亲回来,在郑州孩子们围在他身边,父亲很高兴地写下了这几句话,每一张条幅上的字,除了名字不一样,内容都是一样的。他希望我们这些两岸的后代能够相亲相爱,再下一代也同样要相亲相爱。

读稿拾零
张昌华

白云苍狗,岁月流金。

《流金文丛》第一辑面世后,受到社会广泛关注,它以选题别致、选文精湛、视角独特,立于书林。行销不到一年,《漂泊者》《金陵五记》《旧时淮水东边月》已经重印。

从丁酉到戊戌,时距不过一载,续集便适时而生。

展开第二辑的总目,或有读者惊呼:"似曾相识燕归来。""燕者",《双叶丛书》也。

是耶,非耶?

是也。二十五年前笔者曾选编过一套《双叶丛书》(江苏文艺出版社,一九九三年),那是中国现当代文坛十六对伉俪的散文合集,以名家荟萃、形式独特、装帧别致享誉业界。"流金"二辑的作者是从原十六对作家夫妇中遴选出的,貌似"故人"。

然非也,非也。两套丛书形式雷同,内容有异,"双叶"

的选文纯以写家庭情感为主的散文为中心，多为表现夫妇的相识相知相爱、家长里短、鹣鲽情深的篇什；"流金"则大气得多，选材视野广博得多，社会风云、世事炎凉、人生遭际、家庭冷暖，统皆揽之。选文不仅内容更宽泛，而且内涵更深邃，更有切中时弊的佳构；而且每本书的附录，都有晚辈对先人的怀念文字。它虽带着"双叶"的胎痕，却更具换骨之实。旧瓶新酒酒倍醇矣。

且听我一一道来。

《横眉·俯首》（鲁迅许广平合集）

沧海桑田，曾被誉为"民族魂""民族的脊梁"的鲁迅，不知何时"走麦城"了，他的"投枪"被拦截，他的"匕首"被封存。从作品自教科书中被批量下架始，鲁迅在国人的视线中渐行渐远。窃以为，在全民族道德滑坡、底线难守的刻下，我们有必要请回鲁迅，魂兮归来！鲁迅辑，我们除选了些许经典散文名篇外，较集中地选了一些切中时弊、在当今仍有强烈现实意义的杂文。许广平辑，我们选了她一些自传性文字，除展示她傲然风骨的《遭难前后》外，刻意选了一组读者鲜见的，她致鲁瑞、朱安、周作人和胡适等的信札和与友人过从的文字，立体地再现许广平的为人之厚、处事之忠。

《击鼓行吟》（柏杨张香华合集）

有人说"鲁迅之后再无鲁迅"，斯言诚哉。然鲁迅精神传承不乏其人，大海那边的"老愤青""丑陋的中国人"——柏杨当算一个。他小鲁迅近四十岁，地道的晚辈。后生亦可畏，柏杨对中国国民劣根性的批判，对中国传统文化弱点的批判，不可谓不深刻。我们选了他的《筹建绿岛垂泪碑》《隋唐宫廷》和《中国人，活得好没有尊严！》等代表作。印象中的柏杨，或是个横眉怒目的金刚，或是个横扫污浊的战神，殊不知他还是位手拨五弦、儿女情长的父亲。为展现他如山的父爱、如水的"母爱"，我们选了一组他的家书，这是本书一大看点。一九六八年，柏杨因文字惹祸，坐了国民党九年又二十六天的大牢。他入狱时女儿佳佳才八岁，柏杨在狱中给佳佳写了205封信，那是面对铁窗、匍匐地上写就的父谕，字字血，句句泪。我们从中遴选了柏杨出狱前后的家书，同时附上佳佳的回复以飨读者。柏杨把对女儿的爱、关心和希望，凝固在当局限定的每封200字内。柏杨说："写家书应该是人生最刻骨的一种温暖，即便是和着眼泪。"并作诗曰："伏地写家书，字字报平安。字是平安字，执笔重如山。人遭苦刑际，方知一死难。凝目不思量，且信天地宽。"柏杨慨叹："做我的女儿，真是一种不幸！"而佳佳觉得，那是一种天赐之福。在咫尺天涯的残酷现实中，佳佳在父亲来信的呵护中健康成长，自尊自立自强，居然考上了"台大"……

张香华是诗人，她在柏杨横槊赋诗行进的鼓点中行吟。她本以诗名世，散文亦丰。张香华辑中半数作品，都是她晚年经我首发或应我所邀发表在《百家湖》杂志上的文字。恕编者偏私，几乎全部入选。当然她早年的代表作《女人，你叫什么名字？》《雨夜春韭》和《看，这个丑陋的中国人》等均罗列其中。其《妻子们》是篇奇文，尤值一读，既是一幅柏杨坎坷人生的拼图，也是张香华大度襟怀的自画像。

《砚田内外》（萧乾文洁若合集）

萧乾、文洁若伉俪，广大文学爱好者皆耳熟能详。他俩一辈子都在砚田躬耕，有"一个作坊，两个工匠"之誉，译著等身。笔者在北京医院还亲见萧乾最后的日子，躺在病榻上一边吸氧，一边披览文稿，写字台上堆满外文辞典之类工具书和摊开的译稿。那时他生活已不能自理，吃饭时要文洁若为他戴上围兜一口一口喂。料理好萧乾后，文洁若便伏案为出版社赶稿。她说："这是见缝插针。"他们的勤奋、刻苦和认真的精神，实在令人感佩。对萧乾的散文作品，我比较熟悉，曾为他编过两部集子。为有别于其他选本，在本辑中我着意选了一束他致三姐常韦、儿子萧桐及亲友的信。三姐常韦是文洁若的姐姐，为照顾萧乾夫妇的生活及培育他们的孩子，终身未嫁，为萧乾一家默默贡献了一生。萧乾致萧桐的信很多，曾出版过专辑《父子角》，我们从中遴选了八封，从萧桐的知青岁月到留学，直至在美当教授，前后二十年。家书中从生活上的关心，到学业上的指导以至做人的处世之道，情真意切，细节感人。他们虽是父子，犹如兄弟。毫不夸张地说，可与《傅雷家书》媲美。特别是一九九八年五月六日那封，一个行将告别人世的老人的复杂心境，凝于纸端，读来令人鼻酸。不知何因，此信写好没有付邮，我们一并收录。

这些书信字里行间，深深地烙上了时代的印痕，亦可读出世事的沧桑与变迁，可做历史的脚注。

文洁若部分文字，儿女情长的多一点，其《文学姻缘》回忆了她与萧乾的相识相知相爱的心路历程，以及相濡以沫的琐细。另一亮点是《苦雨斋主人的晚年》，写对周作人的印象及其在"文革"中的遭遇，详尽真实，这或是现存周作人晚年史料中最具价值的一篇。

《京腔北韵》（老舍胡絜青合集）

老舍、胡絜青都是正宗的老北京，书名冠以《京腔北韵》。老舍生在北京，一生浪迹天涯。在这部书中以《北京的春节》领衔，之后是写济南、青岛、成都、广州、重庆的篇什，都是他生活过的地方。老舍的作品不论记人叙事或抒情都有自己的韵味，当然更少不了幽默。胡絜青是画家，很少作文，她所写的文字几乎尽囊其中，所写都是与自己密切相关的有感而发有情要抒的故事，《结婚》《从北京到重庆》以及《记齐白石大师》都是读者爱看、耐看的文字。

《舞台上下》（吴祖光新凤霞合集）

吴祖光是剧作家兼导演，且不说少年成名作《凤凰城》，还曾指导过梅兰芳排戏。新凤霞是评剧名角。他们毕生献给了艺术，舞台是他们的立身之所。有人说艺人"在舞台上要认认真真做戏，在台下要清清白白做人"，显然，这舞台已非唱戏的小舞台了，而是社会的大舞台。谅谁都不会否认这对夫妇在小舞台或大舞台上的表演都是一曲正气歌。吴祖光早期的散文《水里的人民》，看出他的凛然正气，太岁头上动土，敢拿宋美龄说事。《将军失手掉了枪》让人笑掉大牙，吴祖光义正辞严地批评这种从艺不专之徒，谁知道话不逢时，他因此倒了大霉。诚如此，晚年他才感慨《我的冬天太长了》。还有《万里长城断想》和《拆掉景山墙》都是关乎百姓生活、引人遐想的文字。吴祖光多才多艺，又是书家，曾赠我一幅"生正逢时"，也有朋友说他见吴祖光写过"生不逢时"。

新凤霞出身卑微，小学文化。因祸得福，"文革"中致残后专事写作，追怀述往，写她传奇的一生，共有二十本书。她的文字浅显、直白，通俗易懂，但绝对真实。她的《我和皇帝溥仪》，真实地记录了溥仪在文革中的生存境遇。新凤霞晚年学画，画作都由吴祖光题字，齐白石说他们是"夫妻画"，"霞光万道"可谓精辟。

《沉墨幻彩》（黄苗子郁风合集）

黄苗子、郁风伉俪是当代书画界的双子星座。他们夫妇的作品，如一叶扁舟，引领我们到艺海徜徉。他们笔下的人物都是墨池里飞出的北冥鱼，犹如为我们雕塑了一组现当代中国艺坛人物的群像：齐白石、黄宾虹、沈尹默、张大千、徐悲鸿、李苦禅、林风眠、叶浅予、吴冠中、黄永玉……洋洋大观，如现眼前。可读性、史料性兼具，一册《沉墨幻彩》，半部中国现代绘画史。

必须说明的是，鲁迅、老舍的作品选自"全集"，其他几位的选本比较驳杂，特别是体例的规范与数字的使用很难统一，我们只能照本抄录，或有失察处敬请海涵。

二〇一八年八月一日

图书在版编目(CIP)数据

击鼓行吟 / 柏杨, 张香华著; 张昌华编. —北京: 商务印书馆, 2018
(流金文丛)
ISBN 978-7-100-16262-3

Ⅰ. ①击… Ⅱ. ①柏… ②张… ③张… Ⅲ. ①散文集—中国—当代 Ⅳ. ①I267

中国版本图书馆 CIP 数据核字 (2018) 第 136880 号

权利保留，侵权必究。

流金文丛
击鼓行吟
柏杨 张香华 著　张昌华 编

商 务 印 书 馆 出 版
（北京王府井大街36号 邮政编码100710）
商 务 印 书 馆 发 行
南京鸿图印务有限公司印刷
ISBN 978-7-100-16262-3

2018年9月第1版	开本 787×1092 1/32
2018年9月第1次印刷	印张 11¼

定价：58.00元